향기로운 꽃이 되었다

향기로운 꽃이 되었다
장선희 장편소설

도화

| 작가의 말 |

우리 민족은 옛 시대의 영향으로 유교 문화의 지배적인 봉건 사회를 살았었다. 희생양이 많았던 선조들의 삶을 거슬러 지금 우리가 잘 살아갈 수 있는 세상이 되었다.

농촌에서는 20세기까지만 해도 가부장제의 사회체계로 남존여비男尊女卑 시대를 살았다. 나는 2남 4녀의 셋째 딸로 태어나 힘겨운 삶을 뼛속 깊이 경험하는 인생이었다. 남녀의 불평등 사회에서 오직 딸로 태어났다는 이유로 고단한 인생을 살며 배움도 순조롭지 못하고 부모님의 재산 상속도 포기했다.

어릴 적 시대를 지나 21세기에서는 나는 행복하다고 말한다. 인생을 알고 이해하는 나이가 되어 지식으로 깨우치고, 생각하는 그릇도 달라졌다. 희망적인 세상에서 미래의 목표를 세우며 넓은 세상을 꿈꾼다.

지금은 지난 세월 부모님을 원망만 했던 자신이 부끄럽다. 오직 자식만을 위해 하해와 같은 사랑으로 힘겹게 살다 가신 분들이다. 못 난 딸은 뒤늦게 후회하며 시대가 한스럽고 서럽지만 지난 시절 그리운 추억으로 간직했다.

우리 남매는 가족력인 심장병 때문에 큰 상처가 많았다. 육 남매 중 다섯 남매가 후천성 지병으로 고통받는 인생이 되어버렸다. 두 남동생은 사오십 대의 젊은 나이에 모두 세상을 떠났고, 작은 언니마저 환갑이 되기 전 저세상으로 떠나고 말았다.

그 후 나 자신도 심장병으로 짧은 생을 마감할 뻔했었다. 최악의 위험 상태가 왔을 때 서울대학병원에서 뇌사자의 심장이식을 받는 기적적인 행운을 받았다. 그래서 더 삶이 소중하고 감사하며 사랑하는 마음으로 오늘을 열심히 살아가고 있다.

소설이란, 허구성의 픽션으로 이어진다. 실제가 아니라지만, 자신의 고통스러운 인생 경험이 없었다면 과연 소설을 쓸 수 있었을까? 여성이 고통으로 아이를 낳듯, 인고의 세월은 소설을 낳았다. 글을 쓰면서 이름 석 자를 남기고 살아온 인생에 큰 위로가 되었다.

만학도로 인해 늦게 시작한 작가의 길은 항상 부족한 글이 되지 않을까 조심스럽기만 하다. 수줍게 내놓는 소설이 오해 없는 소통이 되기를 원한다. 지난 세월 인생을 돌아보며 자신이 표현할 수 있는 만큼 써 내려갔을 뿐이다.

현재는 100세 시대를 살고 있는 현실이 되었다. 하지만 세상에는 고통을 감내하며 힘겹게 살아가는 이들도 많다. 남존여비 시대의 여자로 태어나 죽을 만큼 힘들어도 열심히 살아낸 딸들이 있다는 걸 기억하고자 한다.

이 내용은 중장년층이 더욱 공감할 수 있는 이야기일 것이다. 첫 소설집 원고를 출판사에 보내던 날, 세상에 민낯을 드러내는 것처럼 너무나 창피하기만 했다. 그날은 종일 얼굴이 달아오르고 가슴이 두근거리며 떨렸다.

나의 소설이 독자들께 공감되는 이야기로 조금이나마 위안이 되고 귀감이 되었으면 한다. 인생의 소중함을 전하고 싶은 마음이다. 이 소설을 읽는 독자들에게 유익한 내용으로 이해되기를 바라며, 딸들 인생의 단편으로 이어지는 연작 장편소설로 펴낸다.

차례

작가의 말

꽃피는 시절 · 11

딸의 고통 · 47

어머니 날 부르신다 · 79

올가미 · 117

새처럼 날고파 · 159

운명 · 223

텍사스의 사랑 · 252

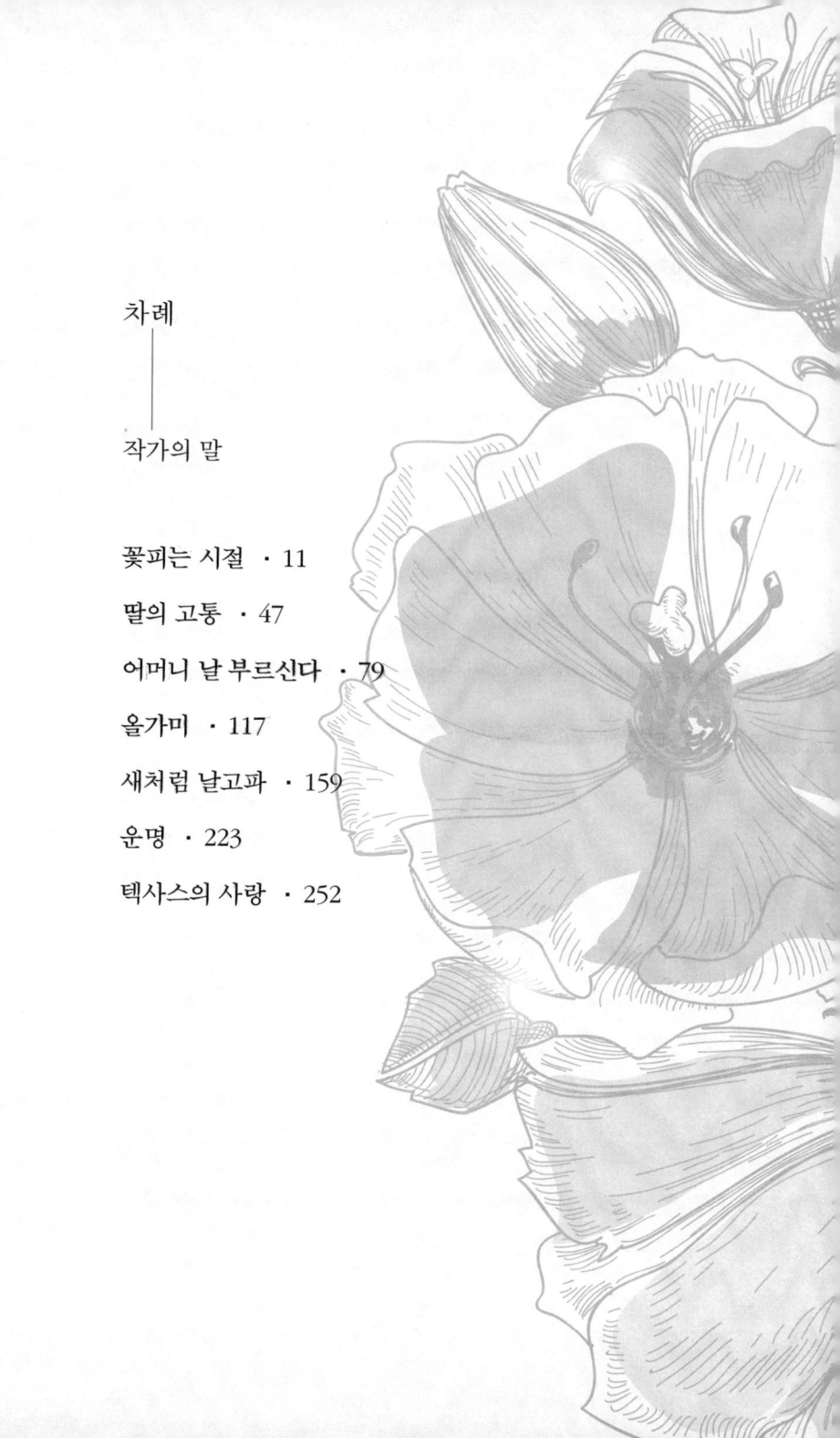

향기로운 꽃이 되었다

꽃피는 시절

에스테틱 사업

피부미용 샵은 전철역에서 가까운 곳에 있다. 강남 중심에 오피스텔을 겸한 상가 건물로 가까스로 자리매김 되었다. 건물 1층 입구 여닫이 유리문을 열고 내부로 들어서면 에스컬레이터를 통해 올라가기도 하고 엘리베이터를 이용한다. 3층에 '이선영 에스테틱'이라는 피부미용 샵(shop) 간판이 환하게 보인다. 왼쪽에는 헤어 샵(shop)이 나란히 붙어 있고 오른쪽으로 '여성 전용'이라는 팻말을 따라가야 한다. 그곳에 오십 평 남짓 되는 피부미용 공간이 있다. 내부에 들어서면 현관 복도를 통해 거실로 들어가는 레이스 커튼을 통과한다. 입구부터 온통 럭셔리한 레이스와 분홍색 커튼의 리본 모양까지 아기자기한 인테리어가 특별하다. 액세

서리 소품들이 마치 공주라도 된 것 같은 착각을 하게 된다.

원장실은 거실 안쪽으로 따로 있다. 거실에 아기자기한 아이보리색 소파가 있고, 바로 앞 티 테이블에는 언제나 꽃향기를 풍겨야 한다는 주인의 고정관념이 엿보인다. 오늘도 깔끔한 꽃무늬 꽃병에서 오월의 빨간 장미꽃이 촉촉하게 수분을 머금은 채 향기의 신선함을 주고 있다. 그 다음 장식장이 먼저 눈에 들어온다. 층층으로 다양한 책들의 볼거리가 있다. 온갖 서적들의 시집이며 소설집, 에세이집, 산문집, CD가 눈에 띈다. 주인의 취향이 무엇인지를 짐작하게 되어 겸손한 마음을 가지게 된다.

거실에서 한눈에 보이는 다양한 방이 눈에 들어온다. 양쪽으로 특수 관리실과 메이크업실까지 방이 다섯 개다. 각각 방에서 풍기는 은은한 아로마 향에 매혹당하듯 끌린다. 커튼은 금색 또는 자주색 계열의 고풍스러움이 마치 여왕이 된 것 같은 우월감을 준다. 여러 방을 들여다보면 정갈하게 놓인 위생제품과 미용재료의 기구부터 다양하다. 고가의 명품 화장품으로 구색을 맞춰놓은 제품에서 신뢰와 안정감을 준다. 일단 피부 샵에 들어오면 공주나 여왕이 된 착각에 빠지는 환상적인 매력을 선보이고 있다.

혜정은 피부 샵에서 실장으로 일하고 있다. 흐릿한 쌍꺼풀에 큼지막한 눈이 맑아 보이는 인상이다. 피부는 전형적인 동양인으로 하얗지는 않지만, 이목구비가 또렷해서 그런지 똑똑하고 강단이 있어 보이고 세련미도 있다. 이곳에서 어언 삼 년이 되었다.

초이는 종합 미용 학과를 졸업하자마자 보조 관리사로 들어왔다. 인상이 항상 웃는 듯 반달 모양 같은 눈에 하얀 피부를 가진 천생 여자라는 인상의 매력과 애교 넘치는 초년생 소녀. 일 년 정도 근무하면서 피부미용 기술도 배우고 있는 중이다.

"원장니임 안녕하세요?"

"안녕, 커피 향이 좋으네?"

피부미용 샵의 원장인 나는 오늘 모처럼 늦게 출근하게 되었다. 집안 청소며 빨래까지 하고 오는 바람에 9시 30분쯤 도착한 것이다. 어느새 초이가 생글거리는 눈웃음으로 코앞에 바짝 다가와서 얼른 인사를 했다. 그녀의 종종거리는 걸음걸이에 방금 내린 아메리카노 커피 향이 꼬리를 달고 따라다니는 듯 여기저기 진하게 코를 자극하고 있다. 실내에 퍼지는 커피 향에 달콤함까지 첨가한 따끈한 머그잔으로 석 잔을 들고 왔다.

"원장님 안녕하세요, 오늘은 아침에 바쁘셨나 봐요?"

"응, 빨래 좀 하고 오느라 좀 늦었지…."

혜정이도 주방에서 환한 웃음을 보이며 큰소리로 인사를 했다. 검정색 통굽 슬리퍼를 신은 채 엉거주춤한 자세로 뚜벅거리는 소리를 내며 분주하다. 케이크를 담은 접시를 들고 얼른 따라 나오면서 소파에 앉았다.

"굿모닝, 청소는 다 했네. 아침에 별다른 예약 손님 전화는 없었지?"

"네, 원장님. 오전에는 열 시 손님 있어요."

"그래서 방금 제가 완벽하게 다 준비해 놨어용, 헤헤."

초이도 옆에 붙어 앉으며 살랑거렸다. 셋은 술잔이 아닌 커피잔을 부딪치며 오늘 하루의 파이팅을 외쳤다. 세 명의 호흡을 맞추기 위해 마음껏 웃는 자신감의 외침이다. 그렇게 오늘의 목표를 예감하며 피부미용 영업을 시작하고 있었다.

오늘은 VIP 손님이 오는 날이다. 잘 나간다는 헤어 미용 디자이너가 오전 10시에 예약되어 있어서 각자 서둘렀다. 나는 손님이 오기 전 마음을 충전하는 시간의 여유로움을 가지는 것이 습관으로 잠시 쉬고 있었다. 곧 약속시간이 되어 손님이 복도의 창문 틈으로 들어오는 빛과 함께 종종걸음으로 들어섰다.

"원장니임, 안녕하세요? 아침은 드셨나요오. 호호호."

"안녕하세요? 아, 그럼요. 지금이 몇 신데요, 호호호."

드디어 헤어 미용 디자이너라는 이연정 단골손님이 환하게 웃으며 관리실로 들어서고 있었다. 그녀는 어느 슈퍼모델을 생각나게 하는 이목구비가 또렷한 미모를 가지고 있다. 오늘도 여전히 독특한 향수 냄새로 강하게 코를 자극했다.

"어서 오세요오, 오늘은 더 예쁘게 하고 오셨네요?"

"원장님이 그렇게 말씀해주시니까 정말 기분 째지네요. 너무 띄워주시는 거 아니에요?"

"아니에요, 솔직히 말씀드리는 거예요."

"감사해요, 원장니임."

"넹, 저두요."

　원장과 고객은 다정한 인사를 했다. 비록 손님이 별로 좋아하지 않는 향수 냄새로 코를 자극해도 인상을 찌푸리지 않고 항상 기분 좋게 웃으며 반갑게 대한다. 어느 정도는 격을 두면서도 한편으론 언니 동생처럼 속마음의 고민을 들어주기도 하는 사이가 되었다. 전신 경락 관리를 하는데 꼬박꼬박 일주일에 두 번을 와야 하는 손님이다. 정성을 들인 만큼 탄력 있는 V라인 피부와 S라인 몸매를 유지하기 위해서다. 매력 있는 여자로 사는 모습은 같은 여자가 보아도 내심 부러움의 대상이다.

　실장은 손님이 탈의실에서 일회용 속옷과 피부미용 가운만을 입도록 도와준 뒤 특별 바디 관리실로 안내했다. 전신 경락 관리는 제일 먼저 큼지막한 실장 손으로 등 관리부터 시원스럽게 시작한다. 바디필링 제품 종류로 각질 관리를 시작하고, 각 부위의 다양한 아로마 오일 향기를 풍기며 몸을 먼저 풀어주기 시작했다. 손님이 엎드린 자세에서 먼저 반 시간 정도 등 관리를 하는 동안 릴랙스를 취하고 서로 조용하게 침묵하며 관리에 집중했다. 다음은 반대쪽 앞으로 돌아 눕혔다. 피부미용의 전문적인 여러 가지 제품으로 얼굴부터 진행하여 부위별 라인 관리를 하는 동안 더 편안해졌다. 얼굴에 아로마 관리를 시작했다. 레몬이나 로즈메리 등 여러 향의 종류를 가지고 하는 고객 맞춤으로 제품이 달라진다. 편안하게 누워서 받는 시간이 되면 안정되고 부드럽게 대화가 오가는 여유로운 시간이다. 천천히 편안하고 기분 좋게 하는 관리의 시간이 되었다.

"언니, 오늘은 어떤 차를 타시나요. 오늘도 데이트 약속 있으신 거죠? 혹시 외제 차도 있나요?"

실장인 혜정이가 얼굴에 클렌징을 바르며 익살스럽게 물었다. 우리는 상대 남자의 호칭을 차종 이름으로 말하는 그녀가 흥미롭기만 했다. 한편으론 편한 표현으로 들리기도 했다. 이연정 디자이너는 샵에서 제일 관심이 가는 손님이었다.

"네, 오늘은 그냥 뉴그랜저 만나기로 했지요. 오늘은 화장도 해주세요, 아주 동안 얼굴로 보이게 말이예용. 오늘 만나는 애는 나이가 한 살 연하인데 내가 한참 어린 줄 알고 있거든요."

"언니, 저번엔 BMW 아니었어요. 그 새 바꾸셨나 봐요, 혼자만 타시지 말고 오늘은 우리 원장님도 모시고 가면 안 돼요? 우리 원장님은 맨날 일만 하시니까 너무 힘드시거든요. 같이 다니면 더 재미있지 않을까요?"

"오, 그럼 좋지이, 원장님! 같이 가셔도 돼요오, 호호호."

"실장아, 난 괜찮은데 왜 그래에. 내가 그렇게 보였어? 아이구우."

"원장님, 그럼 언제든 말씀만 해주세용. 저한테 찝쩍대는 놈들이 많아서 시간이 모자른답니다. 제가 전화하면 나올 남자 많아요. 그러지 않아도 소개팅도 해달라는데 제가 그 생각을 못 했네요."

손님은 실장이 묻자마자 거침없이 말했다. 대단한 인격을 가진 듯 신이 나서 자랑이 늘어졌다. 자신의 인기가 하도 좋아서 귀찮아 죽겠다고 했다. 남자 친구가 너무 많다는 능력자라고 으스대는 손짓까지 하고 있었다.

　그녀는 네 살짜리 딸을 가진 엄마이기도 하다. 딸을 친정엄마한테 맡기고 남편은 생활 능력이 없어서 별거 중이라며 항상 당당했다. 요즘은 IMF의 사회 경제난 때문에 모든 사람이 돈벌이가 없어서 난리들이다. 그녀는 거기에 맞지 않게 무슨 능력이 그리 좋은지 모르겠다. 우리도 요즘은 직원 월급 주고 제품값 빼면 한 달 가져가는 순수이익이 항상 만족스럽지 않았다. 한 명당 한 달에 오백 이상 돈벌이가 되는 여자가 드문데 이 손님은 웬만한 남자들보다 수입이 훨씬 상위급이라고 했다. 그래서 부럽고 존경스럽다.

　실장은 클렌징과 세안 단계에서 가벼운 피부 필링 관리까지 끝냈다. 이어서 원장인 내가 손을 바꾸어 침대 앞으로 의자를 바짝 당겨 자리를 잡았다. 아로마를 목부터 이마까지 펴 바르고 빠른 손놀림의 전문가다운 테라피 관리를 시작했다. 지금부터 서로 편안한 자세에서 대화를 많이 할 수 있다.

　"원장님, 오늘 시간 있으세요? 그럼 진짜로 저랑 같이 근사한 데로 점심 드시러 갈까요? 사실 오늘은 별로 내키질 않는데 그 남자애가 하도 나오라고 하니까 약속을 어길 수가 없어서 가려고 하거든요."

　"글쎄요, 오늘은 관리 끝나고 나서 딱히 특별한 손님은 없기도 하고 실장이 혼자 해도 되긴 하지만 갑작스러운 일이라 생각을 안 해봐서요."

"원장님, 바람도 쐴 겸 해서 이 언니랑 같이 다녀오세요."

"원장니임, 실장님이 다녀오시라고 하네요. 우리 원장님은 너무 일만 해서 탈이라고 하잖아요? 호호호."

실장인 혜정이가 갑자기 말하는 바람에 나는 당황했다. 아주 잠깐은 솔깃하기까지 할 뻔했다. 관리사 직원들 입장에서는 원장이 매일 함께 붙어 있으니 불편하기도 할 것 같다는 생각이 들었다.

"원장님 너무 그렇게 일만 하고 살지 마세요. 요즘 골 빈 남자들 엄청 많아요. 돈이 많아서 주체 못 하는 남자들도 꽤 있더라고요."

"아, 그래요? 저는 아들이 아직 학생이어서 학원가기 전에 샵으로 오거든요. 그러기 때문에 퇴근할 때 같이 집에 들어가는데 저녁도 챙겨줘야 하고 시간이 없네요. 아빠가 늦게 퇴근하니까 애들 뒷바라지 때문에 꼼짝 못 해요."

"원장님은 낮에 예약 손님 없을 때 직원들 있으니까 잠깐씩 나가실 수 있지 않나요?"

"아, 그럴 수는 있는데 갑자기 오시는 손님도 있고, 그럴 때마다 항상 주인한테 직접 관리받는 걸 원하잖아요. 그래서 안 되지요, 미리 약속을 잡아놓으면 모를까."

"원장님, 그럼 그러세요. 다음에 시간 되실 때 약속 잡아서 저랑 같이 나가세요. 멋진데 가서 원장님 좋아하시는 스테이크랑 파스타도 먹고요.”

"그럴까요, 그럼 전 스포츠 오픈카도 탈 수 있는 건가요?”

"아, 맞다! 오픈카 가지고 있는 남자도 있어요. 다음에 같이 가시면 딱 이겠네요. 와우! 원장님 그럼 약속하셨어요?”

"네, 그럼 생각해 볼게요, 호호호.”

"원장님, 생각보다 너무 순진하신 거 아닌가요? 암튼 대답하신 걸로 알고 있을게요.”

그렇게 둘은 기분 좋아진 대화로 크게 웃었다. 서로 이야기를 주고받으며 얼굴에 석고 팩을 붙이느라 잠시 대화가 끊겼다. 편한 대화가 오가는 동안 옆에 대기하고 서 있던 혜정이와 초이도 덩달아 합세해서 '킥킥'거리며 의미 있는 눈짓을 주고받았다. 얼굴에 팩을 붙여 놓는 동안 실장과 보조 관리사가 들러붙어 서서 복부며 다리 관리가 이어졌다. 혼자서 전신관리를 하려면 세 시간이 걸려야 한다. 이렇게 같이 하면 두 시간 반이면 마칠 수 있다. 단골손님 특별 관리라 신경 써주는 대우로 그야말로 피부미용 샵에서의 사명감이라는 자부심이 있다.

몇 년 전만 해도 이렇게 몸매가 탄력 있고 날씬한 손님은 드물었다. 잘 먹어야 부티 난다는 속설이라서 그런지는 몰라도 덩치 좋은 그룹 회장 사모님이거나 업체 대표 사모님들이 대다수였다. 이제는 IMF도 지나고 미용에 모든 유행이 달라지고 있었다. 미용 관리는 교수직이거나 일반 직장인들과 주부들까지도 많이 하고 있다. 편견이 바뀌어 가는 요즘은 정반대로 못 사는 집 여성들이 먹고 싶은 대로 마구 먹어 오히려 살이 찐다는 그런 세상이 되었다. 부촌 여자들은 음식을 몸매의 균형 관리 때문에 골고루 소식하며 규칙성 있게 먹는다고 했다. 못 사는 집 여자들은 그런 거 생각 않고 미련하게 많이 먹어서 돼지처럼 살찐다는 막말을 하는 이들도 있다. 유머의 속설이 현실로 바뀌고 있는 실정이었다.

나는 실장과 보조 관리사가 관리하는 동안 잠시 정수기에서 시원한 물을 받아와 급하게 마셨다. 잠시라도 바깥바람을 쐬고 싶어 창문을 살짝 열어보았다. 커튼 사이로 들어오는 시원한 바람에 가슴을 활짝 내밀어 큰 숨을 들이쉬고 내쉬었다. 한가로운 시간이라 거리에는 사람들이 뜸하게 걸어 다니고 있다. 내리쬐는 따스한 햇볕이 너무 반가웠다. 실장은 경락기구인 석선기를 꽂아 놓고 기다리는 동안 거실로 나와 있고, 초이가 그 자리를 지키고 있는 모양이었다. 이어서 나는 관리실로 들어갔다. 손님의 손 관리를 시작하기 위해 다시 소매를 걷어 올렸다. 손부터 팔 전부를 마사지해주는 서비스 관리다. 보조 관리사인 초이의 도움을 받으며 천천히 하는 것 같으면서도 손놀림은 재빠르게 진행했다.

"원장님의 손 관리는 언제나 기분 좋게 하는 마술사 같아요."

"아 그래요? 제 손이 너무 작아서 시원하기나 하실는지 모르겠네요, 손이 좀 커야 더 시원하기도 할 텐데요."

"아니에요, 원장님 손은 부드럽고 촉감이 너무 좋아요. 자그마한 손인데도 손힘이 장난 아니세요. 시원하고 기분이 좋아져요."

"그렇게 말씀해주시니 감사합니다."

특히 손 관리를 할 때는 원장인 내가 직접 해야겠다는 생각으로 관리사들에겐 절대 시키지 않는다. 손님 입장을 생각해서 최고의 특별대우를 해주는 것이다. 그렇게 서비스 관리를 끝내고 십 분 정도의 시간은 손님이 수면을 취하도록 도와주었다.

혜정은 전신관리가 마무리되자 손님을 메이크업 실로 안내했다. 메이크업 하기 전 절차는 실장인 혜정의 손을 거쳐야 하기 때문이다. 손님 침대의 머리맡에 색조 화장품들이 놓여 있다. 웨곤에 진열된 다양한 제품이 있어서 손쉽게 빠른 화장을 할 수 있다.

손놀림이 빠른 실장은 벌써 기초화장에 콤팩트까지 제품진열을 완료했다. 원장과 실장과의 메이크업 작업은 손색없이 궁합이 잘 맞는 조합으로 진행되었다. 어려 보이게 하는 '동안 화장법'이 시작되고 핑크계열로 마무리하는 데까지는 한 듯 안 한 듯 진하지 않은 옅은 화장이기에 금방 끝낼 수 있었다.

이연정 손님은 언제나 오케이 사인으로 기분 좋게 대답을 해주었다. 지금은 VIP 단골 고객이 되었다. 초이가 손님을 탈의실로 안내하고 잠시 후 유리 벽 너머 화장대 앞에 앉은 그녀의 모습이 보였다. 그녀의 젊음은 싱그러운 자신감에 행복한 삶이었다. 나는 갑자기 힘 빠진 나의 모습이 궁금해졌다. 거실 한쪽에 걸려 있는 전신 거울로 발걸음을 옮겨 내 모습을 비추며 물끄러미 바라보았다. 우리 관리실의 세 명은 이렇게 손님 분위기에 따라 그날그날 기분이 달라졌다.

어느덧 그렇게 삼 일이 지났다. 헤어디자이너 이연정 손님은

10시까지 온다고 전화가 왔다.

"호호호, 원장니임. 오늘 약속하신 날이에요. 진짜 외출하실 거죠? 물론 예쁘게 하고 나오셨을 거 같아요. 제가 관리 끝나면 곧바로 간다고 약속해놨으니까 단단히 준비하고 계세요?"

결국 이틀 전에 그녀와 약속을 하고 말았다. 그렇기 때문에 아침에 꼼짝없이 외출 준비를 하고 나왔다.

"아, 그럼요. 알겠어요, 준비하고 있을 거니까 얼른 오시기나 하세요."

오늘 그 손님이 오기를 은근히 기다렸는지도 모른다. 결혼 생활 후 오직 가정을 위해 개인행동을 해본 적이 없었다. 남자들과 즐긴다는 그녀의 세상 이야기가 궁금해졌다. 나의 결혼 생활은 사실 너무 똑같은 일상으로 답답함도 없지 않았다. 나는 내심 스포츠카를 갖고 싶어 했다. 영화에 나오는 여자들처럼 가끔 긴 머리칼을 휘날리며 스포츠카를 끌고 다니는 나의 모습을 상상할 정도였다. 내가 출퇴근용으로 끌고 다니는 차도 있지만, 손님들의 차를 직접 주차관리 해주다 보면 여러 차 종류를 잠깐씩은 운전을 해보았다. 하지만 그렇게 운전하는 건 만족이 되지 않았다. 스포츠카에 오픈되는 차를 타보고 싶은 생각이 항상 있지만, 그냥 상상할 뿐이었다. 내 안에 반전되는 엉뚱한 성격을 누구도 상상하지는 못할 것이다. 외모는 항상 여성스러운 긴 머리와 긴치마 차림을 고집하기 때문이다. 그런데 내가 상상하는 건 남자들처럼 오픈카를 운전하며 자유롭게 여행 다니고 싶은 야망이 있다. 성격은 그리 여성스럽지 않고 털털한 편이다. 그렇다고 여자로 태어난 것이 원망스럽게 생각되지는 않았다. 잠시 후 이연정이라는 손님의 구두 소리가 '또각또각' 들렸다. 현관문 앞에 멈추더니 '딩동딩동' 우렁찬 벨 소리가 그 손님처럼 당당하게 들렸다. 그녀가 들어서고 풍기는 오늘의 향수는 심플한 크리스탈라이트 향으로 코를 진하게 자극했다. 꽃향기의 향수 냄새가 왠지 모르게 내 마음을 설레게 했다. 손님이 장미꽃이라도 들고 온 것처럼 신선하기도 하고 야릇하게 코끝을 스쳤다. 그녀와 함께 외출할 생각에 덩달아 행복해지는 호기심으로 기분이 묘했다. 나도 모르게 입꼬리가 길어지는 미소를 지었다.

"원장님! 오늘 점심 약속 가시는 거는 맞지요? BMW 차타고 춘천에 가기로 했어요. 6시 안에 충분히 올 수 있대요."

은근히 기대했던 말이긴 했다. 갑자기 그 말을 들으니 왠지 모르게 얼굴이 화끈거리는게 느껴졌다. 잠시 대답을 해야 하나 하고 망설였다.

"정말 같이 가도 괜찮겠지요?"

"네에, 원장니임. 관리 끝나고 같이 나가시면 될 거예요."

"원장님! 오늘 다녀오세요. 오후엔 특수 관리 없고요, 발 관리랑 복부 관리만 있으니까 괜찮아요. 그리고 저녁에 아드님 오면 제가 꼭 데리고 있을게요."

실장 혜정이가 적극적으로 나서주었다. 직원들이 합세하는 바람에 대답하는 코너로 몰려버렸다. '안 되는데…' 하는 생각을 하면서도 은근히 기대하는 자신에게 당황하고 있었다.

"6시까지는 와야 하는데…! 올 수 있겠지요?"

"아이구, 원장님 걱정을 하지 마세요. 오늘 무조건 가는 거예요? 그 남자한테 지금 문자 좀 보내놓고 관리 들어갈게요."

"휴, 그럼 마음의 준비 좀 하고요. 오늘 한 번만 그냥 따라 가보는 거예요?"

"알았어요, 알았어요. 호호호."

"와, 원장님 축하드려요. 드디어 바람 쐬러 가시는 거예요?"

갑자기 셋이 한꺼번에 몰아붙이는 바람에 대답하고 말았다. 손님이 문자를 보내는 사이 그때부터 가슴은 떨리기 시작했다. 관리하는 내내 그사이에 생각만 해도 손이 자꾸 떨려서 나를 진정하느라 애먹었다.

'뭐, 한번 가보는 거니까 괜찮겠지…' 그렇게 깊게 생각하느라 전신관리도 제대로 잘했는지조차 정신없을 정도로 두 시간이 후딱 지나갔다. 오늘은 약속시간을 맞추기 위해 초스피드 관리를 하기로 하고 셋이서 같이 손을 맞추니 두 시간 만에 끝냈다. 내 심정을 모르는 세 사람은 그저 먹을거리 놀 거리에 대한 환상적인 이야기꽃을 피웠다. 손님하고 멀리 나간다는 생각에 관리하는 동안 어떻게 해야 할지 망설였다. 몇 번을 결심하느라 아무 말도 귀에 들리지 않는 시간이었다.

"원장님 잘 다녀오세요. 원장님 파이팅! 호호호."

"그래, 그럼 갔다 올게. 파이팅!"

실장도 함께 물개박수를 치며 응원을 해주었다. 메이크업은 각자 하기로 했다. 관리를 마치자마자 손님과 함께 나란히 화장대 앞에 앉았다. 기분 좋아하며 당당한 그녀의 모습이 빛이 났다. 나는 그 옆에서 자꾸만 작아지는 느낌이 들었다. 그래도 항상 '오너'라는 입장을 잊지 않고 있다. 주인이니까 손님 앞에서는 내가 선생님이라는 당당함으로 그녀에게 뒤지지 않는다는 자신감을 가졌다. 나 역시 손님들한테 꿀리지 않는 말과 행동을 해야 한다는 생각을 했다. 그녀 앞에서는 왠지 사업을 하는 입장의 주인이라도 사회생활 이야기에서 움츠러든다. 그저 먹고 사느라 가정과 일에만 묻혀 사는 나와는 전혀 다른 세상의 자유로운 여인이기에 바라보면서 내심 부럽기도 했었기 때문이다.

"원장님 제 눈썹 괜찮아요? 너무 긴 걸 붙인 거 같기도 하고 다음엔 그냥 자연스러운 길이로 붙여 주세요."

"아, 예쁘세요. 이왕 연장술 하려면 길어야지요. 오늘 진짜로 제가 따라가도 되는 거예요? 괜히 방해될까 걱정되네요?"

"원장님 정말로 걱정하지 마시라니까요. 후회는 절대 안 하실 거예요, 헤헤."

그녀는 세련미가 돋보이는 노란 A라인 원피스를 입고 왔다. 아이보리 니트 재킷을 걸치고 하늘거리는 칠부 소매가 고급스러워 보였다. 나도 있는 옷 중에 제일 마음에 드는 검정색 주름치마와 연한 분홍색 블라우스를 입고 나섰다.

"김 실장! 늦어도 6시 안에는 올 거지만, 혹시 그 안에 내가 못

오면 우리 아들 좀 데리고 있어."

"네 원장님 걱정하지 마세요. 맛난 거 많이 드시고 실컷 노시다 오세요."

직원들한테 단단히 일러두고 그녀와 난 택시를 탔다. 십여 분 정도 가다가 인적 뜸한 대로변에 내렸다. 검정색 차와 진청색 차로 두 대나 기다리고 있었다. 남자들을 보는 순간 가슴이 철렁 내려앉았다.

"어머! 차가 두 대나 와있네요, 스포츠카도 있어요?"

"아, 원장님이 스포츠카를 타고 싶어 하신다고 하셔서 얘길 했더니 그 친구를 데리고 왔나 보네요, 참 잘됐어요. 그리고 오늘은 우리 사이를 친한 언니 동생으로 소개하기로 해요."

"난 아무래도 상관없긴 하지만… 재밌겠네요."

둘이 그렇게 소곤거리는 동안 남자들이 정중하게 인사하며 다가왔다. 결국 나는 처음 보는 차종의 진청색 아우디 스포츠카에 타게 되고 그녀는 BMW 승용차에 탔다. 스포츠카는 신기하게도 2인승이었다. '뭐 처녀도 아니고 유부녀를 어떻게 하랴…' 그렇게 생각하며 덤덤하게 차에 올라탔다. 차는 상상했던 대로 근사했다. 외형은 번쩍거리는 아우디 스포츠카인데 두 명만 탈 수 있는 좌석이라 생각보다 실용성은 없어 보였다. 그 남자는 조수석으로 안내하며 정중한 인사를 했다. 차 안 뒤쪽에는 비싼 스페어타이어를 보물단지처럼 보관해 놓은 모양이 그 남자의 섬세함으로 엿보였다.

"안녕하세요, 반갑습니다! 제 이름은 이상현입니다."

"네, 안녕하세요. 처음 뵙겠습니다. 제 이름은 선영이라고 해요. 근데 두 분은 평일에 시간이 되시나 봐요? 저는 얼결에 따라 나왔는데 제가 방해가 되는지 모르겠네요."

"무슨 말씀을요, 전혀 아니구요. 저는 오늘 이렇게 만나게 돼서 정말 영광입니다. 사실은 오늘 업무상 저 친구와 식사 약속이 있었는데 제 차를 끌고 나오라 해서 갑자기 급하게 나왔답니다. 이렇게 미인 여성분들이 나오시는 줄도 모르구요 하하하."

"아 그러셨어요, 그런데 오늘 어디로 가시는 건가요?"

"춘천 쪽에 유명한 닭갈비집에 가자는데 시간 괜찮으시겠어요?"

"네, 괜찮아요. 저는 오늘 모처럼만에 시간이 났거든요."

첫 대면의 남자는 겸손하고 부드러운 말투에 생각보다 안심이 되었다. 좀 전엔 초면이라 얼굴도 제대로 못 봤는데 운전하느라 앞만 보는 남자를 확실히 보게 되었다. 슬며시 옆 눈으로 바라보았다. 남자의 훤칠하게 큰 키는 대강 짐작해도 180센티는 되어 보였다. 하얀 피부에 서글서글한 눈매가 사슴 눈을 닮았다는 생각이 얼핏 들었다. 선해 보이는 인상에 배려해주는 말투가 왠지 좀 전 긴장감의 부담이 조금씩 풀리고 있었다. 그 차엔 남자의 냄새가 아닌 아카시아 향기가 솔솔 배어있는 것 같아 기분이 좋아졌다. 상상만 하던 오픈카를 타고 간다는 생각에 너무 고맙고 뭐라도 성의를 보여야 한다는 생각이 들었다.

이연정 손님이 탄 차는 먼저 앞질러 갔다. 그 차는 차 창문을 시커멓게 선팅한 차라 사람의 얼굴이 잘 보이지 않았지만, 이 순간은 내 기분에 빠지고 싶었다. 아직 6월 초라 그런지 춥지도 덥지도 않은 날씨다. 오늘은 바람까지 살짝 불어오는 금상첨화의 날인 것 같아 어색했던 마음도 사라졌다.

"눈이 부시면 케비넷에서 선글라스 꺼내 쓰셔도 됩니다. 두 개 있으니까 골라 쓰세요."

"와아 정말요? 어떻게 남자 거를… 제가 써도 되나요?"

그렇게 말하면서도 내 오른손은 벌써 케비넷을 열고 있었다. 정말로 선글라스 두 개가 나란히 정리되어 있다. 둘 중 더 작아 보이는 모양으로 골라 써보며 거울로 비춰보았다.

"역시 미인이시니 뭐든 잘 어울리시네요? 하하하."

그 순간 얼굴이 화끈거렸다. 그 남자를 똑바로 바라볼 수가 없었다. 선글라스를 쓴 채 일부러 바깥바람을 쐬는 척 차 창문을 살짝 열었다. 바람은 나를 기다린 듯 긴 머리를 마구 휘날렸다. 어색함으로 화끈거리는 얼굴을 식혀주는 듯했다. 어느덧 고속도로를 지나 춘천역이 보이기 시작했다. 신록을 자랑하는 창밖 풍경에 가슴이 확 트이고 저절로 웃음이 나왔다. 이연정 손님이 타고 간 앞 차는 벌써 대형 닭갈비 음식점 주차장에서 기다리고 있었다. 우리가 도착하자 함께 식당 안으로 들어갔다. 식당은 평일 한낮인데도 여기저기 벌겋게 숯불이 피워 올라있는 테이블도 많았다. 시끄럽게 떠드는 사람들로 거의 빈자리는 찾아보기가 쉽지 않았지만, 창가 쪽 아담한 테이블로 앉았다. 알고 보니 이연정 손님의 남자친구가 미리 예약을 해놓았다고 했다.

"언니, 나랑 따로 와도 괜찮았지?"

"아, 응…."

그 여자가 호들갑을 떨면서 갑자기 자연스럽게 반말 호칭을 했다. 살짝 놀라긴 했지만 미리 약속했던 말이 떠올랐다. 더듬거리는 말투로 안 그런 척 창가에 눈을 돌리며 대답했다. 남자들은 어느새 서빙 직원과 음식 주문을 하느라 정신이 없었다.

그 여자와 나는 다시금 눈짓을 주고받으며 언니 동생 하자는 다짐을 확고히 정했다. 그 여자의 제안이 발칙하다는 생각이 들어도 그 순간은 그렇게 할 수밖에 없다는 생각에 고개를 끄덕였다.

"오늘 이렇게 만나 뵙게 되어 영광입니다. 언니분께서 오실 수 있다기에 제 친구도 함께 동행 하자고 제안했습니다. 용서해주실 거죠?"

"아 네에, 처음 뵙겠습니다, 저도 영광입니다."

"말 편하게 하셔도 돼요. 저랑 친한 언니인데 오늘 시간이 맞아서 나오게 된 거니까요."

'….'

잠시 서로 어설픈 적막이 지나는 동안 음식이 나오기 시작했다. 다시 이야기가 자연스러워지고 정겹게 느껴지는 큰 식탁 차림이 푸짐하게 차려졌다. 닭갈비가 참숯과 어우러져서 익어가는 냄새에 입맛이 당기기 시작했다. 차에 앉아 온 순서로 자리를 정하고 나와 같이 차를 타고 온 남자와 마주 앉게 되었다. 당연히 그들도 마주 보는 자리에 앉고 우리 넷은 원래 알던 사람처럼 먹는 자리에서 점점 편해지는 분위기가 되어갔다. 이윽고 매실주도 한 병 시켰다. 남자들은 차 운전을 해야 하기 때문에 반 잔씩 마시고 여자들은 두 잔씩 마셨다. 나도 남들 마시는 만큼 주량이 있었기에 단숨에 홀짝 받아 마셔버렸다.

"역시 닭갈비엔 술이지요. 남자들은 운전해야 하니까 살짝 음미하는 정도만 마시고 다음 기회가 생기면 택시를 타고 오기로 합시다."

"우와! 다음에 또 오자구요? 저는 동해 바다로 날아가고 싶은데요. 호호호."

"오, 굿! 좋은 생각이네요, 하하하."

이연정 손님과 남자는 진작부터 쿵짝이 잘 맞는 말만 주고받고 있었다. 나는 속으로 '또 만날 날이 있을까?'를 생각하며 대답 대신 미소로 보여주었다.

큰 접시에 수북하게 담겼던 닭갈비가 어찌나 살살 녹는 맛인지 어느새 동이 났다. 춘천 막국수가 후식으로 한 사람씩 앞에 놓였다. 한 참 먹을 나이니만큼 남녀는 후딱 먹어 치우기까지 그리 시간이 오래 걸리지 않았다. 실컷 먹은 뒤 자리를 옮기기로 했다. 어느 아늑한 카페에 들어갔다. 편안한 자리를 잡고 앉아 저만치 소양강 댐을 바라보며 감탄이 저절로 나왔다. 함께 차를 타고 온 남자가 보조개를 살짝 보이는미소로 말을 걸었다.

"소양강 댐엔 가보신적 있으세요?"

"네, 어릴 적에 한번 가본 적 있어요. 지금은 어떻게 변했는지 많이 달라졌을 것 같은데요?"

"아, 그럼 오늘 가보면 어떨까요. 시간이 안 되나요?"

"예, 아쉽지만 저는 오늘 시간이 안 될 것 같아요."

나는 단호한 대답을 했다. 그들은 자꾸만 다시 만날 거라는 여운처럼 말꼬리를 잡고 이어졌다. 내 생각도 그러고 싶어지고 따라가는 느낌이 들었지만, 오늘은 그들 장단에 맞추는 게 예의라는 생각을 했다. 이윽고 카페라떼의 짙은 향으로 넉 잔의 커피가 나왔다. 기다랗고, 바삭하게 보이는 과자 네 개를 담은 하얀 접시도 가운데 놓였다. 커피에 떠오진 큐피드 모양이 마치 남녀들의 사랑을 표시하는 모양인 것 같아 감탄했다. 이연정 손님이 기다렸다는 듯이 기다란 과자를 얼른 집어 들었다. 그러고는 짝꿍의 남자에게 재밌는 게임을 하자며 제안했다.

"오늘 시합을 한번 해 보이겠습니다. 자! 지금부터 이 과자를 누가 더 먼저 많이 먹을 수 있나 해보는 겁니다. 이기는 사람 소원 들어주기 하는 거예요."

"우와! 그거 참 재미있겠네."

여자 옆의 남자도 덩달아 거드는 바람에 나와 짝꿍인 남자는 뭐라 말할 기회를 잃고 말았다. 둘 다 머쓱한 얼굴로 서로 마주 보았지만 생각할 틈도 주지 않았다. 완전 그들 남녀가 주인공이었다. 어느새 그 여자와 남자는 8센티쯤 되어 보이는 과자 하나를 양쪽에서 입으로 물었다. 곧 빠르게 좁혀지는 절정에서 나는 그만 고개를 옆으로 '홱' 돌리며 눈을 감았다. 그 여자가 과자를 덥석 물고 상대 남자의 입술을 덮쳐 버렸기 때문이다.

'헉!!….'

내 머릿속은 생각하지도 못한 행동에 순간 현기증이 왔다. 아무렇지도 않은 듯 남녀가 이미 선을 넘은 행동을 하고 있었다. '처음 만난 내 앞에서 저럴 수가…! 갑자기 머릿속이 복잡해지기 시작했다. 그 여자에 대한 신뢰가 왕창 깨져버리는 순간이었다. 눈동자를 정확히 쳐다보게 되었다. 그러자 여자의 진갈색 눈동자가 갑자기 사람이 아닌 개 눈동자를 닮았다는 생각이 들었다. 어릴 적 고향집에서 키웠던 누렁이와 너무나 비교되는 순간이었다.

"우와! 내가 이겼지룡, 히히히."

여자는 남자에게 윙크를 했다. 뭔가 암호를 보내는 것 같았지만 그러려니 개의치 않았다. 평상시보다 완전 달라진 여자의 행동에 본모습이 의심스러워졌다. 나는 아무렇지 않은 것처럼 창밖으로 보이는 소양강을 바라보는 척했다. 소양강댐의 은빛 물결은 여전히 유유하게 흘러가고 있었다. 저만치 멀리 보이는 우거진 나무 숲은 이런 마음을 모른척하듯 평안하기만 하다. 푸른 소나무는 초여름 날씨의 심상치 않은 바람 소리에도 고상한 자태를 보이며 흔들리고 있었다.

"곧 집에 가야 하지 않나요? 우리 애가 저녁 6시쯤에 샵으로 오거든요."

"아직 시간 꽤 많이 남았어요. 과일 좀 사고 어디 들어가서 먹고 가요."

"아 그럽시다. 이렇게 만난 것도 인연인데 이대로 가면 섭하지요."

"언니, 시간 아직 멀었으니까 좀 더 있어도 충분하고 그렇게 해."

우리 일행은 동네 마트에서 딸기와 방울토마토를 사고 붉은빛 와인 한 병과 종이컵 등을 사게 되었다. 그리고 그 여자의 남자친구가 화투를 샀다. 이렇게 해서 가까운 근처 호텔로 들어갔다. 호텔 키를 받고 지배인이 우리에게 엘리베이터 3층 스위치를 눌러주고 정중하게 인사한 뒤 돌아갔다. 나는 궁전을 방불케 하는 으리으리한 말로만 듣던 러브호텔에 들어가는 것이었다.

나는 어깨를 움츠린 체 발소리를 죽이며 조심스레 따라가는데 안쪽으로 들어갈수록 희미한 조명에 동공은 점점 커졌다. 나란히 이어진 방문들이 꼭꼭 닫혀있고 너무 조용한 분위기에 숨도 크게 쉬지 못하며 죄지은 사람처럼 끌려가는 듯 따라가기만 했다.

"여긴 너무 어두운 거 아니에요?"

"언니, 쉿! 안에 들어가면 괜찮을 거야. 들어갈 때만 그렇지 걱정을 마셔 언니."

제일 끝쪽 방으로 가더니 아무렇지도 않게 문을 여는 그 여자가 계속 마음에 안 들었지만 뭐라고 할 수가 없다. 방에 들어서자 깔끔하게 정리가 되어있는 우아한 인테리어에 침대는 큰 거 하나 작은 거 하나로 설치되어 있었다. 활짝 열린 문으로 샤워실이 보이고 유리로 된 백색 꽃무늬 칸막이 안에는 희미하게 커다란 목욕탕도 있었다. 이 정도면 비싼 값을 냈을거라 짐작된다. 이 사람들은 나와는 전혀 다른 세계에 사는 사람들이 분명하다고 생각했다.

"와아 분위기 끝내주네요. 우리 여기서 하룻밤 자고 가면 좋겠다아."

"에구, 그러면 난 당장 이혼당하지! 난 빨리 가야 하는 데에…."

"언니는 참 순진하지, 농담이요 농담. 에휴, 과일 씻을게요오."

그 여자가 아무리 농담을 한다고 해도 나는 자꾸만 어떤 어두운 동굴 속으로 말려드는 것 같아 점점 마음이 답답해졌다. 부러움의 대상이었던 그녀에게 실망이 되기 시작했다. 지금껏 외모만 보고 부러워했던 내 생각에 완전 실망하고 있었다.

"과일은 제가 씻을게요."

나는 애꿎은 과일 봉지를 들고 세면실로 들어갔다. 여자들은 과일을 씻고 남자들은 탁자에 있는 쟁반에 옮겨 담느라 바빴다. 와인도 함께 곁들이니 푸짐한 상차림의 완성이었다.

"우리는 운전해야 하니까 와인은 얼른 입가심만 합시다! 숙녀님들은 마음 놓고 드셔도 됩니다."

"와우! 알겠어요오. 오늘은 여자들만 기분 내는 날이네요."

이렇게 환호성을 외치며 우린 과일을 먹기 시작했다. 나는 와인 반 잔 정도 마시고 그 여자는 큰 잔으로 두 잔이나 잔을 비웠다. 이윽고 고스톱을 치자며 화투판이 벌어지자 모두 화기애애하게 시간을 보내기로 했다. 편을 가를 때도 여전히 난 같은 사람과 짝이 되었다. 워낙 재주가 있어 보이는 그 남자 덕분에 짝만 맞출 뿐 화투를 칠 줄 모르는 나를 보조해주며 승패에서 이겨버렸다.

"난 빨리 가야 하는데 어쩌지? 제시간에 못 가면 큰일이에요!"

"그럼 언니 먼저 보낼까요? 차 밀리면 그 시간에 못 갈 수도 있으니까요."

그 여자와 난 눈이 마주쳤다. 그녀는 와인을 마신 취기로 눈동자가 게슴츠레해졌다. 그렇게 예쁘게만 보이던 그 여자의 진갈색이었던 눈동자가 오늘은 옅은 갈색으로 보이기 시작했다. 음흉해 보이기도 하고, 두 남녀의 사이는 이미 보통 사이가 아닌 걸 알게 되면서 점점 거슬리기 시작했다.

"손 좀 씻고 올게, 언니이."

"아, 나두 손 좀 씻어야겠네."

그 여자와 남자는 먼저 화장실로 재빠르게 들어가더니 금방 나오질 않고 있었다. 나는 빨리 나서야 하는 급한 마음에 문 쪽으로 갔다. 그런데 살짝 문틈으로 못 볼 꼴을 보고 말았다. 둘은 어느새 세면대 앞에 붙어 서 있는 자세로 두 입술이 포개져서 헐떡거리고 있었다. 남자의 손이 그 여자의 엉덩이에서 빠르게 꾸물거리고 있었다. 여자의 손도 남자의 하체 중심부에서 요술을 부리고 있었다. 순간 얼굴이 화끈거리고 팔다리가 마구 떨렸다. 그 자리에 선 채 차라리 얼굴을 돌려버렸다. 그 여자가 나를 속이고 저승 세계로 데려온 것 같았다. 배신감에 치가 떨리고 분노가 나를 제압했다. '난 속았어! 속았어!' 말 못 하는 내 가슴은 그렇게 외치고 있었다. 나는 문을 열려던 손을 멈추고 화끈거리는 얼굴을 감싸며 방으로 후다닥 들어왔다.

"저, 죄송한데요. 저는 가야 할 것 같은데 어떡하죠? 저 때문에 더 노시지도 못해서요."

"아, 걱정 마세요. 두 사람은 갈 데가 있는 거 같으니까 우리 먼저 빨리 갑시다! 저도 얼른 가야 하거든요."

"네, 감사해요."

"별말씀을요. 저도 얼결에 따라온 거라 시간적 여유가 없네요."

나는 애타는 마음을 숨기고 경쾌하게 대답했다. 이 남자가 진심으로 고맙다는 생각을 하고 있을 사이에 그 남자와 여자는 아무렇지도 않은 듯 방으로 들어왔다.

"언니, 문 앞까지 바래다줄게. 얼른 나가자, 언니. 난 갑자기 갈 데가 생겨서 천천히 갈게. 언니는 마침 이분이 잘 태워다 주실 거야."

"응 잘됐네, 미안…."

"지금 떠나면 그래도 차 안 밀릴 거야. 퇴근 시간 되면 엄청 밀리니까 난 차라리 천천히 가는 게 낫겠지? 그리고요, 언니는 스포츠카를 타고 싶어 했는데 가실 땐 오픈카 좀 열고 기분전환 하면서 가보세요."

"아, 그러셨군요, 예! 알겠습니다."

그 여자의 말이 즐겁지 않았다. 오히려 무안해서 얼른 그 자리를 떠나고 싶었다. 두 연인의 속셈을 알고 있기 때문이다. 나는 아무것도 모르는 것처럼 먹던 과일을 정리하는 척하면서 몸을 바쁘게 움직였다. 오늘 그 여자와 함께 나온 걸 몹시 후회하고 있었다. 원장과 VIP 손님으로 만족하는 게 훨씬 낫다는 생각이 들었다. 사람은 깊이 알면 알수록 환상이 깨진다고 했다. 그 여자와 나는 어제까지만 해도 흠잡을 때 없는 좋은 사이였었다.

어느덧 시계는 네 시 반을 넘겼다. 스포츠카를 가져온 남자와 급히 출발했다. 이연정이이란 여자와 멋지다는 그 남자 친구와 서로 손을 흔들어주며 헤어졌다. 나는 멀어져가는 두 사람을 안 보일 때까지 계속 바라보았다. 그렇게 타보고 싶었던 스포츠카도 타보았다. 그렇지만 불미스런 일로 상쾌하지가 않았다. 멋져 보였던 인맥의 환상이 깨졌다. 허망한 마음은 돌아오는 저녁 바람에 모두 날려 보내고 싶기만 했다. 영화에서나 볼 수 있을 것 같은 파트너와 하루를 즐겼다는 거에 감사하는 보상으로 돌려버렸다.

나는 피부미용실 원장의 마음으로 다시 다짐을 했다. 처음 갈 때는 설레는 마음으로 갔지만 올 때는 부러움의 대상이었던 여자에 대한 실망이 컸다. 허무함과 찝찝함이 뒤엉킨 사회생활에서 불륜이라는 교훈을 얻었다.

며칠 뒤 이연정이라는 손님이 관리를 받으러 샵에 왔다. 그날 춘천에 갔었던 그 일을 머릿속에서 지워버리자는 생각이 떠올랐다.

"원장님 안녕하세요오?"

"예, 안녕하세요오, 오늘은 속눈썹 연장까지 하실 거죠?"

"그래야지요. 호호호. 원장님, 그날은 늦지 않게 잘 도착하셨나요?

"그럼요, 손님 덕분에 좋은 차 타고 맛난 것도 잘 얻어먹고 늦지 않은 시간에 '딱' 맞춰서 잘 도착했지요. 감사해요."

"전화를 드린다는 게 바빠서 깜빡했어요, 죄송요."

"아니에요, 오히려 제가 감사하고 죄송하지요. 호호호."

그 여자는 나의 사무적인 말투에 긴장하는 것 같았다. 더 이상 말없이 그대로 눈을 감았다. 조용한 웃음으로 자는척하며 미용관리만 받고 있었다. 나는 그날 몇 시에 그 여자가 집에 들어갔는지 궁금하지도 않고 물어보지도 않았다.

오랜 친구

오늘은 유미, 혜자, 민희, 연희, 나를 포함해서 다섯 친구의 친목회가 있는 날이다. 유미와 민희는 고향에서 함께 자란 소꿉친구고 나머지 둘은 서울에서 만났다. 사회친구들도 십 오년의 세월이 족히 넘었고 같은 방향의 시골 출신이라는 공통점으로 고향친구나 다름없었다. 친구들을 만나러 가는 우이동 골짜기는 늦

가을의 설렘으로 다가왔다. 비탈길의 가을 단풍 산이 멋지다. 바람에 흔들리는 단풍은 빨강, 노랑, 주황, 초록으로 알록달록 색동옷 갈아입은 어린아이가 앙증맞게 흔들어주는 손짓 같았다.

　우리는 시골에서 힘들게 살았던 아픔이 많았다. 지금은 각자 고향의 추억을 가지고 동심으로 그리워하면서 이야기도 잘 통한다. 어린 시절 고생을 많이 해서 그런지 각자 인간미의 매력이 남달랐다. 친구들 사이는 이웃처럼 편하기도 하지만 웬만한 가족보다 낫다는 의리의 우정이었다. 나는 '누가 먼저 올까' 떠올리며 차의 액셀러레이터 가속을 밟고 산 쪽으로 갔다. 어느덧 약속한 장소에 하나, 둘씩 익숙한 얼굴이 보였다.

　"혜자야! 연희야! 반가워어. 둘이 여기서 만난 거야? 역시 똑순이들이야."

　"선영아, 빨리 와! 잘 지냈지?"

　"유미도, 왔구나 반가워! 잘 찾아왔네, 언제 왔어?"

　"선영아! 여기 장소 참 좋다 얘."

　"그렇지? 이 장소는 유명한 맛집이라 강북구에서 모르는 사람은 간첩이라고 한단다, 호호호."

　"어머! 그런 거니? 우리 둘은 강북사람 아니니까 간첩 아니지? 하하하."

　유미와 혜자, 연희가 주차장 한가운데에 서 있다가 활짝 웃으며 달려왔다. 음식점은 우람한 통나무로 지은 3층 건물이었다. 들어가는 입구에서부터 고즈넉한 분위기로 한결 기분을 들뜨게 했다. 나무계단을 올라가는 텅텅거리는 발소리의 정겨움이 고향에 온 것 같고 신이 나서 마음껏 웃고 있었다.

"선영아, 너희 아들 회장 됐다며? 축하한다. 호호호."

"아이구, 유미야 무슨 소리야. 너희 아들은 계속 전 학년 회장인데 뭐 반 회장이 대수라고, 호호호."

"선영아, 대신 네 아들은 태권도 5단까지 땄으니 얼마나 뿌듯하니. 나중에 태권도장을 차려도 되잖아. 키도 크고 건강하고 몸도 우람한 데다가 잘생기기까지 했으니 얼마나 좋아? 으이그 부럽다 부러워 얘. 공부보다 건강이 최고라는 건 누가 뭐래도 네가 제일 잘 알 것이고… 넌 심장병 땜에 얼마나 고생이 많았냐? 심장이식까지 받은 게 기적이지."

"그래, 선영이는 전생에 조상이 나라를 구했나 보다! 그렇지 않고서야 이런 행운의 로또가 어딨겠니, 그치? 하하하."

"그렇지, 난 기적처럼 축복받은 인생이지. 항상 감사하며 살 거야."

자식들의 이야기로 기분이 더 좋아지는 발걸음이었다. 둘씩 짝지어서 나무계단을 오르는 발소리가 행진하듯 척척 맞아떨어졌다. 네 명의 친구는 너도나도 한마음으로 3층까지 올라가서 창가를 내려다 볼 수 있는 전망 좋은 자리에 마주 보고 앉았다.

"선영아, 주문부터 하자!"

"그래, 내가 좀 전에 들어오면서 '키토산 생오리' 두 마리 주문했지."

"역시 우리의 똑순이 센스 만점이야, 호호호."

"혜자야, 넌 재혼은 안 하니? 어떻게 애들 뒷바라지만 하고 사냐고! 애들 다 커서 대학도 다 들어갔고 보험회사에서 승승장구만 하면 되는 거냐? 넌 지금은 소장님도 됐잖니."

"난 애들만 있으면 돼. 애들이 나한테 얼마나 잘하는데 왜 그래."

"아이구야, 못 말린다, 정말, 그래! 넌 애들이랑 천년만년 행복하게 살거라 이잉."

"연희야, 너는 교수 남편이 돈 많이 벌어다 주니 부티가 줄줄 난다 얘. 그것도 모자라 너두 명예교수직에 출세한 거지. 글고 네 가방 좀 봐라, 명품 빽이지? 어마 무시해, 호호호. 그러고 보니 넌 늦복이 터졌다 얘. 우리들의 자랑거리기도 하지만 말이야, 호호호."

"그래, 난 대학생들 앞에서 당당하게 강의할 때가 제일 행복해. 어떨 땐 꿈을 꾸는 것 같을 때도 있단다."

연희는 20대 중반에 서울로 올라와서 돈 벌며 대학 공부를 늦게 시작했다. 그래도 이름 있는 명문대학원까지 제일 잘 풀린 친구다. 결혼을 늦게 한 게 탈이지만 돈도 많이 벌었고 남편도 잘 만나 친구들을 만날 때마다 밥값을 거의 떠맡으려고 하는 친구였다.

"근데 네 딸은 이제 일곱 살이니 언제 키우냐? 난 애들 어찌 키웠는지 몰라. 젊었을 때니까 키웠지. 넌 나이 들어서 키우려니 힘들긴 하겠다."

"아냐, 난 안 힘들어. 시어머니가 데리고 계시는데 어찌나 예뻐하는지, 집에서 외출도 안 하시고 손녀를 물고 빤다 얘. 살림도 거의 맡아서 하시는 편이고, 내가 남편한테 민망해 죽겠다니까."

"요즘 그런 시어머니가 어딨다니. 넌 느즈막히 결혼해서 복 터졌다 얘."

"그런가? 하하하. 아이고, 내가 복은 복인가보다."

"맞잖아, 영영 결혼은 안 할 거 같더니 잘했지 뭐야. 하하하."

"늦게 배운 도둑이 날 새는 줄 모른다더니 널 두고 한 말인 것 같다. 호호호."

"그래그래, 맞다 맞아! 하지만 난 너희 애들 큰 거 보면 부러운 걸 어쩌니."

"호호호, 호호호."

"하하하, 하하하."

연희는 큰 자랑거리라도 되는 것처럼 목소리를 높이면서 으스대는 표정으로 크게 웃었다.

"그런데 오늘 민희는 못 오는 거니?"

민희는 서울에서 살았는데 시부모님이 다 돌아가셨다. 그러자 부모님 남기신 전답이 있기 때문에 일 년 전에 농사를 짓는다고 시골로 내려가서 살고 있다.

"응, 걔는 요즘 농사일이 한창 바쁜 철이라 나오기 힘들다 했어. 다음엔 꼭 온다고 하더라."

"아, 그래? 걔는 시골 부자면 뭐하니? 밤낮으로 뼛골 빠지게 일만 하고 안됐다! 정말."

"대신 걔는 겨울엔 계속 놀잖아. 아 참! 올해도 고춧가루하고 참깨 좀 보내 달래고 해야겠다."

"나두!"

"나두!"

"야, 우린 그래도 민희 덕분에 유기농 먹거리도 걱정 없고 친구 잘 둬서 얼마나 좋은지 몰라. 건강도 챙기고, 그치?."

"그래, 그래. 걔가 그렇게 시집살이가 심하더니 시부모 다 돌아가시고 나니까 해피 앤딩이랄까? 하지만 고생이지 뭐야."

"맞아."

"근데 왜 걔는 또 농사를 지으러 들어간 거니? 그렇게 고생한 것도 모자라서 나이 들어 또 고생을 사서 하는 거잖아. 시집살이 다아 참아낸 거 보면 걔도 보통이 아니야. 차암 지독한 여자야. 잘 이겨내고 다시 농사를 짓는다고 간 건 용하다 용해. 남편은 그 집의 복덩어리니까 업고 다녀도 모자를 판이야."

"맞아!"

"맞아!"

유미는 민희 얘기를 하면서 얼굴이 벌게지기까지 열을 올리며 말이 많아졌다.

"야! 우리 다 같이 언제 유럽 여행이나 가자! 우리 모임에서 모은 돈은 얼마나 되니?"

"선영이가 총무니까 잘 알겠지, 얼추 갈 돈은 모아졌을 거야."

"충분히 돼. 올해는 틀렸고 내년 가을 지나서 가는 걸로 알아보자!"

"오우! 그럼 우리 유럽에 알프스산맥 하이디로 갈 수 있는 거야? 4,000미터나 되는 58개의 산맥이랑 빙하의 산맥들이 너무 좋다는데 우리도 시원하게 완주해 볼까나?"

"좋아, 콜!"

"나도, 투우 콜!"

"나도, 쓰리 콜!"

"그래, 나도 콜이다!"

"와우! 축배를 들어야겠네, 으하하."

"야, 우리가 이런 날이 올 줄은 정말 꿈에도 몰랐다. 고생을 운명으로 알고 살았는데 오래 살고 볼 일이다 그치?"

"야, 우리가 얼마나 살았다고 그러니? 아직 육십도 안됐거든! 이제 오십이라구!"

"그런가? 하하하."

"호호호, 호호호."

"하하하, 하하하."

"그때 그 시대가 거의 그랬잖아, 지금 21세기는 진짜 좋은 세상이 된 거지. 우리 또래의 부모님들 시대는 얼마나 더 고통스러웠겠니. 가난한 형편에 가부장제의 남녀차별로 정말 여자로 태어난 게 죄인으로 살았지. 우리도 그 시대를 걸쳤지만 지금은 빛나는 글로벌시대가 왔잖아. 난 나이가 먹을수록 우리 엄마 아버지가 정말 많이 보고 싶다…!"

"…."

"지금 우리는 여성 상위시대에 살고 있잖니. 능력 있는 여성이라면 언제든지 희망을 가질 수 있고. 난 우리가 이런 세상을 살게 됐다는 것만도 큰 행운이라고 생각해. 이젠 여성도 능력껏 살 수 있는 좋은 세상이 왔잖아. 우린 그 자체만이라도 성공한 거 아니겠니?"

유미와 혜자가 하는 말에 모두 공감하며 모두 고개를 끄덕였다.

"그래, 우리가 출생은 불행이었지만 이제는 행운의 시대에 사는 당당한 여인들이야."

"21세기의 주인공이지."

"호호호."

"하하하."

친구들은 행복한 웃음의 합창을 쉬지 않았다.

나와 유미는 제때 공부를 하지 못했었다. 결국 남들보다 늦깎이 공부를 해서 전공 학사학위를 받았다. 연희도 자력으로 사이버 대학에서 박사학위까지 마쳤다. 우리는 모두 어릴 적 딸로 태어났다는 숙명적인 삶에 움츠려 살았지만 스스로의 목표에 성공한 딸들이었다. 이제는 모두 어느 정도 안정된 생활 권에서 서로를 살피며 열심히 살고있다. 웬만한 가족보다 낫다는 영원한 친구라 자부하며 떼려야 뗄 수 없는 관계가 되었다. 어릴 적, 지난 세월의 인생은 참 고달팠다. 그래서 더 귀하고 소중한 친구가 되었다.

"선영아, 그나저나 넌 요즘 텍사스에 미용 출장은 안 나가니?"

"응, 지금은 홈 케어 안 하고 있지."

"우와! 그럼 이제는 시간적 여유도 생긴거네?"

나는 텍사스에 일 년 정도를 마사지하러 다녔었다. 그곳에서 수애를 만났다. 그만둔 지는 꽤 되었고 좀 더 내 사업에 집중하기로 했다. 수애는 가끔 전화로 잘 지낸다는 안부를 주었었다. 그 뒤 결혼도 하고 이사를 한다는 소식을 끝으로 전화번호도 바꾼 모양이었다. 그래도 그 아이를 원망하지는 않는다. 그렇게 서로의 인연은 끝나고 말았다. 피부미용 업을 하지 않았다면 그런 인연으로 만날 수 없었을 것이다. 잠깐이었지만 참 소중한 인연이었다. 가끔 보고 싶기도 할 것이다. 그 아이는 착한 마음의 천성으로 행복해질 거라고 믿고 있다. 한 가지 바라는 점이 있다면 평범한 가정을 이루어 잘살기를 바랄 뿐이었다. 열심히 달려온 삶의 끝에는 반드시 행복한 미래가 열릴 것이다. 누구든 행복할 권리가 있다….

딸의 고통

어머니의 출산

"에이! 빌어먹을, 딸만 줄줄이 낳으니 무슨 살맛이 나겠어…."

남편 영재는 네 번째 딸이 태어나자, 방금 태어난 갓난아이는 거들떠보지도 않고 애꿎은 담배만 피워대며 한숨만 토해내고 있다. 툇마루에 앉아 한나절이 되도록 끼니도 잊은 채 눈은 퀭하니 들어가고 앙상하게 튀어나온 광대뼈가 몹시 수척해 보인다. 이번엔 꼭 아들이라 기대하며 열 달을 기다렸건만 결국 또 딸!… 아내인 순복은 하염없이 눈물을 흘리며 갓난아이를 눈이 빠져라 들여다보면서 뽀얀 얼굴에 한없이 예쁜 딸이건만 남편이 저리도 실망하며 죽상을 하고 있으니 어쩔 줄 모른다.

"여보! 내 혼자만 딸을 낳은 건 아니잖우. 무슨 말 좀 해 보라니깐 유? 에휴! 나두 사는 게 지겹다구유!! 으흑흑."

순복의 서러움이 치밀어 오르는 악다구니 소리였다. 한숨만 쉬어대는 남편을 보니 억울하고 분하기만 한 생각에 순간 오기가 생기고 울분이 터진다. 마침 그 꼴을 지켜보던 친정어머니가 사위를 밉상스럽게 바라보며 성큼 다가섰다.

"여보게 사우, 에미가 딸년을 낳고 싶어서 낳겠는가? 다음에 다시 기대해봄세. 이왕 갓 낳은 아그는 젖을 먹여야 하니 애 에미는 몸조리를 해야 제. 그러고 한숨만 쉰다고 사내 아그가 하늘에서 떨어지겠는가, 아님 땅속에서 솟아나겠는가? 맴 가라 앉히구 나무나 부엌에 끌어다 주게. 멱국은 끓여 먹여야제."

생전 처음으로 친정어머니가 몸조리를 시켜준다고 와있었다. 이번만큼은 꼭 아들이라 장담하며 큰맘 먹고 딸에게 몸조리시켜 줄 요량이었다.

"장모님두 그러시는 게 아니유! 지가 이 판국에 무어라도 할 맴이 들겠시유? 이젠 이 세상 살고 싶은 생각이 한 개두 없시유. 앞으루 집안에 대가 끊길 판국인디 뭘 할 정신이 있겠냐구유. 다 필요 없시유! 다아 필요 없시유…."

"아이구우! 에미야, 나두 모르겠다! 내는 기냥 집에 갈란다. 애 낳구 몸조리구 뭐구 상관 안 해줬다구 원망일랑 하지 말그라? 멱국을 끓여주든 말든 사우한테 맽기구 갈 기니까 그리 알그라!"

친정어머니는 그렇게 딸과 사위에게 윽박지르듯 볼멘소리로 쏘아붙였다. 그리고 옷을 주섬주섬 집어 들어 갈아입으며 나설

채비를 하더니 '휑'하니 대문을 나가버렸다. 세 자매의 딸이 앞마당에서 뛰어다니며 놀고 있다가 놀라서 달려왔다.

"엄마, 어디 많이 아파요? 할머니는 가셨나 봐요."

"엄마, 배고파요…."

딸들은 서로 영문도 모른 채 눈치를 보며 말소리가 기어들어갔다. 일곱 살 된 큰딸이 어미 심정을 알기라도 하는 것처럼 팔을 붙들고 눈을 동그랗게 뜨며 바라보았다. 그러다가 이내 눈물을 글썽거리고 있다.

"상미야, 느 에미는 괜찮다. 어여 동생 밥 좀 멕이구 그래라."

순복은 그런 딸에게 괜찮다는 듯 고개를 끄덕였다. 힘없이 눈을 크게 떠 보이며 한숨을 쉬면서 애처로운 딸들만 바라보았다. 살림 밑천이라는 큰딸은 그나마 큰 의지가 되는 딸이다. 자나 깨나 동생들을 돌보며 집안일을 돕느라 항상 몸이 바쁘게 움직였다. 그럴 때마다 초롱초롱한 눈동자로 바라보는 불쌍한 딸들을 생각하며 살아내느라 발버둥치고 있다. 몸뚱이는 끼니조차 제때에 먹지 못한 탓에 살집이라곤 제대로 붙어있지도 않아 뱃구레가 잘록하다 못해 곧 쓰러지기라도 할 것처럼 가녀린 여인이었다. 칠월의 한여름인데도 몸이 '으슬으슬' 한기가 돌았다. 다리가 후들거리고 장작개비로 흠씬 두들겨 맞은 사지육신처럼 아프지 않은 곳이 없는 것 같다. 얼굴은 피죽도 못 먹은 듯 핏기가 하나도 없는 누리끼리한 낯빛에 푹 꺼진 눈은 게슴츠레 웃음기조차 사라진 지 오래였다.

순복은 건사할 딸들을 생각하면 더 이상 아랫목에 등대고 누워있을 처지가 아니었다. 문지방을 잡고 애원하듯 몸을 일으키며 당장 정신을 차리려 안간힘을 썼다. 딸들에게 끼니도 제 때에 못 먹이고 새까맣게 그을린 얼굴로 눈치만 보는 것 같아 애처롭기만 했다.

이번에 또 딸을 낳았다는 죄인이 되었다. 애 낳고 몸조리를 하기는커녕 남편 손에 미역국이라도 얻어먹기는 아예 다 틀린 것이다. 갓난아이 젖을 먹이려면 미역국이라도 끓여야 한다는 정신에 간신히 엉거주춤한 자세로 일어나 뒤뚱거리며 부엌으로 갔다. 몸뚱이는 천근만근 무겁기만 하다. 똑바로 서지도 못해서 기둥에 매달려있는 미역을 손으로 할퀴듯 잡아 뜯었다. 뙤약볕에 그을린 시커먼 손은 농사일로 거칠어져 손가락 지문이 안 보일 정도로 닳아졌다. 흐느적거리며 가마솥에 물을 붓고 부엌 바닥에 '털썩' 주저앉았다. 쓸쓸한 아궁이에 불을 지피기 시작했다. 마침내 미역국을 한 솥 끓여냈다. 차디찬 양은 솥에 쌀알이 듬성한 다 식어 빠진 시커먼 보리밥이 남아있었다. 밥주발에 한 주걱 퍼서 부뚜막에 올려놓았다. 그리고 뜨끈한 미역국에 말아서 허겁지겁 마시듯 허기진 배를 채웠다.

"엄마, 나도 미역국 먹을래요."

어느새 딸들이 '우르르' 달려들어 투정을 부린다.

"상미야, 미역국 많으니까 동생들하구 어여 먹어라."

큰딸이 앙증맞은 작은 손으로 긴 머리를 동여매며 동생들을 챙기려고 꿈지럭거렸다. 순복은 안방으로 들어가서 잠들어버린 듯 널브러졌다. 그대로 늘어진 채 한동안 인기척이 없었다. 딸들과 그렇게 하루해가 저물어가고 남편 영재는 나가서 밤새 들어올 기미도 보이지 않았다.

다음날 해가 뜨기도 전에 일찌감치 눈이 떠졌다. 서둘러서 세상모르고 자는 딸들까지 깨우고 어제 남은 미역국을 데워 아침상을 후딱 물렸다. 갓난아이는 젖을 먹이고 큰딸한테 아이를 보라며 단단히 당부했다. 지게를 지려는데 쌀가마니처럼 무겁게 느껴지지만, 곡소리까지 내며 무작정 집을 나섰다. 순복은 분통 터지는 오기의 힘으로라도 버텨내야 한다. 당장의 소먹이 풀을 베러 야산으로 올라가는 버거운 몸은 움직일 때마다 손발이 후둘거리고 덜덜 떨린다. 이를 악물고 지게에 '철철' 넘치도록 풀을 베어서 밧줄로 단단하게 묶기 위해 버둥댔다. 손은 퉁퉁 붓고 마비된 것처럼 감각도 별로 없다. 있는 힘을 다 써도 밧줄은 엉성하게 묶일 수밖에 없었다. 뱃구레의 별로 먹은 것도 없는 힘으로 용을 쓰며 간신히 당겨서 지게에 풀을 묶어 올렸다. 아무도 없는 산중에서 혼자 간신히 지게를 지고 천천히 발을 내딛기 시작했다. 집으로 내려오는 산길에는 버티는 힘의 강단으로 입을 앙다운 채 비틀거렸다. 순복의 '끙끙' 앓는 소리가 숲속으로 멀리 메아리친다.

"휴! 에구 에구 하느님 아부지! 하늘도 무심하시지… 내 팔자는 우찌 살아야 합니까! 내 팔자야, 내 팔자야…."

영재는 지게를 지고 대문을 들어서는 아내의 모습을 뻔히 지켜보고 있었다. 아내가 힘들어하는 그 꼴을 보면서도 지게를 받을 생각은 하지 않았다. 방에서 마루로 문지방을 넘어서며 '버럭' 소리를 질렀다.

"어딜 갔다 오는 게야! 애는 빽빽 우는데, 에이! 빌어먹을!"

영재는 어젯밤 밤새워 마신 술의 취기가 가시지 않은 행색으로 잔뜩 찡그리고 있었다. 번들거리는 벌건 화상은 쌍꺼풀에 움푹한 눈이 전날보다 더 퀭해 보인다. 작은 체구에 시커멓고 비쩍 말라있는 데다 길어 보이는 손에는 여전히 담뱃대가 들려있다. 순복은 급히 지게를 팽개치듯 내려놓고 안방으로 달려가 자지러지게 울고 있는 아이에게 젖을 물렸다.

"아이구! 하느님 날 잡아 가슈! 이 꼴루 더는 못 살겠다구유! 으흑흑."

목으로 치밀어 오르는 서러움에 한풀이하듯 악을 썼다. 하염없는 눈물만이 숨통을 열어줄 뿐이었다. 남편 앞에서 악다구니하며 흐느끼는 뒷모습은 떨리는 어깨가 처절해 보였다.

"뭐여? 뭘 잘 했다구 큰 소리여! 옆집 신 씨 여편네는 아들만 숭숭 잘도 낳드만, 에이!"

순복은 바라지 않은 딸을 또 낳는 바람에 아들도 못 낳는 죄인이 된 것이다. 살림살이는 고단한 나날에 고추밭에 나가 고추도 따야 하고 화전 밭에 김도 매야 하고 논에 나가 피 뽑고 논매는 일까지 해야 했다. 농사일을 남편과 둘이서 도맡아 하는 일이 너무 힘겹기만 했다. 몸은 산후 후유증으로 점점 퉁퉁 붓고 물에 젖은 솜뭉치처럼 불어났다. 온몸이 마음대로 움직여지질 않고 바윗덩이에 짓눌려있는 것처럼 무겁게 느껴졌다. 여기저기 팔다리도 욱신거려서 꼼짝하기도 힘들고 혼자 일어나기가 버거웠다. 결국, 아이는 어미가 홀로 키워내야 하는 힘겨움을 겪어야 했다. 가부장적인 시대의 서러움을 겪으며 사는 날들이었다. 산후조리도 못한 채 허리 통증은 점점 심해지고 후유증으로 아예 고질병이 되고 말았다.

네 번째로 태어난 딸은 더 이상 바라지 않았던 원망하는 대상의 미운 딸이 되어버렸다.

첫 번째의 죽을 뻔한 위기

유미는 세 살이 되던 초여름 날 낮잠에서 깨어났다. 아무도 없는 빈집인 걸 알아챈 아이는 동그란 눈을 번쩍 뜨고 두리번거리더니 금세 집안이 떠나갈 듯 악을 쓰며 울어댔다. 그렇게 울고 또 울다 어미 등에 업혀서 매일 갔었던 산 너머 논을 향해 걸어 나갔다. '아장아장' 종종걸음으로 소리쳐 울며 하염없이 산길을 따라 올라가고 있었다.

"으아 앙! 으앙! 엄마 아! 엄마, 엄마, 엄마…."

산골짜기엔 소나무가 무성한 산들이 굽이굽이 이어져 있다. 올라가면서 계단식 다랑이 논이 들어서 있고 산등성이엔 화전 밭이 층층으로 있다. 울퉁불퉁한 돌길로 어린아이의 걸음엔 너무도 멀고 먼 험한 산비탈 산길이었다. 이웃집 아주머니는 저만치 화전 밭에서 김을 매고 있다가 어린아이 울음소리에 귀를 의심하며 내려다보았다. 이상하다 싶어 어렴풋이 짐작하다 보니 아이는 분명히 정 서방네 넷째 딸인 것 같다. 산꼭대기 골짜기로 올라가며 우는 소리가 점점 멀어지고 있었다. 아주머니는 아침 일찍부터 산꼭대기 화전 밭에서 김을 매고 있었다. 아무리 생각해도 그 너머엔 사람의 인기척이 없었던 게 분명했다. 그렇게 생각하다가 갑자기 등골이 오싹해지면서 눈이 휘둥그레지고 벌떡 일어나 올려다보았다.

"에그머니나! 이를 어쩐데? 저 너머는 날이 저물면 산 짐승들이 우글거릴 텐데…."

아주머니는 그렇게 중얼거리다 갑자기 김을 매던 호미를 집어 던졌다. 바지의 허리춤을 추어올리면서 어린아이의 뒤를 부리나케 따라갔다. 정신없이 빠른 걸음으로 숨이 턱에 차도록 쫓아 올라갔다.

깊은 산 비탈길은 무성하게 우거진 빽빽한 소나무들이 쭉 뻗어있고 산속으로 들어갈수록 서늘하고 음습한 기운이 느껴진다. 먼발치에서는 대낮에도 산짐승 울음소리가 들리고 어른들도 오싹한 느낌에 발걸음이 뜸한 곳이다. 어린아이의 울음소리가 점점 메아리처럼 울려 퍼지고 있었다. 아주머니는 침침한 눈으로 저만치 보이는 아이가 점점 작아 보여서 어렴풋이 멀게 보였다. 순간 아이를 놓칠세라 허겁지겁 소리치며 달려갔다.

"아가야! 이리 오그라, 아가야!"

"으앙! 어 엄마! 엄, 마!"

"아가야! 여길 어디라구 겁두 없이 왔누! 호랭이가 물어 갈라. 어여, 어여, 느그 집에 가자!"

아주머니는 아이와 마주친 순간 놀라서 기함을 했다. 아이는 얼마나 울었든지 벌겋게 잔뜩 경직된 얼굴에 온통 얼룩진 눈물 자국으로 뒤범벅이 되어있고 온몸이 불덩이처럼 뜨거웠다. 작디 작은 맨발에는 시뻘건 피가 줄줄 흘러내려 말라붙어있었다.

"으아앙, 어엄마, 어엄마!"

"에구머니나! 아가야, 어쩌다가 이 꼭대기까지 기어 올라왔누. 느 엄닌 어디 가구 이런 꼴이 되었다 능가."

계집아이의 아랫도리는 온몸이 흙투성이였다. 옷도 안 걸치고 벌거숭이가 된 모습이었다. 아주머니와 눈이 마주친 아이는 순간 제 어미를 만난 것처럼 와락 달려들었다. 아주머니가 치마폭으로 덥석 감싸 안았다.

"으아 앙! 엄마! 엄마, 엄마!…."

아이는 얼마나 악을 쓰며 울어댔는지 이미 목이 쉬어버렸다. 아주머니 치맛자락을 꽉 움켜잡았다. 이웃집 아주머니가 낯익은 얼굴인 듯 멈칫하며 그칠 줄 모르던 울음소리가 서서히 수그러들면서 빤히 올려다봤다.

"아가야! 산짐승한테 잽혀 먹힐 뻔했구나, 어여 내려가자!"

아주머니는 얼른 아이를 달래서 업고 후둘거리는 걸음으로 천천히 내려오고 있었다. 저만치 유미 어머니가 놀란 모습으로 마구 달려오며 냅다 소리를 질렀다.

"아이구! 순자 어무니 우리 애가 왜 여기까지 왔어유?"

"아, 애가 글쎄 울면서 계속 올라가길래 나두 놀랬지 뭐유."

"에구! 울 애기, 여길 어디라구 왔누!"

유미 어머니는 숨을 헐떡이며 딸을 덥석 끌어안고 아이에게 급히 젖을 물렸다. 그리고는 짐승 같은 소리로 한바탕 목 놓아 통곡을 하며 설움을 토해냈다. 얼마 동안 울음을 토해냈는지 이윽고 정신을 차리더니 아주머니를 보고 눈물진 모습으로 웃음을 보였다. 아이는 온통 눈물범벅이 된 채 구정물을 뒤집어쓴 것 같은 얼룩진 얼굴이었다. 어머니 품에 허겁지겁 달려들어 급하게 젖을 물더니 아직도 반쯤 젖을 문 채 어느새 평화로운 모습으로 잠이 들어있었다.

"순자 엄니, 우리 애기를 살려주셔서 증말로 고맙습니다. 이 은혜를 우찌해야 할지… 애 잊어버린 줄 알구 얼매나 놀랬는지 몰라유, 휴…."

유미는 그렇게 세 살 때 죽을 고비로 산짐승에게 목숨을 잃을 뻔했던 아찔한 순간을 보냈었다.

어머니의 기쁨

어느덧 사 년이란 세월이 지나고 유미는 일곱 살이 되었다. 어머니는 그해 봄에 그렇게 바라고 바라던 첫 번째 아들을 낳게 되었다. 마침내 기쁨의 눈물을 흘리는 날이 왔다. 삼 년째 되던 해에는 둘째 아들을 낳았다. 한을 풀게 된 어머니의 얼굴은 생기가 돌고 있었다.

일 년 터울로 셋째 아들이 태어나는 순간이었다. 어머니는 진통이 시작되고 아버지가 산파를 부르러 간 사이에 혼자서 출산을 했다. 아이가 다리부터 거꾸로 나오는 줄도 모르고 그만 아이의 목이 빠지는 순간 진통이 멈추게 되었다. 아이를 다 낳은 줄 알고 옆으로 몸을 움직이다가 그만 기절할 뻔했다. 아이가 몸통까지만 빠져나오고 목에서 걸린 채 이미 사망하고 말았다. 다시 힘을 써 보려고 온갖 애를 썼지만 이미 때는 늦어 버렸다. 그 순간 너무나 긴박함을 알았다. 하지만 혼자 해결할 수 없다는 것이 비통해서 소리소리 질렀지만 소용없었다. 아버지는 뒤늦게 산파와 함께 도착했다. 죽은 아이의 처참한 모습을 보고 함께 통곡해야 했다.

어머니는 세 번째 아들을 잃었다는 애절한 슬픔으로 실신한 사람처럼 지내는 세월을 보냈다. 겨우 몸을 추슬렀지만 동네 아주머니들을 볼 때마다 두고두고 신세한탄을 했다. 유미는 어린 마음에 아들이 뭐 길래 저렇게 연연하는지 전혀 이해를 할 수 없을 뿐이었다. 유미에게는 이제 남동생이 둘이나 생겼다. 어머니와 아버지는 셋째 딸이 복덩이라고 하며 말이 바뀌었다. 어머니는 만나는 사람마다 일일이 붙잡고 입에 침이 튀도록 자랑했다.

"우리 셋째 딸이 복뎅이지 뭐유. 머슴아 동상을 둘씩이나 봤으니 말이지유."

"아이구우, 그렇네유우."

"에그, 애 아부지가 그렇게 모질게 하드니… 원풀이 했구려."

담장 넘어 옆집 사는 영옥 어머니가 어머니의 손을 슬며시 잡아준다.

"어이 구! 유미 엄니 그동안 맴 고생 많았시유! 이젠 두 다리 쭉 뻗구 큰소리치며 살아유? 암, 그래야지."

보는 사람들마다 혀를 차며 안쓰러워한다. 어머니는 그럴 때마다 고단한 얼굴의 웃음이지만 같은 말의 대답이다.

"말하면 뭐 하겠어유. 이젠 일을 해두 재미있구 신이나유. 글씨, 혼자 덩실덩실 춤두 춘다니깐 유. 호호호…."

"호호호, 유미 엄니가 좋다니까 나두 좋으네유."

어머니 얼굴에 생기를 찾는 잠깐의 행복한 모습이었다. 햇볕에 그을린 진한 구릿빛의 주름진 얼굴에 그나마 마음껏 웃는 웃음이었다. 이제 집안의 대를 잇게 되고 남편에게 기를 펴게 됐다며 환하게 웃어 보였다. 영문도 모르는 어린 마음의 유미도 덩달아 크게 따라 웃곤 했다. 아들자식 문제가 해결되는 기쁨도 얼마 지나지 않아 우선 먹고사는 일에 부딪히는 현실의 고된 일상이 이어졌다. 젖먹이 어린아이 때문에 동네 근처에서만 허드렛일을 하러 다녔다. 두세 시간마다 퉁퉁 불어있는 젖가슴을 얼싸안고 허겁지겁 달려와 젖을 먹이고는 다시 급하게 일터로 나가야 하는 바쁜 일상의 날들이 거듭되었다. 아버지도 육 남매의 자식들 입에 배불리 먹일 수 있는 일이라면 거의 매일 논일과 밭일을 마다하지 않고 다녔다. 유미는 아홉 살이 되고 어머니를 충분히 도울 수 있는 나이가 되었다. 동생들을 봐주느라 남동생들과 놀아주고 막내 여동생을 업어주는 것이 유미의 일이었다. 그리고 어머니가 허리 통증을 호소할 때마다 허리를 밟아 드려야 하는 책임감도 있었다.

두 번째 죽을 뻔한 위기

초등학교 3학년이 되던 어느 무더운 여름날, 같은 반 단짝 친구인 민희와 함께 미역을 감으러 가자며 나섰다. 민희와 함께 윗동네에 있는 개울에 가기로 하고 갔다. 산길로 산딸기를 따 먹으며 신나게 뛰어갔는데 동네 아이들은 벌써 물놀이에 첨벙거리며 놀고 있었다.

"와! 물이다."

둘은 얼굴을 마주 보며 환호성을 질렀다.

"유미야! 얼른 들어가자."

"민희야! 같이 가."

유미는 수영을 전혀 할 줄 몰랐다. 그대로 옷도 벗지도 않은 채 물가 가장자리에 자리를 잡고 첨벙거리며 싱글벙글 좋아했다. 그리고 민희의 팔을 끌어당기며 환호성과 함께 몸을 반쯤 담그기도 하면서 얕은 물가라고 안심했다. 서로의 얼굴을 향해 한바탕 물도 끼얹었다. 그러는 사이 윗동네에 사는 서너 살 더 돼 보이는 사내아이가 물살을 가르며 헤엄쳐서 가까이 지나가는 중이었다. 순간 물결이 회오리처럼 거세게 밀려드는 바람에 유미가 비켜서느라 물 안쪽으로 피했다. 그러면서 몸이 생각대로 중심이 안 잡혔다. 그만 거세게 헤엄치는 물살에 떠밀려 깊은 회오리 속 웅덩이 쪽으로 마구 떠밀려 들어가고 있었다.

"헉! 어, 어, 엄마! 푸아! 푸아!…!"

유미의 팔다리가 아무렇게나 휘저어질 때마다 점점 더 깊은 물속 웅덩이 쪽으로 빨려 들어가고 있었다.

"큰일 났어요! 여기 사람이 물에 빠졌어요!"

함께 있던 민희가 새파랗게 질린 모습으로 목청껏 소리를 질렀다. 헤엄치던 사내아이는 그런 줄도 모르고 저쪽 바위가 있는 쪽으로 한없이 앞질러 가고 있다. '휙휙' 물살 가르는 소리에 이쪽에서 어떤 일이 일어나고 있는지도 모르는 듯 멀어지고 있었다. 유미는 팔다리를 움직일수록 더 빨리 빨려 들어가는 속도가 느껴졌다. 다급한 나머지 팔다리를 마구 휘저어 보았지만, 몸이 올라가지 않고 아예 밑으로 가라앉기 시작하는 것 같았다. 수영을 전혀 못 하니 물속에서 무작정 팔다리를 휘두르기만 하는 건 엄청난 무리였다. 물이 눈, 코, 입으로 들어가니 코가 맵고 고통스럽고 숨도 제대로 쉴 수가 없었다. 이백 미터가 넘는 물속 깊이로 가라앉는 공포에 떨며 허우적대면서 눈앞이 뿌옇게 보이기만 한 체 정신이 아득해지고 있었다.

"아하! 아하! 아하!…"

'이제 난 죽는구나…!'

오직 죽는다는 생각만 날 뿐이었다. 숨이 턱까지 차오르는 고통으로 물과의 힘겨운 투쟁은 오직 죽음뿐, 정신을 차리기가 힘들었다. 마지막 젖 먹던 힘까지 온갖 총동원 했다. 입으로 물을 뿜어내며 코로 숨을 쉬기 위해 수면위로 떠오르려는 몸부림의 필사적인 연속은 가녀린 소녀의 처절함이었다. 그 순간의 시간이 너무 길게만 느껴졌다. 힘도 점점 탈진되어가고 있었다. 팔다리를 휘두르는 몸부림으로 잠깐 수면위로 튀어 올랐다가 다시 물속으로 가라앉는 순간이었다. 안간힘을 쓰는 최후의 한계가 지나니 고통까지 포기할 정도로 최고 절정에 달했다. 육신은 더 이상 움직이지 못하는 마비 상태로 접어들게 되었다. 아무 생각도 나지 않는 암흑 같은 저승길을 맞이하고 있는 것 같았다.

그렇게 죽음의 시간이 다가오고 있었다. 탈진되어가는 몸으로 휘말리는 소용돌이 물살에 휩싸인 체 모두가 정지되고 있었다. 지옥으로 행하는 무서운 외로움이 뇌리를 스쳐 가고 있었다.

그 순간 갑자기 무지개 색깔로 보이는 아름다운 물방울들이 눈앞에 뿌려지고 있었다. 하염없이 튀어 오르는 다양한 색깔의 물방울들이 다른 세계로 옮겨진 듯 잠깐의 아련한 기억은 최고의 절정으로 아름다운 환상이 보이기 시작했다.

'빨, 주, 노, 초, 파, 남, 보… 무지개 색깔의 물방울이 저렇게 아름답다니!….'

몇 초의 짧은 시간에 극에 달했다. 모든 고통을 놓아버리니 육신에서 남은 아주 잠깐의 순간이었다. 신이 내려주는 아름다운 환상의 세계를 맞이하여 마지막 선물이 되고 있다는 생각을 하며 받아들이고 있었다. 유미는 순간 아찔했다. 마지막 위기에서 행복한 죽음이 있다는 기발한 생각이 뇌리를 스쳐 갔다. 고통이 환희로 바뀌는 절정의 순간이었다. 다음은 마지막 두뇌 한쪽만이 간신히 살아있는 것 같은 뇌세포의 기억이 흐릿해지고 있었다.

'아, 나는 천국으로 가는구나… 저 물방울의 반짝이는 무지갯빛들… 아름다운 나의 선물이야….'

지옥과 천국을 넘나드는 순간이었다. 그렇게 발버둥 치는 시간 속에 고통이 전부가 아닌 황홀함이었다. 그렇게 몇 분이나 흘렀는지 모른다. 길게만 느껴졌던 잠깐의 시간에서 정신을 놓아버리는 암흑의 순간으로 갔다.

유미의 아련한 기억으로 긴 시간의 고통과 아주 짧은 시간의 환희가 교차하는 감동이었다. 감히 신비롭다고 생각되었던 기억을 말로 표현할 엄두도 낼 수 없으며, 마지막 순간의 선명했던 환희는 무엇을 뜻하는 것이었을까…. 다행히 그 사내아이가 다시 헤엄쳐 돌아와 유미를 구해주었다. 마지막 가려던 지옥문 앞에서 구세주로 나타난 그 아이가 왔던 것이다. 유미는 구조하러 온 사내아이의 어깨가 몸에 닿는 순간 본능적으로 붙잡아 아찔한 순간을 모면했다.

"얘가 물에 빠졌어요!"

그 사내아이가 소리쳤다. 그리고 축 늘어진 유미의 몸뚱이를 버거운 표정으로 끌어안고 물에서 나왔다. 돌이 깔려있는 편편한 곳에 급히 눕혀놓았다.

"유, 유미야! 너 괜찮니? 정신 차려봐!"

민희가 소리치며 달려왔다. 놀라서 말을 더듬기까지 하며 친구가 물에 빠져 죽는 줄 알고 얼마나 울어댔는지 눈물로 얼룩진 얼굴이 시뻘겋다. 그런 얼굴을 바짝 들이대고 어찌할 바를 모르고 있었다. 여기저기서 아이들이 '우르르' 몰려와 웅성거렸다.

"얘가 어디 사는 애지?"

"큰일 날 뻔했다 그치?"

윗마을에 사는 낯선 아이들이 수군거리자 민희는 그제야 돌아보며 큰소리로 아이들을 향해 손짓했다.

"얘 우리 동네 살아. 저 오빠 땜에 얘가 죽을 뻔했잖아! 얘네 엄마한테 이를 거야!"

"난, 몰랐어! 정말이라구."

구해준 사내아이가 쩔쩔매며 발뺌을 했다. 유미는 잠깐 정신을 차리는가 싶더니 다시 죽은 시체처럼 늘어져서 혼수상태로 잠에 빠지고 있었다. 움직일 힘도 남아있지 않은 채 얼마나 시간이 흘렀는지 기억도 희미하고 생각을 떠올릴 기력조차 없다. 아이들은 하나, 둘씩 안심하고 흩어졌지만 민희는 친구 곁에서 꼼짝하지 않지 않고 '딱' 붙어있었다. 그렇게 한참을 지나고 어렴풋이 정신을 차렸다. 눈부신 햇살에 실눈을 뜨고 하늘을 올려다보았다. 또렷하게 보이는 파란 하늘에 흰 구름이 너무도 맑아 보였다. 늘어져 있던 팔다리의 힘이 생기는 것 같아 간신히 일어나 앉았다. 앉아서 배를 보니 물속에서 물을 얼마나 많이 삼켰는지 펭귄을 떠올리게 할 만큼 불룩했다. 아직도 뱃속이 더부룩한 느낌이 들었다. 꺼지지 않은 배를 의식하지 않은 채 정신을 차려야겠다는 생각에 이리저리 머리를 흔들어보았다.

"야! 너 괜찮아? 어떻게 해."

민희는 놀란 토끼처럼 눈을 동그랗게 뜨고 유미의 팔을 마구 흔들면서 물었다.

"응, 나 아무렇지 않아…! 너어, 우리 엄마한테 내가 물에 **빠졌**었다는 얘기하지 마? 알겠지…."

"그래 알았어, 약속할게."

"그으래…."

물속에서 허우적거리며 얼마나 물을 먹어댔는지 모른다. 아이들은 깨어난 모습을 보고 다시 달려와서 쳐다보느라 웅성거렸다. 여럿이 둘러서서 한꺼번에 눈을 크게 뜨고 들여다보는 눈동자들은 빛으로 반사되는 느낌이 너무 세게 다가와 등골이 오싹해졌다. 유미는 몸을 비틀거리면서도 엉거주춤 일어서려고 하자 아직도 꺼지지 않은 불룩한 뱃속에서 출렁거리는 물소리가 났다. 아이들에게 창피한 생각도 들고 그 자리를 얼른 피하고 싶은 생각에 배를 두 손으로 떠받힌 채 민희와 함께 허둥지둥 그 장소를 빠져나왔다.

윗마을의 뒷산을 가기 위해 천천히 걷기 시작했다. 상수리나무 밑에서 오줌을 누고 나니 불룩했던 배가 한결 꺼지는 것 같았다. 온전히 정신을 차리면서 좀 더 속도를 내기 시작하는 발걸음으로 점점 빠르게 걸었다. 그렇게 두어 시간이나 이리저리 쏘다녔다. 나중에 배를 만져보니 어느새 아무렇지 않은 듯 푹 꺼져있었다. 갑자기 허기가 느껴졌다. 저만치 바위틈에 탐스럽게 달려있는 굵직한 멍석딸기가 눈에 띄었다. 둘은 침을 꿀꺽 삼키며 그쪽으로 마구 달려갔다. 멍석딸기로 허기가 다 채워지지는 않았지만, 뱃속에서 '꼬르륵'거리는 소리는 면한 것 같았다. 좀 전에 물에 빠져서 죽을 뻔한 일도 꿈을 꾸었던 것처럼 희미해지고 있었다.

그런 일을 겪고 난 후 시간만 나면 동네 앞 개울로 달려 나가는 습관이 생겼다. 아무도 오지 않을 때는 제법 넓은 개울 한쪽에 자리를 잡고 비장한 결심으로 개수영 맹연습을 시작했다. 정식 수영법이 아닌 홀로 실전에서 마구잡이 개 수영을 터득하는 기술이었다. 연약한 어린 가슴에 들개와도 같은 야심으로 엄청난 자아의 깨우침이었던 것이다. 이렇게 수많은 날의 연습에서 계산할 수가 없을 정도로 많은 개울물을 들이켰던 절규의 시간이었다.

지난날 물에 빠졌던 기억을 절대 잊을 수가 없다. 입으로 코로 물을 뿜어내며 팔다리를 휘젓는 몸뚱이는 떠오르는 물방울들과 전쟁을 치루 듯 생사를 치렀었다. 수없이 그렇게 싸우며 전진하는 인생의 고통을 비장하게 이겨냈다.

유미는 삼 년이란 세월이 지나고 어엿한 중학생이 되었다. 드디어 개 수영의 선수로 남녀 친구들과 나란히 줄을 서는 영광을 얻었다. 웬만한 수심 깊은 물에서 안전하게 다이빙까지 하는 수준급이 된 것이다. 동네에서 큰길을 한참 따라가면 논두렁을 지나 돌아가는 곳에 큰 돌로 막아놓은 수심 깊은 계곡이 있었다. 가끔 아이들과 그곳으로 갔다. 한쪽에 바위가 층층으로 놓여있는 곳에 자리를 잡고 3층 바위까지 올라가 다이빙을 하며 놀기도 했다. 지금을 상상할 수 없었던 천방지축 독학의 맹연습이었다. 고귀한 정신력이라고 의심할 여지가 없다. 이렇게 우여곡절로 운명의 죽을 고비를 치러야 했던 경험을 했다. 성숙한 모습은 사내아이처럼 당당하게 바뀌고 있었다.

어느 봄날 학교에서 끝나고 집에 와보니 이란성 쌍둥이 여동생이 태어났다. 한 아이는 조막만 한 얼굴에 쌍꺼풀진 큰 눈이 맑아서 예뻤다. 또 한 아이는 통통한 얼굴에 속눈썹이 길어서 예쁜 아이였다. 그런데 쌍꺼풀진 큰 눈의 아이는 어미의 부주의로 이미 뱃속에서부터 혈색부터가 달랐다. 결국 첫 돌도 치르지 못하고 병고만 앓다가 7개월 만에 저세상으로 가버렸다. 다행히 통통한 얼굴에 속눈썹이 길어서 예뻤던 아이는 건강하게 살아남아 귀염 받는 재롱둥이 막내딸이 되었다.

　어머니는 생때 같은 자식 셋을 잃고 육 남매만 살아남은 기박한 팔자가 되었다. 아들을 낳았을 때는 딸들 손에 삼시 세끼 미역국은 제대로 얻어먹었다. 자식들을 가슴에 묻어야 하는 가슴앓이와 산후 후유증으로 시달리며 사는 인생이었다. 유미는 남동생이 둘이나 생긴 덕분으로 학교생활도 그럭저럭 무난했지만 막내여동생까지 돌보며 살림살이와 집안일로 몸 고생이 시작되었다. 어머니는 밤이면 허리 통증으로 괴로움을 호소해 허리도 밟아드려야 하는 임무가 떠맡겨졌다. 그래야만 어머니가 주무실 수 있기에 중요한 책임이었다.

　"허리 병이 생긴 건 온전히 셋째 딸년 때문이야! 아들 가졌다고 그렇게 철석같이 믿었었는데, 또 딸을 낳았으니 몸조리가 어디 있었겠냐구. 애 낳구 곧 바루 지게 지구 나가서 일할 수밖에 없었구. 그르니까 니가 허구헌날 허리를 밟으야지 어쩌겠냐?"

　"알았어요 제가 할게요, 엄마."

　허리가 아프게 된 건 순전이 유미 때문이라는 것이었다. 언니들은 돈 벌러 객지에 나가 있고 언제나 살림을 도맡아야 하는 건 유미의 몫이었다. 동생들을 돌봐야 하는 일상에서도 우수한 성적으로 공부에 파고들었다. 인내할 줄 아는 천성으로 살림꾼의 듬직한 딸이 되었다.

　유미는 어느덧 미소를 많이 가진 열여섯 살 중학교 졸업반이 되었다. 공부도 열심히 하는 억척스러운 품성으로 영어나 수학

실력에 선두를 보였다. 집안 형편이 어렵기도 했지만, 가부장제의 남아선호 시대에 딸로 태어났으니 명문 고등학교 입학은 꿈도 꿀 수 없었다. 현재 다니는 중학교는 서울 명문 K고등학교와 자매결연이 되어있는 학교다. 그래서 성적이 좋은 학생은 교장 선생님 추천의 장학금 제도가 있었고, 졸업할 즈음 스카우트 제도가 있을 거라고 했다. 계속 공부할 수 있는 희망이 있다고 했다. 서울 어느 명문 K고등학교에서 기숙사 완비까지 추천받을 수 있다는 희소식이 전해졌다.

유미는 졸업할 날을 며칠 앞두고 담임선생님이 교무실로 불러서 갔다. 선생님은 덩치 좋은 보통 키에 코가 삐죽해서 날카로워 보일 수도 있지만 처진 눈썹에 크지 않은 눈이 자상한 인상으로 보였다. 교장선생님은 유미를 의자에 앉으라 하고 축하한다며 '덥석' 악수를 청했다. 그리고 장학금의 무료지원을 설명하며 고등학교 입학에 뽑혔다고 큰소리로 말씀해주었다. 그러나 유미는 그 소식이 무의미하다는 걸 짐작하고 기뻐할 수가 없었다. 우리 학교에선 최초의 명예로운 일이라고 했다. 하지만 유미는 기뻐서 가슴이 뛰지도 않고 울화가 치밀기만 했다. 교장 선생님께는 일단 감사의 인사를 하고 교무실을 나왔다. 집에 가서는 그 말을 전하지 않았다.

며칠 뒤 담임선생님이 집으로 방문을 했다. 선생님은 기쁜 장학금 소식을 부모님께 알리려고 서둘러서 온 것이다. 고등학교 입학 허락을 받기 위해 십리 길을 걸어서 왔다.

"유미 어머니, 이번에 이런 장학금 지원은 우리 학교의 큰 자랑입니다! 고등학교 졸업할 때까지 모든 걸 지원해주고 기숙사도 제공되는 겁니다. 그리고 공부 열심히만 하면 대학진학까지 희망이 있어요. 이 아이의 재능이 얼마나 기특합니까. 당연히 보내실 거죠? 학교는 서울에 있는 학교고요. 우리나라에서 5위 안에 드는 유명한 학교예요."

어머니는 무조건 선생님의 설명도 제대로 들으려 하지 않았다.

"선상님, 저희는유, 기집애는 절대로 객지에 못 보냅니다! 머슴아도 아니구 기집애가 그만큼 배웠으면 됐지, 더 이상 몬 공부를 한다구유. 조신하게 공장에 가서 돈 벌어갖고 시집만 잘 가믄 되는 걸 어딜 내보낸다는 거예유?"

"유미 어머니! 요즘 시대는 딸도 공부를 해야 합니다. 공부 잘해서 효녀 노릇도 할 거고요. 그 학교는 다른 애들은 가고 싶어도 못 가는 유명한 학교예요. 돈도 안 드는데 왜 그렇게 반대하시는지 저로선 이해가 안 갑니다. 어머니, 유미가 얼마나 자랑스러워요. 학교에서 최고로 공부를 잘한다고요!…."

"선상님, 그런 말씀이라면 더 들을 것두 없구 그만 돌아가서유, 저희는 절대 허락 못해유."

"어머니, 기회는 평생 한 번입니다. 나중에 후회 안 하시겠어요?"

"아, 예, 선상님! 후회는 무슨 후회를 한다구유. 걱정하지 마시구유."

어머니의 일자무식 개념으론 무슨 말도 소용없었다. 아무리 설명을 해도 여자는 더 이상 공부가 필요 없다고 못 박는 어머니였다. 선생님은 결국 삼 일째 되는 날 마지막으로 한 번 더 집을 들렀다가 대문 밖으로 휑하니 나가버렸다.

"휴! 너희 어머님 진짜 고집불통이 보통은 아니시구나? 기회가 너무 좋은데… 선생님은 이제 그만 포기하고 갈란다."

유미는 고개를 숙인 채 아무 말도 못 하고 선생님께 인사를 했다. 선생님이 저만치 멀리 안 보일 때까지 서있다가 눈물을 훔치며 옆방으로 뛰어 들어가서 문을 쾅 닫아버렸다. 어머니는 딸이 방문을 닫아걸고 '엉엉' 우는 소리가 들리자 얼굴빛이 벌게지도록 악을 썼다.

"이눔어 기집애가 무슨 공부를 한다구 그래? 여어 애 업구 또랑에 가서 걸레나 빨아와!"

유미는 엇나갈 것 같은 기세로 더 크게 통곡하면서 울음을 멈출 수가 없었다. 어머니는 딸의 서러운 마음을 짐작은 하지만 지금 형편에 그럴 수밖에 없다고 엄포를 놓으며 부엌으로 갔다. 울고 있는 유미는 가난의 분통을 참으려 입을 막아보지만, 눈물은 하염없이 볼을 타고 내려 딱딱한 부엌의 흙바닥을 적시고 있었다.

"딸년이 그깟 공부를 잘하믄 뭐 한다구 그려? 그만큼 다닌 것만 해두 절을 하구두 남지. 애두 봐야 하구, 일거리가 천지인데 기집애가 어딜 간다는 거여!"

어머니는 아궁이에 불을 지피기 위해 솥뚜껑을 잡은 손에 한 풀이라도 하는 것처럼 내동댕이치며 딸이 듣지도 못하는 말을 중얼거렸다. 어머니의 설움과 딸의 설움이 뒤섞인 울분이었다.

유미는 결국 고등학교 진학을 포기하고 말았다. 중학교 졸업 후 학교에서 기술학교 추천도 있었지만 역시 객지에 내보내는 모든 일이 묵살되었다. 더 이상 공부는 할 수 없고 자포자기를 한 채 지내다가 정신을 차렸지만, 부모님과는 대면하는 것조차 싫어졌다. 손발가락 하나 움직이기조차 귀찮아지고 앞날의 희망도 없어졌다. 그렇게 겨우 생각해낸 것이 서울에서 큰언니가 다니는 방직공장에 입사하는 길만이 집에서 탈출하는 도피 방법이었다. 그나마 큰언니랑 있는 건 허락이 가능했기에 어느 날 아침 밥상 앞에 앉았을 때 큰맘 먹고 말을 꺼냈다. 심각한척하며 어머니한테 천천히 말했다.

"엄마, 나 큰언니가 다니는 공장에 취직해서 돈이나 벌어 올게요. 공부는 그만둘 테니까 안심해도 되고요."

어머니는 딸이 기가 죽은 모습에 눈치를 살피며 표정이 굳어졌다. 이내 마지못한 웃음으로 말 대신 고개를 흔들며 허락을 했다. 사흘 후 큰언니가 어머니한테 소식을 듣고 서울에서 급히 기차를 타고 내려왔다.

"엄마, 얘 데려가면 기숙사에서 같은 방 쓸 거예요. 걱정 안 해도 돼요."

"그려, 큰언니하구 있는 다니까 허락하는 거여! 언니 속 썩이지 말구 말 잘 듣구 잘 있어야 해 알았니?"

어머니의 눈에는 금방 쏟아질 것 같은 눈물이 맺혀 있었지만, 유미는 안 보는척하며 얼른 몸을 돌렸다.

"알았어요, 엄마! 이제 잔소리는 그만 하세요…."

옷가지와 속옷을 챙긴 뒤 언니를 따라 역전으로 갔다. 드디어 어머니와 떨어져 있고 싶은 자유로운 날을 기대하던 끝에 희망을 품고 열차에 올라탔다. 부모님과 떨어지는 곳이라면 어디든 갈 작정이었다. 월급 타는 대로 어머니 통장에 이체시켜야 한다는 조건이었지만 상관없었다. 딸이라서 더 이상 공부도 하지 말라고 하니 어깃장 같은 반항심에 그저 신나게 기차역으로 달려가며 통쾌한 기분이었다.

세 번째의 죽을 뻔한 위기

큰언니의 소개로 서울 ○○ 방직공장에 취직을 했다. 다행히 중요한 기술직 부서로 가게 되고 금방 적응하며 기숙사 생활도 어느덧 익숙해지고 있었다. 그럭저럭 한해가 지나가고 십이월이 되어 남들은 월급날이라면서 망년회를 한다고 시끌벅적 수선스러운 날이었다. 어차피 월급은 어머니 통장으로 이체되고 있으니 월급날이 되어도 신나기는커녕 오히려 서글픈 날이다. 끝날 시간이 거의 다 되었을 때였다. 사장님이 상냥한 표정으로 웃으며 작업실로 들어오는 모습에 눈이 딱 마주쳤다.

"유미야, 수고가 많네? 너의 월급은 집으로 보냈다!"

"사장님 안녕하세요?"

유미는 별로 표정 없는 얼굴로 반갑지 않은 말투지만 고개 숙여 인사를 했다.

"네, 사장님! 저도 이미 알고 있으니까 말 안 해주셔도 돼요."

사장님은 훤칠한 키에 우렁찬 목소리와 눈웃음이 매력인 예의 바른 남자였다. 유미가 서 있는 뒤쪽으로 다가서며 청바지 뒷주머니에 만 원짜리 돈을 다섯 장 접어서 슬쩍 밀어 넣어주었다. 그러면서 미안한 표정으로 웃어주는데 순간 눈물이 찔끔할 뻔했다.

"사장님, 매번 감사합니다."

"아니다! 너도 용돈이 필요할 텐데, 더 많이 주지 못해서 미안하다."

그날따라 오만 원을 만지는 순간 목으로 치미는 서러움이 밀려왔다. 사장님은 용돈을 매번 이렇게 주고 갔다. 뭐가 그리 즐거운지 흥얼거리며 총총걸음으로 힘차게 문을 닫았다. 닫힌 문을 하염없이 바라보다 홀로 남은 지독한 외로움에 치가 떨려왔다.

"휴우!…."

순간 번쩍 떠오르는 생각이 머리를 스쳐 갔다. 얼른 작업실의 청소를 정신없이 마치고 회사 맞은편에 있는 매점으로 달려갔다.

"아줌마, 소주 하나 주세요."

술의 도수를 고르자니 판단하기가 쉽지 않아 망설이고 있는데 아주머니가 얼른 다가와서 권해주며 물었다.

"그래, 진로로 줄까? 오늘은 일이 일찍 끝났나 보네?"

유미는 아주머니를 쳐다보며 퉁명스런 표정으로 마지못해 대답을 했다.

"예, 오늘 월급날이거든요."

아주머니는 월급 탔다고 말하는 유미의 표정이 예전과는 다르게 심상치 않은 것 같아서 살피다가 말했다.

"와아! 유미는 좋겠다. 그런데 좋은 날 네 얼굴빛이 별루인 것 같은데 뭔 일 있는 거니?"

"아니예요, 돈 거슬러 주세요."

조금 전 사장님이 주머니에 넣어주었던 용돈을 한 장 내밀었다. 아주머니는 자꾸만 예전과 다른 유미의 굳은 표정이 이상한 듯 눈치를 보고 있었다. 얼른 아무렇지 않다는 듯 웃으며 꽁무니를 빼듯 다시 작업실로 달려갔다. 그리고 식당에 가서 스테인리스 국그릇을 챙겼다. 누가 볼까 봐 슬쩍 살피며 재빠르고 진지하게 비장했다. 처음 마시는 소주 맛의 호기심과 이걸 마시려는 순간 지금까지 살아온 날들에 복수하겠다는 오기가 발동했다. 기발한 생각의 '자살'이라는 단어였다.

'그래! 미련 없는 세상! 자유가 없는 세상…, 끝내는 것이다….'

유미는 그렇게 결심을 했다. 갑자기 다급한 손놀림으로 제정신이 아닌 순간으로 변해버렸다. 소주를 스테인리스 국그릇에 부으니 에누리 없는 꽉 찬 한 그릇이었다. 쓴 냄새가 코끝으로 퍼져

왔지만 침을 꿀꺽 한번 삼키고 숨을 길게 내쉬었다. 왼손으로 코를 잡는 순간 단숨에 소주를 삼켜버렸다. 소주가 식도로 흘러내려 가는 동안 코를 막아서 냄새도 모르고 잠깐 숨도 쉬지 않았다. 아무 맛도 모르고 시원한 냉수를 마시는 것과 같이 느껴지면서 코를 잡았던 손을 놓았다. 그러자 바로 쓴 냄새에 토할 것 같아서 길게 숨을 내쉬며 힘껏 참았다.

'일초, 이초, 삼초… 휴우!'

소주가 위장에 퍼지면서 갑자기 작업실이 안개 낀 것처럼 뿌옇게 보였다. 제자리에 있던 커다란 기계가 폭풍을 일으키듯 빙빙 돌았다. 몸은 기운도 없이 휘청거리면서 두 손으로 중심이라도 잡을 듯 머리를 움켜잡았다. 그러자 이번엔 위장에서 놀랐는지 구토중이 시작됐다. 그대로 고통을 연발하며 식도를 타고 입으로 배설되는 고통이었다. 조금 전의 소주 맛보다 더욱 쓴 역겨움에 몸부림치며 토하고 시멘트 바닥에서 혼자 한참을 헤매고 있었다.

작업실 바닥에는 내장을 휩쓸고 올라온 더러운 찌꺼기가 누르스름한 배설물로 흥건하게 쏟아지고 현기증이 왔다. 오히려 소주의 쓴 냄새보다 식도와 위를 더욱 꼬이게 하는 배설물의 고약한 냄새가 더 참아내기 어려운 관문이었다.

"왜액!! 왝! 캑캑! 아흑!"

소주 냄새 때문에 토하고 배설물 냄새 때문에 토했다. 그런 고통으로 식도를 뒤집으며 쓰려오는 느낌은 너무나 싫고 죽을 것 같은 심정이었다. 위장에 아무것도 넘기지 않고 빈속에 쏟아부은 알코올의 위력이 대단했다. 적막한 작업실 안에서 꼬여버린 위장으로 위액까지 다 토해내는 고역을 치러야 했다. 소주를 마시고 한참을 토해내며 정신없었던 취기가 다시 제정신으로 돌아오기 시작했다. 다시 보니 커다란 기계가 다시 제자리에 있었다. 퇴근 시간이 지나고 아무도 오지 않는 저녁 여덟 시를 넘긴 시간이었다.

소주를 한꺼번에 마셔버리면 죽는 줄 알았다. 소주 한 병을 마셨는데 다 토해버리고 나니 목으로 내장으로 통증의 흔적만 남았다. 비장한 자살 시도가 실패로 끝난 것이다. 잊지 못할 가슴의 상처만을 남긴 채 망연자실하며 한동안 그렇게 썰렁한 바닥에 주저앉아 있었다. 이젠 죽는 것도 힘들고 마음과 뜻대로 되는 것이 아니란 걸 절실히 느꼈다. 그 일을 치른 뒤 차츰 말수가 줄어들었다. 혼자만 알고 있는 지독한 외로움이었다. 가끔 홀로 산길을 찾아 나서보기도 하며 세월의 위안을 삼았다.

네 번째의 죽을 뻔한 위기

유미가 열아홉 살이 되는 어느 초가을이었다. 코스모스가 나란히 피어있는 버스가 다니는 길을 걷고 있었다. 앞에 분홍색 코스모스를 천천히 들여다보고 있다가 갑자기 뇌리를 스치는 급박한 생각에 멈춰 섰다. 다시 발길을 돌려 빠른 걸음으로 기숙사를 향해 달렸다. 기숙사 방안은 토요일이라 그런지 다들 나가고 혼자였다. 열려 있는 창문 사이로 밀려오는 가을바람은 싸늘하게 몸을 웅크리게 하면서 어두운 적막함만 밀려왔다. 그녀의 얼굴 표정은 차츰 검은 그림자가 드리워지고 있었다. 또다시 도전해보자는 용기는 순전히 똘똘 뭉친 오기였다. 큰 가방을 뒤지다가 팬티스타킹이 손에 잡혔다. 순간 오싹해지는 짜릿한 스릴이 느껴졌다. 굳은 결심을 하고 눈을 크게 뜨며 이를 악물었다. 요동치는 가슴을 누르고 숨을 고루며 몸을 경직시켰다.

그리고 전신거울 앞에 앉았다. 손은 벌써 스타킹으로 매듭을 짓고 있었다. 어느 순간 스타킹을 목에 칭칭 감아가면서 힘껏 당기기 시작했다. 얼굴로 점점 혈액이 몰리기 시작하면서 벌게지고 눈도 튀어나올 것 같이 숨이 막혔다. 목에 '칭칭' 감은 압박으로 숨이 턱에 찼다. 입이 '헤' 벌어진 채 머릿속으로 하나, 둘, 셋, 넷, 다섯, 일곱…! 차라리 눈을 감고 세며 버티었다. 열 번도 제대로 못 세고 손에 쥔 스타킹을 그만 놓쳐버렸다. 결국 그 자리에 엎드려서 울부짖었다.

"으어헉! 넌, 바보! 바보 멍청아! 넌, 진작 죽을 마음이 없었잖아! 으어엉, 엉엉!…."

자신을 꾸짖는 외침에 통곡이 터져 나왔다. 서러움과 원망으로 발버둥치며 목이 쉬도록 한참을 흐느꼈다. 그렇게 긴 시간이 지났는데도 밖에는 아무 인기척이 없었다. 대책 없는 죽음을 생각하면서도 죽지도 못하는 자신이 너무 역겹고 싫었다. 자신에게 자포자기해 실망의 구렁텅이에 빠져버렸다. 한참을 인기척 없이 적막 속에 누워있었다. 그렇게 혼자 시간을 보내고 무엇인가에 홀린 듯 다시 거울 앞으로 다가갔다. 아무 생각 없이 자신을 뚫어져라 바라보다가 눈동자에 홀린 듯 살폈다. 자세히 보니 그 안에는 반짝이는 희망의 빛이 있었다.

'그래, 내 눈동자가 살아 있잖아… 죽기 살기로 살아보자! 우선 공부를 시작하고… 아들만 공부하란 법은 없어, 나도 공부하고 싶다고!….' 그런 생각을 하니 어두컴컴했던 방안에 보름달이 떠오른 것처럼 환해졌다.

유미는 인생에서의 고통은 인간이 마음대로 할 수 없는 것이라는 걸 깨닫게 되었다. 본의 아니게 갑자기 죽음을 맞이하는 것과 선택의 시도로 죽음을 맞이하는 것은 곧 신의 능력이라고 스스로 미루어본다. 딸로 태어난 분노와 한을 가지고 죽음이라는 복수의 단어를 떠올렸던 순간들을 영원히 잊지 못할 것이다.

어머니 날 부르신다

남매의 병증

첫째 남동생이 위급하다는 소식을 듣고 병원으로 달려갔다. 겨울의 한기를 느끼며 응급실에 막 들어가려는데 기영이가 저만치 보이는데 초췌한 얼굴을 보는 순간 가슴이 철렁했다. 순간 다리에 힘이 빠져버려서 더 이상 동생 앞으로 걸어갈 수가 없었다. 동생은 다행히 누나가 온 줄도 모르고 응급실 침대에 앉아 창문 쪽만 힘없이 바라보고 있다. 선영은 그 와중에도 슬퍼하는 모습을 보이고 싶지 않아 낯선 사람들 틈에 끼어들며 몸을 숨겼다. 한쪽에 쪼그리고 앉은 채 북받치는 눈물만 하염없이 쏟았다. 선영은 흐느끼는 울음소리를 낮추려고 '꾸역꾸역' 눈물을 삼키며 흐르는 눈물은 닦아내도 소용이 없었다. 오히려 참으려고 하면 할 수록 더 흐느끼는 울음소리가 멈추질 않았다. 마음을 진정시키는 시간이 필요하다는 생각에 비틀거리며 화장실로 갔다. 화장실 흰 타일 벽에 한쪽으로 몸뚱이를 지탱하며 기대고 섰다. 세면대를 잡고 마음을 진정시키기 위해 거울 앞에서 자신의 얼굴을 살폈다. 얼굴은 온통 벌겋고 눈물로 얼룩져서 낯선 여자가 인상을 쓰며 쳐다보고 있었다. 얼른 찬물로 세수를 했다. 마음을 진정시키고 동생이 있는 침대 옆으로 갔다. 그러는 동안 길게 느껴졌던 시간이 십 분 정도 지났다. 응급실에 걸려있는 동그란 벽시계를 보면서 알게 되었다. 낡아 보이는 벽시계도 마치 병든 환자처럼 창백해 보인다.

"기영아! 괜찮니? 왜 이렇게 앉아 있어, 누워있어야지. 그리고 너무 걱정하지 마! 알았지?"

"누나, 난 지금껏 심장병 통증으로만 알았고 별거 아니라고 생각했었어, 정말 몰랐어…! 그냥 어쩌다 가슴 쪽이 좀 따끔거리는 느낌은 있었지만 대수롭지 않게 신경도 안 썼거든. 그런데 내가 벌써 담관암 3기라고 하니 어떻게 해야 할지 모르겠어. MRI 촬영이랑 검사하는 건 거의 전부를 했어, 지금은 결과 기다리는 중인데 수술해야 한다면 해야겠지?"

"그래, 좋은 소식 기다리자! 요즘 암이라는 병은 얼마든지 고칠 수 있다고 하더라. 치료만 잘하면 금방 나을 거야. 수술하고 항암치료도 잘하면 이겨낼 수 있을 거야. 그런데 이 복잡한 길거리 같은 응급 침대에서 언제까지 있어야 하는 거니. 병실로 옮기는 건 빨리 안 되는 거야? 그리고 올케는 널 혼자 놔두고 어디 갔는데 없어?"

"잠깐 먹을 물 좀 사 온다고 매점 갔는데 아직 안 오네, 금방 올 거야."

"그래."

부모님은 남아선호시대의 부계적 시대를 살아가는 집안이었다. 남동생들은 아들 위세의 첫 번째 순서로 특권이 주어지는 집안의 대들보였다. 항상 귀한 아들이라는 남동생들한테 모든 걸 양보해야 했다. 특히 첫째 남동생은 시샘만 하게 된 별로 좋지 않은 사이의 남매로 지냈었다. 남동생들은 누나들이 범접할 수 없는 부모님의 사랑을 흠뻑 받으며 당당하게 자랐다. 그토록 싫어했던 첫째 동생이 이 순간에 병약해져 있는 모습을 보니 한없이 애처롭기만 했다. 그동안의 미웠던 마음이 머릿속에서 순식간에 사라져 버렸다.

동생은 이십 대 중반부터 협심증이라는 심장병을 앓아왔다. 점점 병원 출입이 잦아지고 약 처방이 내려진 뒤 치료하면서 결혼도 하게 되고 자식은 남매를 낳아 그럭저럭 잘살고 있었다. 그런데 갑자기 심장병에서 담관암이라는 소식은 집안의 청천벽력이었다. 응급실에는 환자들로 넘쳐나서 발 디딜 틈이 없었다. 안쪽 통로에 사람들이 지나다니는 골목 같은 곳에 여기저기 간이침대의 환자들이 줄을 이어 누워있다. 너무 비좁아서 부딪칠 것만 같은 간격에 대기하고 있는 환자들과 보호자들이 넘쳐났다. 보호자들은 그 틈에 서성이며 지루한 시간을 보내지만 아픈 환자를 돌보는 애틋한 마음으로 누구도 얼굴을 찡그리지 않고 있었다. 생각해보니 지금까지 살면서 동생과 이렇게 얼굴 마주 보며 다정하게 이야기해본 적이 별로 없었다.

동생은 입원실이 아직 정해지지 않아 응급실 한쪽 간이침대에 간신히 누워있다. 그러면서 누나한테 기운 없는 말로 그동안의 자초지종을 모두 얘기해주었다. 동생이 불쌍해서 자꾸만 눈물만 나오고 지난날의 껄끄럽던 사이도 잊은 채 안타깝기만 했다. 슬퍼하는 모습을 들키지 않으려고 옆쪽 다른 환자를 보는 척했다. 지금껏 사이가 안 좋았던 두 남매인데 핏줄이 당겨서인지 자꾸만 불쌍해 보였다. 그렇게 생각하고 있을 때 어느새 올케가 종종걸음으로 오고 있었다.

"형님 언제 오셨어요?"

올케는 얼마나 울었는지 가뜩이나 단추 구멍처럼 작은 눈이 '퉁퉁' 부어서 눈동자도 보이지 않을 정도였다.

"응, 방금 왔어. 올케가 왔으니까 마실 거라도 사 올까? 뭐 더 필요한 거 있으면 말해봐."

"형님, 필요한 건 다 사 왔어요. 그럼 죄송하지만 뜨거운 커피 한 잔만 부탁할게요."

검사 결과가 나오기 전에 얼른 매점을 다녀오려고 나섰다. 그런데 다녀오는 사이에 주치의가 다녀갔다며 올케는 침대 한쪽에서 얼굴을 손바닥으로 감싸 안은 채 흐느끼고 있었다. 무슨 큰일이 생겼나 싶어 가슴이 무너지는 심정으로 달려갔다.

"누나 난 심장병도 있고 해서 치료하기가 쉽지 않다네. 그리고 담관암 덩어리가 이미 십 센티가량 자란 데다가 떼어내기도 위험한 위치라 수술할 수 없다는데 어떡하지? 지켜보면서 최선을 다하겠다는 말만 하는데…!"

"그래? 어떡하니, 병원에서는 원래 최악을 말하는 거야! 병원에서 그렇게 나왔어도 치유가 돼서 잘 사는 사람 많다 하드라. 그러니까 너는 어떻게 하든 낫는다는 생각만 해. 요즘 세상은 의술이 좋아져서 고칠 수 있을 거다. 벌써부터 안 좋은 생각만 하면 안 돼! 알았지? 으흑흑!…."

울컥해서 더 이상 말을 잇지 못했다. 누나로서 해줄 수 있는 건 다 해주고 싶은 심정뿐이다. 동생은 의사가 다녀간 뒤로 제정신이 나간 사람처럼 앉아서 거친 숨만 몰아쉬고 있었다. 무슨 말이라도 위로가 될 수 없을 것 같아 서로 말문을 잃었다. 집에 돌아올 때는 속울음을 참다못해 운전대를 잡고 펑펑 울었다. 가슴이 답답하고 서러움이 북받쳐서 울면서 한숨만 쉬어대고 차 창문에 입김이 서려 앞이 잘 안 보였다. 옷소매로 계속 닦아보지만, 점점 눈물범벅이 더해져서 또 앞이 뿌옇다.

이튿날 병원에 가기 위해 이것저것 반찬이며 찰밥을 정성스레 지어 차 트렁크에 실었다. 점심 식사 시간에 맞춰 가느라 속옷이 땀에 젖는 줄도 모르고 달려갔다. 올케는 의사가 한 말을 귀띔해

주었다. 동생은 이제 병을 고칠 방법도 희박하고 먹고 싶은 거 다 해먹이라고 했다는 것이다.

"누나, 힘들게 이런 걸 왜 싸갖고 와! 많기도 하네… 이렇게 여러 반찬 먹어보는 건 정말 오랜만이야. 하여튼 고마워 누나, 맛있게 잘 먹을게."

동생은 누나를 보더니. 영문도 모르고 반가워했다.

"아이구, 이런 건 얼마든지 해줄 수 있으니까 얼른 털고 일어나라 알았지? 내일 올 땐 어떤 거 만들어올까?"

"아니야, 집사람이 다 사다 주니까 신경 안 써도 돼. 요즘은 병원에서도 음식 배달시키고 얼마든지 사 먹을 수 있잖아. 그리구 가까운 데에 시장도 있다니까 사다 먹으면 돼."

"무슨 소리야, 사 먹는 거 하고 같아? 얼마든지 얘기해. 누나가 이참에 먹고 싶은 거 다 해다 줄게."

"정말? 누나가 웬일이래? 그럼 나야 좋지. 생각나면 얘기할게, 허허허."

"뭐가 웬일이야. 그래도 누나가 한 솜씨 하잖니, 호호호."

"하긴 누나가 어릴 적부터 음식은 잘했어. 엄마한테 전수받아서 잘하는 건 다 알고 있지."

"그래, 그러니까 말만 해. 진짜야?"

두 남매는 그런 말을 주고받을 때는 환자라는 걸 잊는 채 활짝 웃었다. 동생이 웃으며 싸 들고 간 음식을 맛있게 먹는 모습을 보고 또 눈물이 '왈칵' 쏟아지려 했다. 동생에게 눈물을 보이기 싫어서 얼른 고개를 숙이며 화장실을 핑계 삼아 뛰쳐나왔다. 선영은 하루 이틀 보내면서 먹는 거 챙겨주는 일만 반복했다. 동생은 갈수록 먹는 양도 점점 줄어들고 어느 순간부터 내 동생이 아닌 것처럼 눈에 띄게 몸이 말라갔다. 갑자기 부쩍 말라가는 모습은 돌아가시기 전이었던 아버지의 그 모습 같았다.

동생은 결국 고통을 이기기 힘든 최악의 순간이 되어 진통제를 수없이 맞으며 버텨야 했다. 이젠 음식도 먹지 못해 그나마 누나가 해줄 수 있는 역할도 없어졌다. 갈수록 수척해지는 모습을 지켜보면서 가슴은 천 갈래 만 갈래 찢어지고 눈물 마를 날 없이 병원에 드나들었다. 암 판정받은 지 석 달 만이었다. 동생이 수술도 받지 못한 채 링거에 의지하고 있는 모습을 더 이상 지켜보기도 힘들었다. 동생은 그렇게 버티다가 결국 사망하고 말았다. 유미는 슬픔은 오열하며 통곡했다. 명치가 아프도록 가슴을 치며 울고 소화도 안 돼서 '꺽꺽' 소리 내어 숨을 몰아쉬었다.

마지막 모습은 먹지도 못해서 뼈만 앙상했다. 온몸은 쭈글쭈글한 살가죽만 남긴 채 사람의 꼴이 아닌 그 모습이 머릿속에 '콱' 박혀버렸다. 동생을 잃은 한맺힌 감정에 하느님을 저주하는 원망의 눈물이 온통 강을 이루고도 남을 슬픔이었다. 어머니께 동생의 죽음을 차마 알리지 못했다. 가뜩이나 지병으로 간신히 버티는 인생에서 너무나 가혹한 형벌인 것 같았다. 하지만 어떻게 알게 되고 말았다. 어머니는 더 심해진 속앓이 합병증으로 겨우 연명하다가 어느 날 홀연히 저세상으로 떠나버렸다.

둘째 언니의 심장병도 변이형 협심증이었다. 결혼을 하고 요식업을 하는 동안 자식들을 낳고 심장병 약을 지어 먹으며 평범하게 잘 살아가고 있었다. 첫째 남동생이 떠나고 8년 정도 지났을 즈음 슬픔을 어느 정도 추스르고 있었다. 언니는 서울로 다니던 병원을 동네병원으로 옮기게 되었다. 나이가 들면서 먼 곳을 다니기 힘들다며 가까운 병원으로 옮긴 것이다. 그런 뒤 몇 달 안 가서 응급실로 실려갔다. 삼십 년 동안 약을 꾸준히 먹으며 잘 지냈는데 갑자기 위급한 소식을 들었다.

언니가 병원에 실려가고 하루 만이었다. 제대로 입원하지도 못한 채 그 길로 사망했다. 급성 심근경색으로 돌변하면서 심폐소생도 소용없었다. 연이어 유전적인 죽음의 운명 앞에서 남매는 좌절된 인생을 오열했다. 슬픔은 세월이 약일 수밖에 없었다. 어쩔 수 없는 산목숨이 되어 서서히 아물어갈 것이라는 것은 상상할 수 없었다. 가족력의 유전자는 남매한테 불행한 지병으로 찾아왔다. 계속 피할 수 없는 운명이 되어 단명을 재촉하고 있었다.

첫째 남동생과 언니를 고통으로 힘겹게 떠나보내고 겨우 2년밖에 안 된 늦은 가을날이었다. 둘째 남동생이 42세가 된 둘째 남동생이 직장에서 일하는 도중 응급실로 실려 갔다는 전화가 와서 또다시 놀라게 했다. 아직도 남매의 불행은 끝나지 않는 전쟁 같았다. 둘째 남동생은 심장병하고 전혀 상관없는 듯 건강했었다. 평소에 등산 마니아로 나름대로 건강관리를 잘 챙겼지만 그 믿음은 하루아침에 깨져버렸다. 본인의 건강하다는 생각은 자만이었을 뿐 현실이 되고 말았다. 유전적인 가족력 병증은 그동안의 잊을 수 없는 크나큰 슬픔으로 남았다. 이젠 하느님만 믿을 뿐 조상님의 가문까지 원망하고 두려웠다. 동생이 입원했다는 병원에 가보았다. 응급실에서 환자복을 입고 멀쩡하게 침대에 앉아 있었다.

"아이구우! 수영아, 어쩌다가 이렇게 됐니. 무슨 일 있었던 거야?"

"누나, 나도 일하다가 쓰러졌다는데 잘 생각 안 나요. 그동안 아픈데도 없었고, 지금은 이것저것 검사 중이라 결과는 봐야 한대요."

"그렇구나, 내가 얼마나 놀랐는지 지금도 심장이 떨리는구나. 너는 심장병도 없었으니 괜찮을 거야 그렇지?"

"네, 누나. 걱정 말아요."

동생의 말을 잠시 들어보았다. 그동안 심장은 통증이 전혀 없었지만 맥박이 남들보다 좀 느리게 뛰어서 의아하게 생각한 건 있었다고 했다. 그날은 일단 검사하느라 병명이 나오지 않아서 같이 앉아 얘기만 하다가 입원실 정하는 것을 보고 집으로 돌아왔다.

며칠 뒤 동생한테 전화가 왔다. 병명은 심부전증으로 나왔다고 했다.

"아이구우, 이게 무슨 소리야. 심부전이란 병명이 또 뭐냐구우!"

"누나, 의사 말을 들어보니까 난 별거 아닌 거 같아요. 걱정 마요. 며칠 뒤에 심장 박동기를 삽입하는 시술 날짜 잡고 퇴원했어요. 그것만 하면 앞으로 사는 데는 지장 없대요."

"아 그래? 뭐 그런 시술을 꼭 해야 한다니, 그럼 정말 괜찮아지는 거 맞지?"

"누나! 그렇다니까 믿는 거지요. 난 그래도 다행인 거지 아무 걱정하지 말아요."

"그래, 알았다. 기다려볼게."

얼마 후 심장 박동기를 삽입하는 시술을 받았다는 소식도 들었다. 심장에 위급한 상황이 왔을 때 자동 대처하는 안전 기구라고 해서 안심은 했다. 둘째 남동생은 부모님이 항상 양반 집안의 두 번째 대들보라는 아들이었다. 성격도 차분하고 너그러웠다. 그 후 시술을 끝내고 2주쯤 되었다. 그런데 또 쓰러져서 응급실로 갔다는 연락이 왔다. 둘째 올케한테 전화 받는 즉시 자매가 달려갔다. 차를 끌고 병원 주차장에 도착하고 있을 때였다. 언니한테 전화가 와서 급한 마음에 얼른 받아보았다.

"선영아, 어쩜 좋으니! 방금 올케한테서 전화가 왔다! 수영이가 지금 막 숨을 거뒀단다, 빨리 와!! 으흑 흑흑흑!"

언니의 다급한 전화 목소리가 가슴을 철렁 내려앉게 했다. 귓전에 정확하게 들리면서 같이 흐느끼고 있었다. 둘째 남동생이 '누나 살려줘….' 하고 다급하게 부를 것만 같았다. 울부짖는 동생의 얼굴이 환상으로 떠올랐다. 순간 가슴이 무너지고 목으로 치받쳐 올라오는 분통의 눈물이 숨통을 막아버리는 것 같았다. 선영은 동생이 떠난 뒤 보고 싶어 미칠 지경이었다. 마지막 가는 순간 얼굴도 못 본 체 대책 없이 저세상으로 떠나버렸다. 남매의 죽음이 계속되는 슬픔은 저주하며 살아가는 공포가 되었다. 저 깊은 속울음의 앙금까지 한꺼번에 명치를 뚫고 목으로 거세게 치밀어 올라왔다.

세 남매는 허망하게 먼저 저승으로 가버렸다. 이제 살아있다는 불행의 슬픔은 한이 남아서 가슴에 비수처럼 꽂혔다. 살아 남아있는 세 자매는 죄책감도 되고 악몽에 시달리는 삶이되어 끝끝내 사무치는 그리움을 놓지 못했다. 우울증에 시달리기도 했다. 가족력 심장병은 몹쓸 유전자가 발병한 역대의 불행이 되어 커다란 응어리의 한이 되었다. 현실의 비통함에 다시 또 그런 비극이 절대 반복되지 않기를 간절히 기도했다. 가슴은 피멍이 들어 저주할 힘으로 살아야 했다.

선영의 병증

선영이도 결혼을 하고 나서 이십 대 후반부터 심장병이 발병했다. 처음 증세는 일 년에 잠깐 정도의 통증이었고 다음 해 부터 횟수가 점점 늘어나면서 반복되었다. 아플 땐 숨이 차고 체한 것처럼 명치끝이 뻐근하면서 가슴을 짓누르는 통증이 왔다. 체

중인 줄 알고 약국에서 물약만 사 먹으며 지나가기도 했다. 해마다 통증의 횟수가 점점 늘어났다. 병명도 정확히 모르고 신경성이나 위염인 줄로만 알았다. 그래서 동네 일반 내과나 정신병원, 신경과까지 다니면서 약을 지어 먹었었다. 엉뚱하게도 다른 병으로 오진하면서 소용없는 약을 먹으며 몇 년을 그렇게 살았다. 서른 살이 될 때까지는 발작이 가끔 잠깐씩 왔다. 그때는 의약분업이 생기기 전이었다. 심장이 아플 때만 약국에서 약을 사다가 먹고 급할 때는 '구심'이란 약을 사먹기도 했다. 몇 년 동안 괜찮게 지나갔다. 신경을 별로 안 썼더니 면역력은 점점 떨어져서 올 것이 오고야 말았다.

그러던 어느 날이었다. 계속되는 발작으로 견디기 힘들다는 걸 느끼고 동네 병원을 찾기 시작했다. 하지만 동네 병원에서 심상치 않다는 의사의 권유로 추천서까지 받아들었다. 결국 서울대학병원까지 찾아갔다. 언니 차에 실려 가는 동안 뒷좌석에 드러누워서 신음소리를 내며 급기야 고통으로 뒹굴었다. 병원에서는 병명을 찾아내기 위해 이십 여일의 장기간 입원을 하고 검사를 진행했다. 매일 종합적인 검사가 진행되었다. 질기도록 병명이 안 나오자 마지막 단계로 조영촬영을 하게 되었다. 거기서 '변이형 협심증'이란 심장병의 판정을 받았다.

약 처방을 받고 퇴원했다. 병명을 알게 되어 아플 때만 약을 먹었다. 가끔 운전하다가 또는 일을 하다가 심장의 진통이 올 때면 혼자 뒹굴며 눈물 콧물 다 쏟아내고 심한 순간을 감내하기도 했다. 하지만 그 순간을 잠깐 버티고 나면 건강한 사람처럼 통증이 말짱하게 사라졌다. 그럭저럭 사는 세월에 나이가 사십 대 후반이 되었다. 가정과 직장 일에 먹고사느라 하는 일도 많고 스트레스와 피로에 쌓여 손발이 퉁퉁 부었다. 가끔 참기 힘든 고통에 119구급차에 응급실로 드나들었지만, 그때마다 약 처방을 받아서 금방 괜찮아졌다.

어느 날 북한산 둘레 길을 따라 도봉산으로 등산을 갔다. 골짜기를 따라 올라가며 산등성이에서 정상까지 거의 도착하고 있을 때였다. 갑자기 어지럼증이 오면서 앞에 보이는 나무들이 뿌옇게 보이고 토할 것 같았다. 그 순간은 전조 증상이라는 것도 전혀 몰랐었다. 건강에는 항상 자신감이 넘쳐났기 때문이다. 통증은 잠깐 동안 지나가는 순간일 뿐이라고 생각하며 대수롭지 않게 여기는 습관으로 참고 그냥 넘겨버렸다. 그날도 그럴 수 있다고 생각은 했지만 왠지 무리인 것 같은 생각이 들었다. 그래서 더는 산을 오르지 않고 산 중턱 나무 밑에 쉴 자리를 잡았다. 편평한 곳에 돗자리를 펴놓고 김밥 도시락을 꺼내어 먹고는 천천히 산을 내려오기 까지 괜찮아졌다.

그렇게 몇 달이 지나갔다. H 대학교에서 마라톤 경주가 있던 날 재학생과 동문 선배들이 함께 선수로 출전해 일찌감치 서둘러 참석했다. 일제히 번호표를 받고 기념사진을 찍은 다음 수많은 행렬 속에 함께 달리기 시작했다. 출발해서 오십 미터쯤 느린 속도로 달렸다. 차츰 더 빨리 달리기 시작하면서 이백 미터쯤 갔을 때였다. 갑자기 심한 심장 통증으로 그 자리에 쪼그리고 앉았다. 숨을 크게 몰아쉬며 많은 사람이 달리는 틈 속에 밟혀 죽을 수 있다는 생각을 했다. 점점 흐려지는 시야에 안간힘을 쓰다가 그만 정신을 잃고 말았다.

 선영은 정신을 차리고 눈을 떴을 때 믿기지 않는 일에 스스로 놀랐다. 어느새 도로변 잔디밭 한가운데에 눕혀있는 게 아닌가… 사람들은 동물원의 원숭이처럼 구경하며 수군대고 있었다. 바로 119구급차가 도착하고 들것에 의해 간이침대로 급하게 옮겨졌다. 구급차에 실려 가는 도중 저절로 토하고 있었다. 누운 채로 토하다가 다시 얼굴을 옆으로 돌리면서 뱃속에 남아있는 음식물 찌꺼기까지 모두 토해냈다. 뱃속에 음식물을 배설하고 나서야 서서히 제정신이 드는 것 같았다. 정신을 차리면서 병원에는 가지 않겠다며 고집을 부렸다. 선영은 제발 다시 운동장으로 데려다 달라고 애원하면서 구급대원들이 극구 말려도 괜찮다며 우겨댔다. 모두 포기한 얼굴로 고개를 '절레절레' 흔들었지만 정말 괜찮아졌다. 마침내 구급대원들은 이상 있으면 반드시 응급실로 가야 한다는 당부의 약속을 하고 나서야 허락을 해주었다. 그렇게 다시 원래 태웠던 장소인 운동장으로 갔다. 이미 마라톤 대회가 끝나고 팀원들과 선수들이 도착해서 점심 식사를 시작하는 중이었다.

 "선영아, 괜찮나? 같이 밥묵자."

 "언니, 나 괜찮아. 나도 밥 먹을래, 맛있겠다."

"천천히 묵어라잉, 체할라아."

선배 언니가 놀란 토끼처럼 달려와 눈을 동그랗게 뜨고 반겨주었다. 선영은 아무렇지도 않다는 표현으로 웃어주며 은박지 돗자리를 깔아놓은 바닥에 식사 자리에 앉아 점심식사를 함께 했다. 식사는 돼지 불고기와 쌈밥에 여러 가지 반찬으로 미각은 좋은데 여전히 속은 메슥거렸다. 그래도 허기를 채우려고 밥을 반 공기 정도 먹었다. 아직 남은 행사 2부 진행이 있다고 했지만 모든 일을 뒤로하고 그들과 헤어져 인사를 해야만 했다.

혼자 집으로 가려고 전철과 버스를 갈아탔다. 그런 엄청난 일에도 대수롭지 않게 여기는 자신의 일상이 놀랍기만 했다. 그날 무사히 집에 도착했지만 후유증 때문에 일주일 동안은 흰죽을 먹어야 했다. 차츰 식욕이 돌아오면서 몸을 추슬렀다. 그런 일을 치루고 나서 일 년이 채 안 되었다. 그때부터 계단을 올라가거나 등산을 가면 심장 통증이 오기 시작했다. 노화된 나이 탓이려니 여기면서 자아 정체감으로 이겨내려고 버티고 또 버티는 세월을 보냈다.

선영은 어느새 중년의 나이가 되었다. 심장병이 가끔 전조 증상으로 왔지만 그냥 지나치고 했던 게 점점 더 심해지는 통증이 되었다. 그때마다 병원을 내 집처럼 응급실로 실려 다니기 시작했다. 심장에 스텐트를 네 개나 시술받는 위기까지 와버렸다. 12월의 겨울밤, 날씨는 온통 얼어붙고 볼이 빨개질 정도로 혹독하게 추운 날이었다. 사람들이 크리스마스 축제 분위기에 휩쓸려

거리를 여기저기 돌아다녔다. 선영은 심장 통증을 심각하게 받아들이지 않고 참으며 수많은 세월을 보냈었다.

이젠 드디어 올 것이 오고 말았다. 상가 거리에 다양한 캐럴 음악이 흘러나오고 젊은 연인들이 여기저기 상점에서 시끌벅적 술렁이는 분위기로 분주한 밤이었다. 그날 종일 각종 행사며 볼일이 많아 늦은 저녁 시간 10시쯤 집에 도착했다.

고등학교에 다니는 아들 민준이는 제 방에서 컴퓨터 모니터 앞에 바짝 붙어 앉아 있었다. 한창 컴퓨터게임을 하는 중이라 엄마는 안중에도 없는 것 같아 힐끔 방을 들여다보며 인기척을 보냈다. 아들은 그제야 돌아보며 알아듣지도 못하는 인사를 했다.

피곤한 몸 상태에서 심장 통증의 발작이 시작되었다. 안방에 천천히 들어가 힘이 다 빠져나간 몸뚱이를 간신히 침대에 기대며 누웠다. 지금까지 아플 때마다 만약을 위해 준비해온 정신도 대단하긴 했다. 선영은 모든 걸 완벽하게 해야 하고 지저분한 꼴을 못 봤다. 그런 탓에 항상 무언가를 하기 위해 한시도 가만히 있지를 않아서 탈이었다. 사람은 죽을 때가 되면 본인이 죽을 수도 있다는 특별한 예감을 한다고 했다. 문득 그 말이 생각났다.

왠지 오늘은 불안한 생각도 들고 몸이 더 긴장하면서 이상한 느낌이 든다. 심장 통증은 아이를 낳을 때처럼 계속 반복되었다. 범상치 않은 진통이 잦아지고 있었다. 고통 속의 뇌리에는 이러다 죽을 수도 있겠다는 생각이 아련하게 스치고 있었다. 마음은 시간이 흐를수록 의외로 침착해지면서 정신을 차리려고 애쓰고 있었다. 119 구급차에 실려 갈 수 있다는 생각을 했다. 그래서 병원 갈 채비를 하며 아픈 중에도 천천히 샤워하고 머리를 감았다. 로션을 얼굴에 바르고 편한 잠옷으로 갈아입었다. 차츰 온몸에 기운이 빠져버렸다. 계속 진통이 오고 있는 순간이 되고 말았던 것이다. 팔다리를 움직여보며 안간힘을 쓰지만 숨 쉬는 소리가 점점 커져갔다. 힘이 없고 침대에 눕자마자 가슴이 너무 답답했다. 숨 차오르는 것도 더 심해졌다.

점점 앓는 소리가 더 커지면서 정말 참기 힘들었다. 통증이 심해지는 순간에 민준이가 신음소리를 듣고 안방으로 '후다닥' 달려왔다. 마치 꿈속에서 들리는 것 같았다. 혀가 굳어지는 것처럼 알아듣지도 못하는 말을 하면서 입만 벌리고 계속 중얼거렸다. 마치 무거운 쇳덩이가 심장을 계속 짓누르는 것 같았다. 참다못한 통증으로 숨을 크게 헐떡이며 정신을 잃어가고 있었다. 방 안의 모든 사물이 뿌옇게 보이면서 눈꺼풀이 점점 내려앉기 시작했다. 그리고 '이제 죽는구나….' 하는 순간이었다. 아들 민준이는 위급한 순간에도 당황하지 않고 대처를 잘하는 침착한 성품이었다. 어릴 적부터 심장병을 앓는 엄마를 지켜보며 또래 친구들보다 더 일찍 어른이 되어갔다. 항상 엄마를 보호해야 하는 보호본능으로 성숙해져갔다.

'민준아, 엄마 너무 아파… 숨을 못 쉬겠어…! 아파, 아파… 하아, 하아, 하….'

"엄마! 숨을 크게, 천천히 쉬어 봐요. 제발, 제발! 엄마 119구급차 부를 게요? 금방 와요, 조금만 힘내세요. 엄마, 제발…."

민준은 다급하게 핸드폰을 들어 큰소리로 119구급차를 불렀다. 선영은 거의 울부짖는 아들 목소리를 들으며 이 순간이 꿈속이면 좋겠다는 생각으로 정신이 흐릿해지고 있었다. 팔다리가 늘어지고 숨쉬기가 너무 힘들어 모든 걸 포기하면서 정신을 잃었다. 아들은 지금 앞이 캄캄해도 울고 있을 시간조차 없었다. 얼굴이 온통 눈물로 뒤범벅이었지만 오직 엄마를 살려야 한다는 생각뿐이었다. 정신을 차려야겠다는 생각에 안간힘을 쓰며 눈을 크게 뜨려고 손으로 눈꺼풀을 잡아 올려보았다. 순간 '엄마가 안 계시면 난 어떻게 살까…. 공포감에 엄마처럼 숨이 제대로 안 쉬어졌다. '정신 차리자! 정신 차리자!' 계속 중얼거렸다. 너무 무서워서 온몸이 사시나무처럼 떨려온다. 혼자 소리치며 울부짖었다.

민준은 위기의 상황이 되자 예전에 고등학교 체육 시간에 배웠던 심폐소생술을 얼른 떠올렸다. 그리고 순식간에 떨리는 손에 힘을 주어 털어도 보고 깍지를 끼기도 하며 재빨리 손 운동을 하고 있었다. 엄마의 심장병을 생각하며 누구보다도 더 열심히 심폐소생술을 배웠었다. 지금, 이 순간에 엄마를 살리겠다는 간절한 마음은 의사가 환자를 살리는 임무보다 더 비장했다. 아들 민준은 괴력 같은 힘이 솟아올랐다. '엄마를 살리자, 엄마만 생각하자!' 머릿속으로 계속 떠올리며 숨을 크게 들이마시고 내쉰 뒤 심폐소생술을 시작했다. 엄마가 걸치고 있는 잠옷 단추를 풀어 제쳤다. 미친 듯 양쪽 젖꼭지에 중심을 두어 왼쪽 명치 부분 쪽 위에 두 손을 포개어 재빠르게 누르기 시작했다.

심폐소생술은 계속 쉬지 않았다. 두 손을 포개어 30번 정도 누르고 난 뒤 재차 반복하며 미친 듯 시행하고 있었다. 민준은 엄마의 심장병을 생각하며 만약이란 생각으로 얼마나 열심히 심폐소생술을 배우며 익혔든가, 엄마를 살리겠다는 간절하고 애절한 행동이었다. 그러자 하얗게 질려있던 엄마의 입에서 '컥'하는 기침 소리가 들렸다. 놀라서 보니 입에서 허연 개 거품이 꾸역꾸역 흘러나왔다. 순간 '엄마 살았어!!' 아들은 최고의 용기로 심폐소생술을 성공시킨 것이었다.

"아! 됐다! 우리 엄마 내가 살렸어. 엄마, 엄마! 하느님 감사합니다, 정말 감사합니다! 앞으로 잘하겠습니다! 진짜진짜 잘하겠습니다!"

아들은 감격해 크게 울부짖었다. 얼굴에는 온통 눈물과 땀이 '주룩주룩' 마구 쏟아져서 도랑물처럼 되흘렀다. 어린 마음에 세상을 다 얻은 것처럼 감격했다. 엄마의 얼굴은 혈색이 돌아오고 때맞춰서 구급차가 도착했다. 너무나 간절하게 엄마를 살리려는 효심이 있었다. 아들은 엄마가 깨어났다는 안심을 하는 순간 맥이 '탁' 풀렸다. 그리 긴 시간은 아니었지만 한꺼번에 썼던 힘이 풀리면서 온몸에 오한이 오는 것 같았다.

구급차 팀은 두 명이 남자고 한 명은 의사인 듯 사십 대로 보이는 여자가 왔다. 남자 둘은 신속하게 들것을 마주 들고 안방으로 들이닥쳤다. 선영은 잠시 정신을 차렸지만 아무 힘도 없이 늘어진 채 초점을 잃은 눈으로 아들 쪽을 하염없이 바라보고 있다. 들것에 누운 채 3층 엘리베이터를 이용해 내려갔다. 1층에서는 남자 두 명의 부축으로 접이 간이의자에 앉혀서 다시 들것에 의해 구급차가 있는 곳까지 갔다. 119구급차는 도로와 인도 사이에 깜빡이를 켠 채 주차되어 있었다. 아들은 차 안의 간이침대에 옮겨질 때 바짝 붙어서 따라갔다.

마침 그때였다. 남편 영식은 직장에서 회식하는 날이라 거나 할 정도로 술 마시는 시간을 보내다가 벌건 얼굴로 달려왔다. 초저녁부터 마신 술이 온통 퀴퀴한 냄새를 풍겼다. 아들을 보고 놀라서 말을 더듬기까지 하며 숨가쁘게 헐떡거리는 말투로 물었다.

"미 민준아, 어 어떻게 된 거야?"

"아빠는 왜 이제 오셨어요? 엄마가 갑자기 정신을 잃어서 내가 심폐소생술까지 했어요. 지금은 깨어나셨지만 혼자 무서워서 죽는 줄 알았다고요!"

"아 알았어, 넌 집에 가 있어! 내일 학교도 가야하고 만약을 모르니까, 누나한테는 아빠가 전화할 게 알았지?"

영식은 그 와중에도 아들이 학교 가는 걱정부터 했다. 선영이 119로 실려 가는 일이 잦았던 탓으로 다시 괜찮아질 거라는 생각에서였다. 가뜩이나 큰 눈이 잔뜩 겁에 질려 보이지만 검은 눈동자가 가로등 불빛에 반사된 빛으로 반짝거렸다.

"알았어요, 아빠. 병원 도착하면 엄마 상태도 꼭 알려줘야 해요."

"그, 그래, 걱정 마라. 갔다 올게."

그렇게 곧바로 구급차 간이침대에 눕혀졌다. 산소마스크에 의해 헐떡이는 숨을 고르며 아득해 오는 정신으로 눈이 감겼다. 남편은 침대에 바짝 붙어 앉아 좌불안석 아내를 내려다보았다. 구급차는 깜빡거리는 신호와 함께 응급신호 사이렌 소리를 크게 내며 급히 병원을 향해 달렸다. 구급차 안에서 선영은 혼미상태에 빠지고 있었다. 병원 응급실에 도착하는 동안에 정신을 또 잃었다. 의료진들에 의해 오랜 심폐소생술을 하고 중환자실로 옮겨졌을 땐 너무나 위급해 생사의 현실을 외면하듯 정신은 다른 세상으로 향하고 있었다.

지금까지 인생에서 열정만 가지고 힘겹게 살아온 선영은 환상의 다른 세상에서 애타게 부르는 조상님들에게 달려가는 중이었다. 이 순간 못다 한 삶을 잠시 접어둔 채 행복한 꿈속의 여행을 떠나고 있었다.

첫 번째 꿈 여행

선영은 결혼하기 전 부모님과 함께 이사 가는 날이었다. 집은 산꼭대기 쪽으로 올라가는 달동네였다. 아는 지인을 통해 경매로 넘긴 삼백 평의 저택을 산 것이다. 먼저 살던 집에서 차로 십분 남짓 되는 가까운 동네인데 날짜를 맞추다 보니 평일에 이사를 가게 되었다. 큰 트럭은 집을 가득 싣고 대로변 길에 정차했다. 모든 살림 가구며 이삿짐은 한 팀이 되어 움직이는 인부들에 의해 큰 골목까지만 옮겨졌다. 작은 골목길부터는 가족끼리 옮기기로 정했기 때문에 짐을 나르던 인부들이 그 정도까지만 해주고 모두 가버렸다. 어머니와 아버지가 함께 짐을 날라야 하는 골목길은 좁고 커다란 퀸 침대를 들게 되었을 때부터 큰 난관이었다. 선영의 키를 능가하는 커다란 길이가 아득하게 보이고 철심까지 들어 있는 매트리스는 옮기는 힘에 무리였다.

"엄마, 나 힘들어 죽겠어요. 침대가 왜 이리 움직이지도 않아요? 좀 쉬었다 할게요, 휴우!…."

"아이구, 선영아. 니가 힘을 쓰기나 하는 거냐! 침대에 딱 붙어서 오히려 더 무겁기만 하는구먼. 그래, 이거만 옮기면 되니까 엄마 아부지랑 천천히 하면 되는 거지, 하하하."

"엄마! 웃음이 나와요? 그러니 인부들이 짐을 날라야 한다니까. 이걸 우리가 언제까지 옮겨요! 빨리 언니들도 불러요오!"

"니 언니들은 공장에서 일 끝나면 어련히 오겠지. 엄마 아부지가 힘쓰면 되는 거고, 너희가 거들면 충분하니까 잔소리는 그만하거라."

"에휴우! 알았어요오."

"사람을 쓰면 돈이 얼만데, 종일 땅을 파봐라! 돈이 나오냐, 밥이 나오냐? 에구."

어머니는 한숨을 쉬다가 비탈길 한가운데에 다리를 쭉 뻗고 '철퍼덕' 퍼져 앉아 있는 딸을 보고 크게 웃었다. 딸도 덩달아 따라 우습기는 하지만 여전히 못마땅한 얼굴로 투덜거리고 있었다.

"누가 보면 어쩌려고 그렇게 앉아 있누우!… 아이구야아, 하하하, 하하하,"

"엄만, 내가 그렇게 웃긴가! 편하면 되는 거지요오, 호호호, 호호호."

두 모녀는 웃긴 건 어쩔 수 없으니까 마음껏 웃으며 잠시 쉬는 시간을 가졌다. 기운을 차리고 다시 옮기기 시작할 때에 골목은 어찌나 비탈길인지 어깨가 아프고 한숨부터 나왔다. 다 옮긴 줄 알았는데 골목이 하나 더 이어져 있었다. 이번엔 짧은 골목이지만 더 높고 미끄러지는 비탈길이라 가녀린 어깨에 큰 침대 매트리스가 꿀렁거리며 파고들었다. 그러는 바람에 선영은 다 늙은 사람이 지르는 비명소리처럼 순간 소리를 지르다가 앓는 소리를 가련하게 흘렸다. 몸은 힘에 부치고 한 걸음씩 움직일 때마다 비명소리가 나와도 그저 마냥 즐겁고 행복하기만 한 시간이었다.

"아이구우 나 죽네! 이사 한번 하다가 병나겠어요오, 휴우."

"슬슬 하면 되지, 조금만 더 힘내자. 집이 왜 이렇게 꼭대기에 지었다냐?"

이사는 아침 일찍부터 시작했는데 벌써 한나절이 되어버렸다. 한참 그렇게 시간이 지나고 손목시계를 쳐다보았다. 언니가 물려준 구닥다리 손목시계지만 제때 약만 갈아주면 시간도 여전히 잘 가고 있다. 벌써 1시가 지나니 뱃속에서 '꼬르륵'거리는 소리도 들리고 육체적인 힘이 소진되어 시간이 갈수록 지쳐갔다. 선영은 비탈길에서 위쪽 매트리스 꼭대기에 매달린 채 내려다보는 자세가 되었다. 손가락이 부러질 것 같도록 힘을 써보지만, 어머니 아버지는 밑에서 올려다보는 자세로 끌어 올리며

101

밀어붙였다. 이삿날의 날씨는 아직 여름도 아닌 오월인데 얼굴이 모두 땀으로 범벅이 되어버렸다. 그 땀은 어머니 아버지의 얼굴 주름살 구석까지 파고들어서 번들거리며 흘러내리고 있다. 힘에 부친 고된 시간으로 한참을 그렇게 쩔쩔매며 계속 이어졌다.

이삿집은 겨우 2시가 넘어서야 모두 옮길 수 있었다. 마침 토요일이라서 부모님과 언니들, 남동생, 여동생, 가족들이 어느새 이사한 새집으로 다 모였다. 음식 솜씨에 자신 있는 선영은 주방 싱크대 주위에서 왔다 갔다 서성이며 음식 만드느라 분주했다.

"우와, 새집으로 이사 오니 참 좋다, 그치? 선영아, 고기는 다 썰었니? 된장찌개는 너무 끓이지 말아야 한다."

"알았어, 언니이. 갖다 놓기만 하면 돼. 상추도 쟁반에 담기만 하면 되고!"

큰언니는 직사각형으로 된 큰 상을 번쩍 들어다 닦으며 잔소리를 해댔다. 여럿이 모이니 모두 한껏 들떠있는 목소리 톤으로 올라갔다. 어머니 아버지와 작은 언니는 거실에서 상차림을 하느라 시끌벅적했다. 제일 바쁜 셋째 딸이 중요한 역할인 음식 만드는 담당이었다. 온 가족은 이사한 집안에서 다 모여 있는 것이 마냥 즐거웠다. 그런데 자세히 살펴보니 바로 밑에 남동생 얼굴이 보이지 않았다. 선영은 창문 밖을 주시하면서 살피느라 신경을 곤두세우는 바람에 밥상 자리에도 앉지 못하고 있었다. 이삿날에는 바쁘기도 하고 정신이 없으니 흔히들 중식을 시켜 먹는다고 말하지만, 우리 집은 당연히 어머니와 셋째 딸이 만든 집밥을 먹는다. 이것저것 장만하느라 힘들어도 이렇게 모인 자리가 마냥 행복하기만 해서 다들 기뻐했다. 가족들은 삼겹살 보쌈을 먹느라 입을 크게 벌려가며 맛있게 먹고 있었다. 선영은 밥을 먹기 전에 안 보이는 남동생을 찾아봐야 한다는 생각으로 안절부절 서성거렸다. 큰언니한테 남동생을 찾아오겠다고 말하고 거실 미닫이문을 힘차게 열어젖히며 밖으로 나왔다.

두 번째 꿈 여행

어느 날 병원 중환자실에 있었다. 선영의 병세는 몸 상태가 좀 나아지고 있는 중이라 다른 병실로 옮기려고 대기 중이었다. 병원 현관에서 침대에 누운 채 오가는 환자들을 바라보고 있을 때였다. 한 번도 뵙지 못했던 시아버님이 저쪽 간이침대에 환자복을 입고 앉아있었다.

'시아버지는 영정사진에서만 뵈었던 분이신데…!' 사진에서의 젊었을 때 그 모습 그대로였다. 며느리를 바라보는 시아버님은 걱정하는 눈빛이 선명하게 느껴졌다. 훤칠한 키와 흰 피부에 큰 눈까지 키 크 나게 잘생긴 외모부터가 한 번에 알아볼 수 있었다.

"아버니임! 여기 병원엔 웬일이세요, 어디 편찮으신가요? 어머님은 어디 가셨구요, 저도 몸이 안 좋아서 입원했어요."

며느리인 선영은 한 손을 들어 보이며 힘없는 목소리로 인사를 했다. 시아버지는 며느리의 목소리가 들리지 않는 모양이었다. 그래도 환하게 웃어주는 모습이 너무 반갑고 어디가 편찮으신지 걱정됐다. 말소리는 안 들려도 자상한 모습의 따스한 마음이 느껴져서 기뻤다. 시아버지의 인자한 모습은 며느리를 걱정하는 하염없는 눈빛이었다. 잠시 고개를 끄덕이면서 아쉬운 표정이 역력했다. 마지막 인사는 못 했다. 간호사들이 옆에 있었고 몇 개의 링거가 매달린 간이침대를 밀면서 어디론가 그대로 함께 사라져 버렸기 때문이었다.

'아버님이 왜 입원하셨을까… 제사 때마다 영정사진으로 뵙기만 했던 그 모습 그대로였다. 시아버지는 오십 대의 나이로 젊어 보였다. 이상하다… 꿈일까, 생시일까?' 이런저런 생각을 하며 시아버지의 마지막 그 모습이 생생하게 다시 떠올렸다. 머릿속에서 뱅뱅 돌고 자주 생각이 났다. 어떠한 순간이었는지, 꿈인지 생시인지도 분간이 안 가는 그 순간을 계속 잊을 수가 없었다. 며느리가 몹시 걱정돼서 그렇게라도 다녀가셨나 보다….

세 번째 꿈 여행

"엄마 우리 이제 성공했어요! 역시 우리 엄만 최고야, 정말 기뻐요. 그러니까 이젠 제발 눈 좀 떠보세요! 엄마, 엄마!! 엄마아…!"

그리고 딸이 소리치며 애원하는 소리가 메아리처럼 들렸다. 아무리 눈을 뜨려 해도 떠지질 않았다. 침대의 매트리스 밑으로 자꾸만 장미꽃 다발이 쌓이는 느낌이 들면서 장미꽃 가시에 찔릴 것만 같아 피해보려고 뒤척거렸다. 침대 매트리스는 쌓이는 꽃다발로 점점 올라가고 천장에 가까워졌다. 곧 틈새에 끼어서 장미꽃 속에 갇힌 채 가시에 찔려 죽을 것만 같은 공포심이 들었다. 계속 이대로는 너무나 답답한 생각에 몸뚱이를 이리저리 비비적거리며 안간힘을 쓰고 있었다.

그날은 몇 날 며칠 만에 행복한 꿀잠에서 깨어났다. 모녀가 어느 궁전 같은 저택에서 함께 단둘이만 그렇게 있었다. 시간이 한밤중 같고 빛이 거의 없는 분위기로 창문에 드리워진 커튼마저 검붉은 색으로 보이면서 정신도 흐릿해졌다.

"엄마! 엄마!"

"하나야… 여기가 어디니? 넌 왜 그렇게 앉아 있구…!"

"엄마 우리 상 받을 거예요. 갑자기 우리 모녀가 세상에 알려졌지 뭐야! 이게 다 엄마가 세상을 열심히 살아온 덕분이에요."

커다란 퀸 침대에 누워서 딸과 함께 마주 보고 대화를 나누는 중이었다. 딸 하나는 보호자가 앉는 의자에 앉아서 엄마를 똑바로 바라보며 활짝 웃었다. 기쁜 일이 생긴 것 같은 예감에 덩달아 기운을 차리려고 힘없는 몸을 이리저리 뒤척거렸다.

"얘가 뭔 소리를 하는 건지 모르겠네. 우리가 진짜로 무슨 상을… 엄마가 꿈을 꾸고 있나보다…."

온몸은 힘이 없어 말할 기운이 점점 떨어지고 있었다. 딸이 내미는 손을 힘없이 잡아보며 눈을 지그시 감았다. 다시 정신을 차리고 중얼거리며 더듬는 말에 딸은 환한 웃음을 보이며 자초지종을 정확하게 설명했다.

"아, 엄마가 오랫동안 써왔던 소설 응모한 거 있잖아요. 그거 최우수

대상으로 선정됐대요. 역시 우리 엄마 최고!! 상금이 일억이래요, 네티즌 검색 1위라네? 모녀가 피부미용 하는 것도 다 공개 됐구, 벌써 어느 네티즌 사업가가 '피부미용 갤러리 샵'을 차려주는 데에 투자하겠다고 그랬대요. 조금 전 엄마 잠들었을 때 기자들한테서 전화 왔었어요."

"그래 하나야 너무 잘 됐다. 우리에게 이런 날이 올 줄 누가 알았겠니, 우리가 열심히 살아서 복을 받나보다. 너무 기쁘다, 아주 많이…."

딸은 핏기 없는 얼굴에 환한 표정으로 잠깐의 생기가 돌았다. 그동안 병간호하느라 피로에 지친 모습이지만 웃는 얼굴이 빛나는 햇살처럼 환하게 보였다. 엄마를 바라보는 간절한 눈동자엔 두 개의 별이 반짝거렸다. 그 별들은 엄마가 살아가야 할 희망의 빛이었다.

'딸은 하늘에서 보내준 천사였다…!'

네 번째 꿈 여행

'난 어디쯤 왔을까?' 짐작은 되지 않았지만, 어느 건물인지 실내에 있는 계단을 혼자 오르기 시작했다. 양옆에 새하얗게 보이는 벽면은 깔끔하게 이어진 계단을 따라 빠르게 올라가고 있었다. 발걸음은 마치 천사가 되어 날개를 달고 날아가는 것처럼 가벼웠다. 계단을 오르는데 숨도 차지 않고 기분 좋게 오르는 발걸음으로 한없이 설레는 순간이었다. 천국의 세계로 가는 것처럼 행복한 마음이 드는 것은 어찌 된 영문인지도 알 수 없었다.

드디어 도착한 곳은 대형 콘서트 행사장이었다. 딸도 벌써 저만치에서 환한 미소를 지으며 손을 흔들고 있다. 내부는 어찌나 넓은지 멀찌감치 보이는 사람들의 얼굴을 알아볼 수 없이 개미만큼이나 작아 보였다. 모녀는 많은 사람에게 박수갈채를 받으며 화려한 무대에서 환영받는 주인공이었다. 찬란한 드레스를 입고 눈부시도록 반짝거리며 무대에 서 있다. 선영의 빨간 드레스는 움직일 때마다 레이스가 찰랑거리는 황홀한 모습이었다. 마치 어릴 적 만화책에 나왔던 인어공주를 떠올리게 했다. 딸이 입은 노란 드레스도 반짝이는 별을 매달고 있었다. 병아리들이 '대롱대롱' 매달려 재롱부리는 것처럼 귀여움의 상징이었다. 순간의 기쁜 마음은 지난 일들의 모든 시름을 잊게 해주는 행복이었다.

"드디어 성공했어. 두 모녀가 그렇게 열심히 살더니 역시 성공했구먼. 딸도 엄마를 닮아서 저렇게 잘됐지 뭐야. 아, 그래, 잘됐어! 잘됐어…!"

엄마와 딸은 관객들의 환호와 시선을 받으며 무대에 나가서 당당하게 말하고 싶은 소감으로 인사를 했다. 딸은 평소에 잘 부르던 곱고 아름다운 목소리로 열창의 노래 가창력을 선보였다.

딸은 어려서부터 다른 아이들과 달리 노래에 타고난 재주가 있었다. 엄마로서 목소리가 남다르다는 걸 미리 알고 너무 좋아했다. 그래서 지인들을 만나면 딸 자랑거리에 말이 많아지기도 했다. 가수로 키워주고 싶은 마음이었지만 엄마의 소망일 뿐이었다. 그런 딸의 노랫소리를 영광스러운 큰 무대에서 만인에게 들려주는 순간이 왔다. 이런 기쁜 날이 있으리라고는 생각지도 못하고 이날 이때껏 살아왔다. 지금은 행복한 마음으로 아름다운 세상을 실감하는 순간이 되었다!

다섯 번째 꿈 여행

벌써 12월로 들어서면서 겨울 김장을 끝내고 조금 한가한 시간을 보내고 있었다. 어머니한테서 전화가 왔다.

"선영아, 김장은 했냐? 배추 농사를 지었으면 보냈을 텐데, 올해는 배추를 안 심어서 못 보냈으니 배춧값이 만만치 않았겠구나."

"엄마, 아니에요 걱정하지 마세요. 우린 어제 김장했어요. 그냥 스무 포기 정도 하니까 얼마 안 들었어요. 요즘 좀 한가해졌는데 김치 좀 갖다 드릴게요. 총각김치도 큰 통으로 두 통 했고요."

"아이구우 아니다, 동네서 배추랑 무랑 얻어서 벌써 먹을 만치는 했지, 한가하니까 은제 다녀 가그라. 고구마도 가져갈 겸 한번 오그라."

"엄마, 그러지 않아도 갈려고 했는데 내일 당장 갈게요. 드시고 싶은 거 있음 얘기하세요."

"암 것두 필요 읎다. 먹구 싶은 것두 없구, 얼굴만 보믄 되는 게지. 그냥 오그라."

"엄마, 알겠어요. 낼 일찍 갈게요."

어머니 아버지는 가끔 친정집을 가면 애틋한 딸로 반겨주었다. 어린 나이부터 살림살이를 도맡아 시켰던 것이 항상 안쓰러웠던 부모의 마음이었다. 그런 딸이 되어 오히려 부모를 생각하는 마음 씁쓸이가 더 안타까웠다. 선영은 고향에 간다고 생각만 해도 가슴이 설렜다. 무엇부터 해야 할지 우선 세탁기를 돌리고 집 안 청소며 갑자기 바빠지기 시작했다. 그렇게 하루를 어찌 보냈는지 순식간에 저녁때가 되어버려서 내일 갖다 드릴 것부터 챙기기로 했다.

김장은 어제 했는데 아이들이 제각기 회식이 있다 해서 고기 보쌈은 오늘 먹기로 했었다. 된장, 생강, 마늘, 커피 가루, 월계수 세 잎을 넣고 돼지고기 목 삼겹살을 사다가 삶는 동안 구수한 냄새가 온통 거실에 퍼져나갔다. 겉절이 김치는 알 배추를 손으로 '쭉쭉' 찢어서 굴을 넣어 얼큰하게 버무렸다. 시원하고 향긋한 굴의 향은 바닷가에서 갓 따온 싱싱함이 느껴져서 입안에 침이 고였다. 보쌈용으로 쏠 노랗게 잘 절여진 배추 한 포기도 씻었다. 김장하고 남긴 새빨간 배춧속 무채 양념을 탱글탱글 신선한 굴과 함께 진달래 꽃무늬 접시에 담았다. 보쌈 상차림이 푸짐하게 완성되어 갈 무렵 아들과 딸이 직장에서 퇴근하고 들어오며 환호성을 지르며 어느새 밥상에 둘러앉았다.

"얘들아, 내일은 토요일이니까 너희 출근 안 하지? 내일 누가 엄마랑 외할머니한테 같이 갈래?"

"엄마, 난 안 가요. 요즘 애들이 누가 엄마랑 같이 다녀요? 주말엔 약속이 있어서 안 되고, 할 일이 얼마나 많은데요."

"엄마! 나두."

"아이구우, 알았다, 그래 혼자 다녀오마. 엄마도 혼자 갔다 오는 게 편하지."

매번 아들과 딸의 대답을 뻔히 알면서도 물어보았다. 마음은 왠지 서운하기도 하고 외롭다는 생각을 하게 된다. 어릴 땐 잠시라도 안 떨어지쳐고 하더니 이젠 다 컸다고 외면하니, 긍정적인 생각하자 싶으면서도 막상 들으면 서운해졌다. 내일 친정에 가지고 갈 소고기 돼지고기 두 근과 닭고기도 사서 냉장고에 넣어놓았다.

이튿날 드디어 고향에 가는 날이 되었다. 해가 뜨자마자 김장김치랑 총각무 김치도 차 트렁크에 각 한 통씩 실었다. 전날 밤에 사두었던 고기를 냉장고에서 꺼내어 다른 비닐봉지에 꼼꼼하게 담았다. 부모님께 간다는 생각만으로도 '봉' 뜨는 마음에 설렜다. 고향에 가는 길은 언제나 운전대를 잡고 가는 내내 저절로 콧노래가 나온다. 강물 줄기를 따라 달리는 고속도로가 한산했다. 이른 아침이라 사람들의 발걸음이 뜸한 시간 탓일 것이다. 강바람에 은빛 물결 따라 하염없이 펼치는 강가를 달리며 가슴이 '탁' 트였다. 들에는 이미 추수가 끝난 지 오래되어 횡하지만, 낙엽이 뒹구는 산이며 모든 풍경이 정감으로 느껴져서 기분 좋은 기지개를 켰다. 그렇게 얼마쯤 상쾌한 강바람을 따라 떠나온 시간은 지루하지 않고, 고향 근처쯤 이르렀을 때 창문을 활짝 열었다. 어렸을 적 느꼈던 그 향기와는 달랐다. 그래도 역시 신선한 고향 바람 자체가 몸과 마음까지 뻥 뚫리는 기분이었다. 수십 년을 드나들던 고향의 돌길인데도 바라볼 때마다 새삼 다르다는 걸 느끼게 된다. 먼 길도 짧은 거리처럼 생각되고 금방 도착하는 것 같다.

드디어 저만치 어머니의 다정한 모습이 점점 가까워지고 있다. 어머니는 당신의 시린 손은 잊고 차 안에 있었던 딸의 손부터 잡아주었다. 반가움에 왠지 모를 울컥해졌다. 눈물은 아무 때나 나오는 습관이 되어버렸다. 찬바람에 서성이던 어머니의 손은 너무 차가웠다.

"아이구우, 선영아! 우리 딸 춥지는 않았니? 왜 여태 안 오나 기다렸단다."

"엄마아, 저는 차 안에서 히터를 틀고 있었으니 안 추워요. 엄마 손 꽁꽁 얼었잖아요. 마중은 왜 나오시고… 얼른 들어가요오. 아이고 추워라. 엄마를 보니 이제 배고파요, 히히히."

대문을 열자마자 고구마 굽는 냄새에 아직 늦지 않은 아침인데도 갑자기 허기가 몰려오는 것 같았다. 아버지가 안방에서 화롯불에 석쇠를 놓고 고구마를 굽다가 얼른 나왔다.

"허허, 우리 딸 벌써 왔구나! 많이 춥지? 군불 뜨끈하게 때놨으니 안방이 '설설' 끓을 거다. 여보, 얼른 밥 차려요! 군고구마는 아침밥 먹고 간식으로 먹자."

아버지의 다정한 목소리에 추위도 싹 달아나는 것 같았다. 안방에는 12첩 반상이 먹음직스럽게 차려져 있었다. 어머니의 밥상에는 딸이 좋아하는 반찬들로 푸짐하게 차려지고, 금방 상에 올린 된장찌개가 못생긴 뚝배기에서 '보글보글' 끓고 있다. 어머니의 손맛은 평생 먹어도 질리지 않는 맛이다. 갖고 온 집 보따리는 아버지가 벌써 마루에 모두 옮겨 놓았다. 화롯불에서 잘 구워진 고구마를 꺼내놓고 다시 고기를 굽기 시작하자 냄새가 대문을 넘어서기 시작했다. 상차림 중 첫 번째로 눈을 사로잡는 기다란 접시를 보았다. 형형색색을 품은 달걀말이는 노란 꽃으로 활짝 피어있는 것 같아 먼저 집어 들었다.

"그거, 먼저 번에 니가 사온 거란다. 느엄마가 '꽝꽝' 얼려놓더니 어째 꺼내놨구나, 허허허."

"아이구, 엄마! 그걸 왜 여태 안 드셨어요?"

"아니야, 먹고 남은 거니까 어여 먹어라."

선영은 얼마 전에 집에 다녀갔을 때 달걀 한 판을 사놓고 갔었다. 아무 생각 없이 계란말이를 집어 들었는데 아버지의 말실수로 알게 되었다. 당신 입에 넣는 것도 아까워서 냉동실에 얼려놓았던 거라고 했다. 오직 자식들만 생각했다. 붉어진 눈시울이 색안경을 썼기 때문에 보이지 않아서 다행이었다. 부모님과 함께 저녁 식사가 끝났을 때 어머니는 선영을 건넌방으로 조용히 불러 앉혔다. 아버지가 안방으로 건너간 뒤 모녀가 마주 앉았다. 무릎을 다정하게 쓰다듬어주는데 따뜻한 손길을 느끼며 왠지 가슴이 뭉클했다. 딸을 천천히 보더니 간절했던 말을 꺼내기 시작했다.

"선영아! 너 이제 집에 들어와서 엄마 아부지랑 같이 살자! 엄마가 이제껏 보태준 것두 없구 느덜은 집 장만도 못 했잖니? 나중에 이 집 너 줄게, 그렇게 하자! 응?"

"엄마! 저희는 괜찮아요. 이젠 애 아빠 직장도 안정되고 제가 하고 있는 피부미용 사업도 안정됐어요. 그리고 저는 그렇게 하고 싶었던 글을 쓰는 작가도 되었잖아요. 이젠 단골손님도 많고 마음 편하게 일하니까 좋아요. 막내아들도 서울서 명문대학교에 보낼 수 있고, 조금만 더 있으면 아파트 장만도 할 거예요."

"그래? 그럼 잘 됐구나. 언제 건 맘 바뀌면 내려 오그라, 니가 그토록 고향에서 살고 싶어 하는 걸 아니까. 에미는 너랑 같이 살고 싶은 게야. 늘 니가 맘에 걸리니 말이다."

"엄마, 고마워요, 그리고 잘 알았어요. 말만 들어도 너어무 행복해 죽겠어요오, 호호호."
"그래, 선영아! 니가 행복하다니 엄만 이제 여한이 없구나! 고맙다."
"셋째 딸이 최고여! 하하하."
"으이구우, 저두 엄마 아버지가 최고예요오, 호호호."
"그래그래."

그런 얘기를 나누고 집에 오는 내내 발걸음이 더 무겁기만 했다. 부탁하던 어머니가 예전과 다른 표정이었던 모습이 자꾸 떠오른다. 오늘따라 그 의미가 다른 것 같아서 곰곰이 생각했다. 어머니와 아버지는 이미 아들에게만 재산 상속을 했다. '그런데 이제 와서 왜 내게 그런 말을 하실까? 왜 그러실까…'

어머니는 가끔 아들 며느리에 대한 서운했었다는 말을 넌지시 꺼내기도 했었다. 고부간의 갈등으로 며느리 눈치가 만만치 않은 것 같았었다. 마음고생이 있다는 걸 눈치 채게 되고 은근히 걱정을 했었다. 딸한테 대놓고 이런 말을 한다는 건 무슨 일이 있는 게 틀림없었다. 어머니가 요즘 들어 부쩍 같이 살자는 소리를 자주 했다. 셋째 딸을 인정해 주어서 좋다는 생각보다 '어머니 마음이 왜 달라졌을까'라는 생각에 걱정이 앞섰다. 어머니가 그렇게 믿고 의지하는 사랑하는 아들인데, 제일 몰라라 하던 셋째 딸하고 함께 살고 싶다고 했다.

"…."

선영은 길고 긴 여정의 꿈속 여행에서 깨어났다. 심장병의 가슴 통증도 말짱하게 사라졌다. 둘러보니 병원 중환자실이었다. 저만치 서 있던 아들딸이 환한 표정으로 달려와 손을 꼭 잡아주었다. 엄마가 깨어나기를 얼마나 애타게 기다렸을까! 고개를 돌린 체 하염없는 눈물만 흘리며 흐느꼈다.

　선영의 인생은 드디어 기적이 일어났다. 남들은 차라리 하늘에서 별을 따는 게 나을 거라고 말하던 그 어렵다는 뇌사자의 기증으로 심장 이식을 받았다. 생사의 고통을 겪고 죽지 못해 살아난 행운의 여주인공이 되었다. 너무나도 위급한 순간에서 새 생명을 받았고 가족과 함께 너무 기뻐서 기쁨의 눈물로 울고 또 울었다. 심장병은 질기고 질기도록 몇 십 년을 끌어안고 살아 온 고통이었다. 건강한 젊은 심장을 기증받기까지는 다섯 번의 죽고 살기를 반복한 믿어지지 않는 순간들이 많았다. 후천성의 가족력 심장병에서 의사도 놀랄 수밖에 없는 우여곡절로 살아난 기적이었다. 이 세상을 새롭게 살아가는 위대함을 깨우치고 생명의 가치를 알았다. 인생의 소중함과 감사함이 생겼다. 생사의 깨우침으로 반드시 남다른 표징을 남기리라 다짐했다. 고통으로 인생을 산 세월은 너무 열심히 살아온 보상일 거라 믿으며 희망을 가졌다.

　'심장 기증자인 뇌사자의 영혼이여! 평안한 안식처에서 영원히 잠드소서! 저는 그대의 단명한 생명줄을 소중하게 받들어 멋지게 살아가겠습니다. 죽는 순간까지 평생 감사함을 잊지 않겠습니다. 사랑하며 헛되게 살지 않기를 약속합니다.' 가족은 생명을 살리고, 간절한 기도와 사랑으로 위대했다. 지인들의 기도와 관심 어린 격려에 큰 희망이 되었다. 죽어도 잊지 못할 조상님들께서 꿈의 세계로 찾아와 '계시'를 주셨다. 영혼의 넋으로 만나고 간절한 생명의 기적을 만드는 새로운 세상을 선물받았다. 새로운 생명으로 사는 세상은 남은 후유증에서도 벗어나려 인내하며 이를 악물고 살아내기로 했다. 인생을 받아들이고 견디며 헤어 나온 세월에 감동했다. 신 앞에서 감사하는 마음으로 살아가며 몸도 마음도 빠르게 회복되었다.

 부모님은 저세상으로 떠나가셨지만 가슴에 영원히 살아계신다. 어머니가 간절하게 불러주시는 다정한 목소리는 환상으로 자주 들려왔다. 어느 지인이 말해주었다. '꿈속에서 누구든 부르면 절대 가지 말라'는 충고를 했다. 저승에서의 부름은 곧 죽음이라는 것이었다. 꿈속에서 만났던 조상님들의 '계시'를 영원히 존중할 것이다. 그분들의 명복을 빌며 믿거나 말거나 한 환상의 세계라 해도 영원히 따르며 지켜내야 한다. 마음속 깊이 새겨놓고 희망이 있는 힘찬 미래세상을 살아낼 것이다.

 아직 먼동이 트지 않은 새벽 5시였다. 어머니와 아버지는 꿈속에 찾아오셨다. 그리고 예전처럼 함께 사셨다. 지금은 불도 켜지 않은 적막한 방안에서 전자 벽시계가 한 점 빛으로 잠을 깨웠다. 꿈의 후유증으로 언제나 부모님이 몹시 보고 싶어 몸부림쳤다. 남은 인생을 언제까지나 눈물만 흘리며 낭비하고 싶지 않다. 환한 보름달이 비추는 날이면 어머니가 그 달 속에서 환하게 웃고 계셨다. 너무 뵙고 싶다. 아버지와 함께…. 너무 그립고 사무쳐서 외쳐본다. '어머니, 어머니! 아버지, 아버지! 보고 싶어요!… 많이 보고 싶습니다….' 오늘도 부모님을 애타게 불러본다.

올가미

"따르릉, 따르릉."

이른 아침부터 전화벨 소리가 요란하게 울렸다. 명수는 얼른 달려가 거실에 있는 무선 전화기를 들었다. 적막했던 집안에서 큰 목소리로 전화를 받는 바람에 갑자기 시끄러워졌다.

혜자는 어렴풋이 눈을 뜬 채 그 꼴을 바라보며 침대에서 벌떡 일어나 앉았다. 전화 받던 명수 얼굴이 갑자기 화색이 돌았다. 뭐가 그리 좋은지 아주 오랜만에 보는 눈웃음까지 치면서 호탕하게 웃고 있다. 얼마 동안의 즐거운 대화가 끝나고 전화기를 기분 좋게 놓는 소리가 들렸다. 명수는 배도 어느 정도 나오고 덩치가 좋다. 커다란 몸뚱이가 바람 소리가 날 것 같은 날랜 동작으로 어느새 혜자 앞에 와서 멈춰 섰다.

"이번 동창 모임엔 꼭 갈 거지? 니가 안가면 나한테 망신당할 줄 알아! 알았냐?"

명수는 두껍게 쌍꺼풀진 큰 눈을 더 크게 부릅뜨며 은근히 명령조로 말을 했다.

"갑자기 무슨 소리야? 내가 왜 거길 꼭 가야 되냐고, 정말 당신 멋대로 약속을 하면 어떻게 해."

혜자는 옆방에 자고 있는 아이들이 깰까 봐 목소리를 최대한 낮추어 말하며 쏘아붙였다.

"어쨌든 명심해! 이번에 안 가면 이혼인 줄 알아. 그리구 너! 내 친구들한테 나에 대해 아무 소리도 하지 마, 알았어?"

명수가 가뜩이나 큰 눈을 부릅뜨니 잔뜩 핏발이 서 있어 섬뜩했다.

"누구 좋으라고 이혼을 해줘, 내가 미쳤어?"

이젠 한마디도 지지 않으려고 안간힘을 쓰지만 몸과 마음이 지칠 대로 지쳐있다. 그동안 몇 년째 저질러온 명수의 불륜 행위 때문이다. 그녀의 작은 체구에서 점점 독종으로 변해가는 말투가 나오고 있다. 이렇게 부부의 언쟁으로 시작하는 아침이 밝아오고 있었다.

'….'

"엄마! 빨리 밥 주세요?"

"저 오늘 학교 당번이에요."

고등학교에 들어간 아들이 언제 일어났는지 잠이 덜 깬 목소리로 부르는 소리가 들렸다. 명수가 무슨 말을 더하려고 바짝 다가오는 걸 보고 밀쳐버리며 아들 방으로 갔다. 아들에게 활짝 미소를 지어 보였다. 자식 앞에서는 언제나 다정한 엄마로 살고 있다.

"그래 우리 아들, 조금만 더 자라. 엄마가 얼른 밥 차려 줄게, 알았지?"

"네, 엄마."

그렇게 아들이 다시 침대에 누워있는 모습을 확인하고 살그머니 방문을 닫아주었다. 남편과의 대화로 화가 치밀어 오를 때마다 아이들 때문에 참고 또 참는다. 아들 얼굴을 보고 겨우 큰 한숨으로 답답한 순간을 눌러 삼키며 주방으로 갔다. 시어머니는 벌써 주방으로 나와 며느리를 앙칼지게 노려보며 서 있었다. 주방은 실내의 보일러 온도를 낮추어 놓아서 썰렁한 한기가 느껴졌다. 몸이 저절로 웅크려지고 인상을 찌푸리게 되지만 애써 덤덤한 척 공손하게 말을 꺼냈다.

"어머니, 방에 가 계세요. 금방 진지 차려 드릴게요."

"지금이 몇 신 디 굶길 작정이여 한나절 자빠져 자구. 애비는 밥이나 먹구 일을 나갈 수 있는 거여?"

"...!"

시어머니는 무릎 퇴행성관절염으로 불편한 한쪽 다리를 질질 끌고 다녔다. 그러면서도 며느리한테 있는 대로 인상을 쓰며 호령을 했다. 굵직한 쉰 목소리에 얼굴은 둥글넓적하고 덩치는 산만하다. 여자라고 느껴지지 않는 몰골로 뭐든 못마땅해 하며 언성을 높일 때는 미간의 주름이 더 흉하게 드러났다. 그렇게 아침 시간에 식사와 설거지까지 끝냈다. 출근 준비를 하고 차를 길옆에 주차해놓은 곳으로 갔다. 운전대에 앉아 시동을 거는데 아침에 쏘아보던 명수의 눈빛이 눈앞에 떠올랐다. 오늘도 저절로 치밀어 오르는 울분으로 눈물이 왈칵 쏟아지고 눈앞을 흐리게 했다.

운전을 하면서 오른손은 바쁘게 핸들을 돌리고 있었다. 왼손은 주체할 수 없이 흐르는 눈물을 닦아내며 출근길을 서둘렀다. 얼마쯤 가다가 한산한 길모퉁이에 잠깐 차를 세웠다. 당장 직장에 가면 직원들이 알아챌까 봐 손거울을 꺼냈다. 거울로 비춰보는 자신의 얼굴은 눈물범벅이 되었다. 이대로는 도저히 보험사무실에서 고객을 마주할 수는 없을 것 같았다. 이런 상황을 만든 남편을 생각하니 울분이 치솟고 손까지 떨렸다. 눈 화장을 고치는 손은 수전증이라도 걸린 사람처럼 진정이 되질 않았다. 얼굴을 매만진 다음 잠시 마음을 진정시키고 다시 서둘러서 핸들을 잡고 달렸다. 사무실로 들어설 때는 기분을 가다듬고 심기일전하여 상냥한 표정으로 아침 인사를 해야 한다는 생각이었다.

혜자는 마음속이야 썩어 문드러지는 한이 있어도 일할 때는 완벽해야 한다는 생각을 하고 있다. 직장에 출근하는 순간 오늘도 변함없이 언제 그랬냐는 듯 씩씩한 목소리로 인사를 했다. 그 바람에 아침에 있었던 명수와의 일이 잠깐일 망정 머릿속에서 안개처럼 사라졌다.

"팀장님, 좋은 아침입니다."

"예, 소장님 안녕하세요?"

소장님께 인사를 하느라 억지로라도 미소를 지어 보였다. 영업팀에 들어서자 직원들의 인사가 이어졌다.

"팀장님, 안녕하세요?"

오늘은 자신의 기분이 안 좋은 탓이라서 그런지 에이전트로 일하는 유진의 애교스러운 인사가 귀에 거슬렸다. 목소리도 가식이라 생각되면서 평소에 귀엽게 보이던 유진의 보조개도 오늘따라 더 깊게 패어져 보이고 밉상으로 보인다. 영업팀 관리실의 직원들은 여기저기 청소하느라 바쁜 걸음에 정신이 없었다. 모두 분주한 아침 시간이라 혜자의 사정을 눈치 채는 사람은 아무도 없었다. 다행이긴 하지만 그래도 직원들한테는 언제나 기분 좋은 척을 해야 하는 표정 관리가 쉽지 않다.

아침 조회를 항상 10시에 시작했다. 오늘은 에이전트 열 명과 간단한 다과를 나누며 용건을 전하고 서둘러서 마쳤다. 곧이어 상담실에 신입 고객과 기존고객의 개인 미팅이 갑자기 네 명이나 밀리는 바람에 점심 식사도 두시쯤에 겨우 칼국수를 배달시켜서 허기진 배를 채웠다.

"팀장님! 커피 한 잔 드릴까요?"

출랑대는 민아가 엉덩이를 실룩거리며 다가왔다.

"민아씨 고마워."

"팀장님은 다방 커피 드실거죠?"

민아는 단추 구멍만 한 작은 눈으로 실실거리며 웃어 앞이 보이지 않을 거라는 상상을 하게 만들었다. 그러는 동안 어느새 혜자 앞에 다가와 사과 무늬가 새겨진 커피 잔을 내밀며 조금 전의 웃음을 마저 보여주었다.

혜자는 사무실 분위기에서 잠시라도 아침에 있었던 일을 까맣게 잊고 있었다. 직장의 업무로 계속 바쁘게 상담하고 정리하느라 핸드폰 꺼내 볼 생각도 못 했는데 가방에서는 핸드폰 벨 소리인 최신곡 음악 소리로 신나게 울리고 있었다. 얼핏 보니 남편인 명수한테서 걸려온 전화였다. 직원들이 들을까 봐 얼른 핸드폰을 들고 건물계단 입구로 재빠르게 자리를 옮겼다. 그러면서 아침에 있었던 일을 다시 떠올리게 되고 굳어진 얼굴로 통화 버튼을 눌렀다.

"야! 너 짜증 나게 하지 말고 빨리 전화 받아!"

"나, 지금 바쁜 시간이라 전화 받기 곤란하니까 그러지, 무슨 일이야?"

남편은 뭐가 그리 또 비위가 상했는지 짜증 섞인 음성이 화를 불러일으키는 목소리로 소리쳤다. 혜자는 전화 받는 소리를 누가 듣기라도 할까 봐 목소리를 낮춰야 하는 입장이 곤란하기도 하고 한스럽기만 했다.

"내 전화를 일부러 안 받는 거잖아!"

"근무 시간에 왜 또 시비야?"

"아침에 내가 한 말은 명심하고 있지? 이번 주 토요일이야!"

혜자는 마지못해 대답을 안 할 수가 없었다.

"알았어! 갈게, 간다고….''

남편이 다그치는 바람에 억지 약속이 잡히고 말았다. 매일 일이 바쁘다 보니 대책도 없이 토요일이 다가오고 있었다. 집안에서나 직장에서나 부부 문제를 해결할 시간도 주어지질 않는다. 그럴 시간이 있다면 팔자 좋은 사치라고 생각했다.

결국 토요일이 되었다. 새벽 몸살감기 기운 때문에 팔다리가 욱신거리는 것 같고 식은땀도 났다. 약속한 것 때문에 간신히 일어나서 힘없이 창밖을 내다보니 명수가 마당을 쓸고 있다. 그의 활짝 핀 얼굴에 차마 못 간다는 말은 엄두가 나질 않는다. 할 수 없이 억지로 몸을 일으키고 고향에 갈 채비를 하기 시작했다. 토요일이라 아이들은 늦잠을 자느라 조용하고 시어머니도 오늘은 방문이 굳게 닫혀있다. 힘든 발걸음으로 아침상을 서두르고 어제 끓여놓은 김치찌개를 데워서 명수와 아침을 대충 먹기로 했다. 몸살감기약은 약국에서 사놓았던 알약으로 먹어뒀다.

시어머니와 아이들이 먹을 아침밥상을 차려 놓았다. 정갈하게 상보를 덮어놓은 뒤 데워먹어야 하는 찌개와 생선조림을 가스레인지에 올려놓았다. 건조해진 피부에 스킨커버로 문지르며 초라해진 안색을 대충 감추고 남편 차가 있는 주차장으로 따라갔다. 명수는 운전대를 잡고 휘파람 소리를 내며 시동을 걸었다. 그 휘파람 소리가 듣기 싫어서 귀를 막아버리고 싶다. 이를 악물고 내리쬐는 태양을 바라보았다. 남들이 보기에는 다정하게 보이는 부부처럼의 행세다. 승용차에 앉아 용인 방향인 고향으로 출발하고 있었다.

주말이라 그런지 서울 시내에서만 거의 두 시간이나 정체가 되었다. 세 시간이 더 걸려서 고향 동네에 도착했다. 매점 앞에서 친구들과 아내들이 삼삼오오 모여앉아 반갑게 상봉하는 분위기로 떠들썩했다. 모두 명수 부부를 요란하게 맞이했다. 명수는 차에서 내리자마자 갑자기 혜자의 손을 끌어당겼다. 다정하게 손을 잡아 보이며 환하게 웃는 척을 했다. 혜자는 남들에게 잉꼬부부로 보이고 싶은 이기적인 속셈을 훤히 알고 있지만 뿌리치지도 않고 있었다. 그대로 강아지 신세처럼 명수 뒤를 촐랑촐랑 따라갔다. 다정한 척 해주기로 하고 마냥 반가운 표정으로 환하게 인사를 나누었다. 명수는 여전히 온 동네를 뒤흔드는 것 같은 큰소리로 인사를 했다.

"어, 자네 요즘 얼굴이 훤해졌네, 와이프가 잘해 주나 봐? 하하하."

키가 작달막한 친구도 질세라 맞장구를 친다. 기분 좋게 웃으며 악수를 나누었다.

"남 말하고 있네, 집사람이 자네한테 뭐 좋은 건 다 해 먹이나 봐? 배도나오고 차도 큰 차로 바꿔야 되겠구먼?"

"하하하, 하하하."

"야, 사실 자네 와이프가 오니까 이 동네가 다 훤해진 것 같다."

"오늘을 다들 왜 그래, 나한테 잘 보이려는 이유라도 있나? 하하하."

혜자는 아무렇지 않게 친구들과 떠드는 명수의 모습을 힐끔 쳐다보았다. 정말로 배알이 꼬이고 귀가 다 막혀 버리는 것 같아 할 말이 없었다. 어쩜 그렇게도 능청스럽게 거짓말을 잘하는지 안색도 변하지 않으면서 뻔뻔한 모습이 자연스러웠다. 친구들은 그런 명수의 이중성격도 전혀 모르고 두 부부를 항상 부러움의 대상으로 바라보고 있다. 이렇게 속이 새카맣게 썩고 사는 그런 가정의 실체를 아는 것보다 차라리 모르는 게 나을 수도 있다. 친구들에게는 굳이 말할 필요가 없다고 생각했다.

모두 읍내에 있는 횟집 식당으로 자리를 옮기기로 했다. 식당에 가보니 미리 예약을 해놓아서 푸짐하게 차려놓은 20인분의 상차림이 기다리고 있었다. 명수의 옆자리엔 성철이가 바짝 붙어 앉으며 악수를 나누고 있어서 함께 인사를 나누었다.

"안녕하세요, 보라하고 준서도 많이 컸죠? 오늘 같은 날은 애들도 데리고 오시지 그랬어요. 우리 애들이 보고 싶어 하던데요."

"네, 안녕하세요? 예쁜 딸내미 별이도 많이 컸겠어요."

"네, 그럼요. 애들은 금방 크잖아요, 하하하."

"아, 네에."

성철은 남편 명수와 고향친구이면서 먼 친척이 된다며 형이라고 호칭을 한다. 성철에게 간단한 인사를 하고 다른 한쪽자리로 옮겨 앉았다. 벌써 두 시가 훨씬 넘어가고 있었다. 점심시간이 꽤 지난 시간이라 배고팠던 뱃속도 이젠 '꼬르륵' 소리조차 감각이 없었다. 횟집에서는 식사와 술상을 곁들여서 건배 제의를 즐겼다. 명수는 소주를 서너 병은 마신 듯 기분 좋은 표정으로 취기가 고조되어가는 분위기였다. 남자들은 좋은 안주를 먹는 것 보다 빈속에 술부터 마시고 보는 습관이 발동했다.

"요즘 카센터 사업은 잘되나? 내 잔도 받아야지?"

키가 작달막한 친구가 폭탄주를 만들어서 명수에게 '원샷'을 외치며 건배 제의를 했다. 혜자는 명수를 흘겨보며 그만 마시라는 눈치를 주었다. 하지만 무시한 채 그 친구와 계속 건배를 외쳐대며 마시고 있었다. 명수의 술주정이 기다리고 있다는 생각에 불안해졌다. 이렇게 된 이상 될 대로 되라는 심정도 있었다. 내친김에 맥주 한잔을 마시고 또 소주 한 병을 단 번에 마셔버렸다. 그렇게 마셔도 술에 취하지 않는 것 같아 눈 '딱' 감고 이번엔 맥주 한 병을 병째로 들이켰다.

"우와! 혜자 씨! 오늘 술 빨 받네?"

"내 잔은 안 받았잖아!"

"우리 원샷 하는 거다?"

태식이라는 친구의 아내 순애 씨가 신이 나서 장단을 맞추며 술을 권했다. 연거푸 권하는 맥주잔을 정신없이 비워내고 맥주를 세 병이나 다 비웠다. 점점 만취가 되어 갈 판이었다. 정신을 차리려고 흐릿하게 보이는 손거울을 들여다보니 목까지 벌겋게 달아올랐다. 혜자는 자신의 얼굴에 양손을 대어보는 순간 열이 과하게 올라있다는 걸 짐작했다. 누구 때문에 잘 마시지도 못하는 술을 마셔대고 있다는 생각에 화가 치밀어 올랐다. 잠시 저쪽 너머로 보이는 명수를 째려보았다.

"자, 여러분 실컷 드시고 2차는 '하니' 노래방으로 갈 거예요!"
"좋아요!!"

회장을 맡은 상호 씨가 외치자 모두 기쁨의 박수와 함께 자리에서 일어섰다. 2차를 가기위해 두 대의 봉고차에 팀을 나누어서 올라탔다. 명수는 웬일로 혜자가 탄 차에 따라와서 옆자리에 비비적거리며 파고들어 왔다.

"명수 씨는 저쪽 차에 타시지 그랬어요?"

"매일 붙어있는 혜자 씨가 그렇게 좋아요? 에구! 샘나네요, 히히히."

영애 씨가 호들갑을 떨며 옆자리로 다가와 앉았다. 차 안에서는 명수가 입을 벌릴 때마다 고약한 술 냄새가 나서 코로 숨을 쉴 수 없을 정도였다. 혜자는 뱃속이 울렁거리고 토할 것 같은 현기증이 나서 손수건으로 코를 막고 간신히 입으로 숨을 쉬며 앉아 있어야 했다. 노래방에 도착할 때까지 역겨운 냄새 때문에 정신이 혼미해지 것 같았다. 정신없이 도착하고 봉고차 문이 열렸다. 그러자 한두 명씩 출렁이는 똥배들을 움켜쥐고 엉거주춤 차에서 내렸다. 혜자는 봉고차에서 내려 조금 떨어져 있는 감나무 밑으로 재빠르게 뛰어갔다.

나무 밑에서 그제야 편하게 코로 숨을 쉴 수 있었다. 차를 타고 오는 동안 울렁거리는 걸 참았던 뱃속이 조금씩 진정되어 갔다. 크게 숨을 한번에 몰아쉬자 목 안이 시원해지고 잠시 아득했던 정신이 뿌옇게 돌아오는 것이었다. 혜자는 정신을 차리려고 애썼다. 어두컴컴한 지하 노래방으로 가기 위해 바쁘게 움직이는 틈바구니에 휩쓸려서 따라갔다. 지하로 내려가는 계단은 낭떠러지처럼 깊고 음습한 기운이 돌고 있다. 미로의 골목 같은 복도가 있고 저절로 함께 밀려들어가고 있었다.

노래방은 두 개의 큰 방을 선택했다. 각자 마음에 드는 방으로 들어가서 자리를 잡고 앉았다. 그런데 갑자기 무언가 섬뜩한 기운이 느껴졌다. 어렴풋이 보이는 한쪽 구석에서 시커먼 한 사내가 이쪽을 지켜보고 있었다. 뚫어지라 쳐다보며 음흉하게 웃고 있었다. 술기운에 눈까지 헛것이 보이나 싶었다. 정신을 차리려는 생각에 눈을 감아보았다가 다시 더 크게 떠보았다. 여전히 시커먼 사내가 기분 나쁘게 계속 쳐다보고 있다. 자세히 보니 '아차' 남편인 명수의 먼 친척 형이라고 부르는 그 친구였다.

성철이라는 그 친구의 아내도 같이 참석한 자리였다. 그렇기 때문에 부부끼리 함께 앉아있나 확인하려고 옆을 살펴보았다. 하지만 그 친구의 아내는 보이지 않았다. 혼자서 따로 노래방 기기 옆에 그렇게 앉아 있는 것이었다. 왠지 등골이 오싹한 느낌이 들었다. '저 사람이 왜 나를 자꾸 보고 있지? 갑자기 왜 저렇게 음흉하게 보이는 건지, 이상한 일이네….' 하는 생각에 혼자 중얼거리며 째려보았다. 순간 다시 섬뜩한 느낌이 들면서 몸을 움츠렸다. 아무리 생각해봐도 어이가 없는 일이었다. 잠시 시선을 피하려고 다른 쪽으로 눈을 돌리다가 그 자리에서 벌떡 일어나 옆방으로 자리를 옮겨갔다. 저만치 앉아있는 명수 옆으로 바짝 다가가서 무조건 앉았다.

"여보! 나 여기 앉을게."

"야! 너 왜 쫓아오고 난리야, 끔찍하니까 저리 가!"

명수는 조금 전까지 다정한 부부로 보이고 싶어 안달이던 표정이 완전히 사라졌다. 술을 얼마나 마셔댔는지 비틀거리며 벌레라도 발견한 것 같은 표정으로 '확' 밀쳐내더니 다른 방으로 가버렸다. 과하게 마신 술기운 탓인지 이마에 열이 치솟는 것 같다. 남편이 매정하게 가버리고 싸늘한 바람이 스친 듯 몸이 저절로 움츠러들었다. 누구하나 의지할 곳 없는 현실에 주위를 살폈다. 그런데 명수가 떠난 그 자리에 사내가 어느새 다가와 앉아 있는 게 아닌가! 얼결에 눈이 마주치자 대뜸 윙크를 했다. 음흉한 그 눈에 모래를 '확' 끼얹고 싶었다.

성철은 30대의 젊은 나이에 어울리지 않게 돼지 털 같은 수염을 달고 있었다. 까칠해 보이는 짧은 머리에 듬성한 새치가 있고 외모부터가 촌스러웠다. 땀구멍이 숭숭 뚫린 거친 피부며 들창코의 커다란 콧구멍 속 코털이 무성하고 반쯤 벌어진 두터운 입술이 뭐든 거침없어 보였다. 남편과 친척이라는 관계만 아니면 지금 이런 짓거리에 귀싸대기라도 후려쳤을 것이다. 촌수가 몇 촌인지도 확실히 모르지만 어쨌든 형이라고 부르는 사이였다. 어처구니없는 광경을 보고도 당장 똑바로 대응하지 못하는 생각에 명수를 저주하고 있었다. 그 사내를 보고 있자니 창자가 꼬이는 것 같은 구역질이 날 지경이었다. 남자란 하나같이 여자만 보면 앞

뒤를 안 가리고 달려든다더니 짐승 같은 근성을 어쩔 수가 없나 보다! 노래방의 작은 공간에서 덩그러니 그 사내와 단둘이만 갇혀있는 것 같아 위기가 느껴졌다.

명수가 뿌리치며 나가버린 문이 영원히 열리지 않을 철문 같았다. 좁은 공간에서 답답한 숨을 몰아쉬었다. 사내가 추태를 보이는 공간에는 다른 이들이 모두 유령인간으로 느껴졌다. 배신감에 치가 떨리고 다리가 후둘거려서 꼼짝할 수 없이 그냥 앉아 있었다.

"혜자 씨, 잠깐 밖에 나가서 얘기 좀 할까요? 할 얘기가 있는데… 잠깐이면 돼요."

그 사내가 아직도 히죽거리며 능청스럽게 다가왔다.

"무, 무슨 할 말을요? 저, 저는 할 말이 없는데요!"

혜자는 놀라서 문 쪽으로 비켜섰다. 얼른 노래방 문고리를 움켜쥐자 그 사내가 바짝 뒤를 따라붙었다. 순간 떨리던 손이 미끄러져서 그 자리에 털썩 주저앉아버렸다. 안에서는 음악 소리에 맞춰 모두 신나게 노래하는 중이었다. 미친 듯 춤을 추며 아우성을 치고 있었다.

"혜자 씨 너무 취했나보다, 괜찮아요? 저쪽에 가서 앉아있어요!"

보라 엄마가 다가와 의자를 내주며 일으켜주었다. 그 사내는 저만치 구석에서 계속 따라오라는 손짓을 보이며 밖으로 몸을 피하듯 나가버렸다. 지금의 사태를 누구에게도 알릴 상황이 아니고 술에 취한 취기가 더 솟구쳐 올라 숨통이 막히고 답답했다. 찬물이라도 마셔야 숨을 제대로 쉴 수 있을 것 같았다. 그래서 카운터가 있는 쪽으로 비틀거리며 빠져나와 한쪽 구석에 있는 정수기를 더듬거렸다. 물을 얼마나 들이켰는지 이번엔 바지의 벨트가 꽉 조여 오며 복부의 통증이 느껴졌다.

혜자는 1층에 있는 화장실을 가야 했다. 지하의 어두운 터널처럼 느껴지는 복도 쪽으로 가서 계단을 따라 올라갔다. 이어서 현관 밖으로 지상에 나가는 문을 열어야 했다. 술기운에 몸은 축 늘어지지만 손에 힘을 주며 문을 활짝 열어젖혔다. 세찬 겨울바람이 온몸을 잡아채는 것 같았다. 순간 그녀를 문밖으로 밀쳐내듯 "꽝"하는 요란한 소리와 함께 그대로 문이 닫혔다. 화장실은 오십 미터 정도 떨어진 외진 곳이었다. 급하게 도착하니 남녀 공용으로 되어있는 수세식의 아담한 건물이었다. 그곳에 들어가는 순간 찝찝하고 퀴퀴한 냄새가 비위에 거슬렸다. 구역질이 날 것 같았다. 손으로 코를 막고 입으로 숨을 쉬어야 했다. 우선 볼일이 급해서 문을 열고 들어서자마자 지금껏 참았던 소변을 보고 있었다.

그런데 그때였다. 갑자기 뒤쪽에서 무언가 어깨를 짓누르고 있었다. 얼른 고개를 돌렸을 때는 이미 때늦은 일이 되고 말았다. 그 사내가 화장실까지 따라 들어온 것이다. 놀라서 당황할 틈도 없이 '딸깍'하고 화장실 문을 잠그는 소리가 들렸다. 몇 시간 동안 참았던 소변을 바로 끊을 수가 없었다. 그대로 엉거주춤하게 반쯤 일어선 자세가 되어버렸다. 쏟아내리는 소변 줄기가 여전히 끊어지지 않는다. 바짓가랑이로 흥건하게 젖어드는 찝찝한 느낌에 바지를 치켜 올리려 안간힘을 썼다. 자세가 일어설 수도 앉을 수도 없는 '아차' 하는 순간이었다. 급하게 들어오면서 문을 잠근다는 걸 깜빡 잊었던 것이다. 누가 들어올 거라는 의식이 전혀 없었다. 그 사이에 형체도 분간할 수 없는 사내가 캄캄한 지옥까지 따라왔다. 그대로 주저앉아 버릴 것 같았다. 소주도 마시고 맥주를 네 병이나 마셨다. 정신을 차려야한다는 생각에 엉거주춤한 자세로 두 손을 무릎에 지탱하면서 일어서려고 안간힘을 썼다. 눈을 감고 비명의 소리를 질렀다. 술기운이 온통 머리끝까지 고온으로 치솟는 것 같았다.

"어떻게 이런 일이… 이 남자 미친 거 아니야? 빨리 나가요. 이게 무슨 짓 이예욧!"

그저 정신없이 마구 손을 내저으며 외칠 뿐이었다. 사내의 얼굴이 아직도 제대로 보이지 않았다. 짐작으로 알아차리는 무지막지한 사내가 밀착하려고 다가오는 위협이 느껴졌다. 두 평 정도 밖에 안 되는 공간이었다. 순간 더듬거리며 그 사내의 허벅지를 향해 계속 발로 차면서 저주하는 몸부림을 쳤다. 혜자는 제 풀에 힘이 빠져왔다. 술 취한 몸을 지탱하지 못하고 그대로 한쪽 구석에 처박히고 말았다. 가까이 다가오려는 힘센 남자를 접근하지 못하게 하려고 안간힘을 다하는 정신만 있을 뿐이었다. 그때 밖에서 노크하는 소리가 들렸다.

사내의 억센 손이 소리 지르려는 입을 날렵하게 틀어막아 버렸다. 그 무서운 손힘에 짓눌려 감당하지 못한 채 허우적댔다. 곧 참기 힘든 잇몸의 통증으로 다가오고 온몸이 흐느적거리면서 아무 힘도 쓰지 못하고 눈동자만 살아있을 뿐이었다.

"안에 사람이 있나 봐?"

"좀 더 있다가 다시 오자!"

밖에서는 서성이며 웅성거리더니 발자국소리가 사라져갔다. 이윽고 입을 틀어막고 있던 억센 손이 풀렸다. 구석 쪽으로 몸을 쪼그리고 밀착한 채 사지가 떨려왔다. 화장실 문 쪽으로 가서 나가야 한다는 생각에 안간힘을 썼다. 이 순간이 악몽이라면 제발 깨어나고 싶었다. 벽에 바짝 둘러붙어 서서 손바닥을 밀착해 보았다. 흐느적거리는 몸을 억지로 지탱하고 그 사내를 밀쳐내기 시작했다. 발로 무릎과 허벅지 쪽을 마구 찼다. 술 취한 여자의 힘으로 당할 재간이 없다. 그나마 남은 힘도 점점 빠져나가고 있었다.

"나 당신이 정말 좋아, 그러지 말고 나랑 연애 좀 합시다!"

"당신 정말 미쳤어요! 별 미친 개 같은 일이 있네? 나한테 왜 그러는 거예요, 정말!"

이순간이 악몽이라면 꿈에서 깨어나고 싶었다. 아무리 눈에 힘을 주고 큰소리를 외쳐도 소용없었다. 괴물처럼 보이는 사내가 능글맞은 소리를 지껄이며 쳐다보는데 치욕스러웠다. 이런 지린내 나는 더러운 곳에서 그 인간을 지켜봐야 하는 게 치가 떨렸다.

"빨리 문 못 열어요? 얼른 나가라고요!"

"내가 언제부턴가 당신을 바라보고 있다는 거 정말 몰랐을 거요, 그렇지? 흐흐흐."

음흉한 웃음을 보일 때마다 허연 이빨이 드러났다. 윗옷을 올려 보이는 것도 모자라 이번엔 바지를 내리려는 시늉을 하더니 우악스럽게 손을 잡아끌었다.

"내 물건을 만져 보라구! 그러면 생각이 달라질 것 같은데?"

"야! 정말 이 인간 미쳤나봐! 누가 보기 전에 얼른 나가지 못해!"

"이렇게 이쁜 여자가 왜 이렇게 앙탈일까? 흐흐흐."

사내는 인간의 탈을 쓴 짐승이었다. 갑자기 시커먼 '불도그'라는 개의 형상으로 보였다. 혼란스러운 망상에 제정신이 아니어야만 버틸 것 같았다. 여기서 빠져나가려면 정신을 차려야한다는 생각만하며 눈이 튀어나오도록 뒤통수를 주먹으로 마구 쳤다. 그 사내가 남편의 친척만 아니었다면 애초에 소리를 질렀을 것이다. 그 생각에 억울해서 분통이 터졌다. 이런 상태까지 왔다는 자체의 행동이 치욕스럽기만 하다. 절대로 남이 보면 안 된다는 생각에 혼신을 다해 참아내고 있었다. 남녀가 다른 데도 아닌 이 더러운 곳에서 같이 있었다는 걸 남편이 알면 아마 죽이려고 덤벼들 것이 뻔했다. 그런 생각에 원망스럽고 온 몸에 똥물을 뒤집어 쓴 것 같았다. 제발 남이 안 볼 때 이 안에서 빨리 사라지기를 간절히 원하고 있었다.

이 순간에서 벗어나려면 맞아 죽어도 나가야 한다는 작정을 했다. 지쳐가는 정신에 판단력을 잃어갔다. 제정신을 차려야 한다는 생각에 이르자 두 주먹을 '불끈' 쥐었다. 마지막 기회를 잡아 벼랑 끝에서 지푸라기라도 잡고 싶은 심정이었다. 이젠 더 이상 지탱할 수가 없다는 생각을 했다. 버티는 힘이 점점 떨어졌다. 다리에 힘을 주면서 화장실 문 쪽으로 바짝 붙어 섰다. 아직 술기운 정신에 어지러운 건 변함이 없었다. 그 자리에 쓰러지지 않고 있는 것만도 정신력으로 버틸 뿐이었다.

"…."

그 사내를 가까이 오지 못하게 하려고 문고리를 더 세게 움켜잡았다. 밀쳐내려고 혼신에 힘을 쓰며 손짓, 발짓으로 버둥대고 구석에 박혀있기를 간절히 원했다. 비좁고 더러운 공간에서 덩치 큰 사내가 온통 막아버린 지옥 같아서 숨을 헐떡였다. 순간 빠져나오겠다는 용기가 하늘을 찌를 것처럼 치솟았다. 한쪽 구석으로 사내를 밀쳐내려는 여자의 몸뚱이는 점점 한계에 달하고 있었다. 입에서 나오는 말소리보다 숨 가쁜 소리가 더 커져 갔다.

명수에게 이 광경을 들킨다면 분명 별짓을 다 하고도 남을 인간이라 상상조차 하기 싫다. 사내가 남편의 형이라는 사람만 아니었더라면 이렇게 버티면서 시간을 끌지도 않았고 당장 소리쳤을 생각을 하니 분해서 치가 떨렸다. 그녀가 버티는 순간의 결백함을 누구든 절대 모를 것이다. 알려고 할 필요도 없이 죽이려고 덤벼들 거라는 생각에 피가 거꾸로 솟는 것 같았다. 아마 이 기회를 이용해서 밖으로 내동댕이칠 핑곗거리를 만들 것이다. 반드시

진실을 밝혀야 한다는 정신으로 견디고 있었다.

그렇게 몇 분 동안 버텨낸 시간은 너무나 오랜 시간이 흐른 것 같았다. 이젠 문을 열려는 정신 줄만 놓지 않고 있을 뿐이다. 꿈이 아닌 현실에서 입이 있어도 말할 수 없는 상황에서 숨 쉴 수 있는 콧구멍이 있다는 게 감사하다는 걸 뼈저리게 느꼈다. 지옥에 갇혀있는 것 같은 시간이 너무나 진력이 났다. 마지막으로 빠져나올 생각을 단단히 하고 있었다. 그때 문밖에서 요란한 노크 소리가 들렸다. 시끄럽게 소리치는 명수의 목소리에 머리를 망치로 맞고 있는 것 같았다. 올 것이 오고야 만 저주의 시간을 맞이하고 있었다.

"야! 빨리 나오지 못해!"

"거기서 두 연놈이 무슨 짓 하는 거야! 너! 나오면 내가 당장 죽여 버릴 줄 알아."

"여보! 잠깐만, 잠깐만! 당신이 생각하고 있는 그런 거 절대 아니야! 잘못된 오해라고, 내가 다 말할게!"

혜자는 그 순간 사형선고가 내려진 죄수가 되었다. 온몸이 경직된 채 죽느냐 사느냐의 갈림길에서 꼼짝할 수 없었다. 문이 빨리 안 열리자 명수는 더 큰소리로 악을 썼다. 그 바람에 덜덜 떨리는 손으로 더듬거리다가 문을 열었다. 문 밖에 서있던 명수는 머리통만 한 돌을 번쩍 들고 문을 깨부수려고 했다.

"여보! 내가 다 말 할게!"

"너, 이 갈보 년아! 오늘 너 제삿날인 줄 알아. 재석이가 나한테 알려줬으니 망정이지, 그렇지 않았으면 두 연놈이 뭔 짓을 하고도 남았을 거야, 이년아!"

"아악! 아악!"

순간 명수의 우악스러운 손이 그녀의 얼굴로 세차게 날아들었다. 닥치는대로 구둣발에 차이고 그만 흙바닥에 고꾸라졌다. 피하지도 못하고 얼굴만 감싸 안은 채 그대로 땅바닥에 굴러가며 맞고 또 맞았다.

"당신이 생각하는 거 절대 아니야, 내가 설명한다고 했잖아! 으어엉, 어엉, 엉엉…."

다급해진 김에 결백함을 알려야 한다는 자존심 일념 하나만 있었다. 살아남아서 결백을 증명해야 한다는 절박함이었다. 죽어가는 목숨이 절벽으로 떨어지려는 순간이 된 것 같았다.

"너 여기 그대로 있어!"

명수는 쓰러져 있는 그녀를 끌어 올려 멱살을 쥐다 말고 땅바닥에 다시 내동댕이쳤다. 그리고 그 사내 쪽으로 재빠르게 몸을 날렸다.

"야! 이 새끼야!"

"퍽! 악!"

"퍽! 윽! 퍽!"

점점 시야가 흐려지고 있었다. 두 사내가 서로 뒤엉켜 뒹구는 비명소리가 화음으로 메아리쳐 갔다. 저만큼 흐릿한 시야의 그림자가 어른거리고 어렴풋이 비추는 뿌연 빛이 느껴졌다. 잠시 멈추는가 싶다가 귓전에서 멀어져가는 소리로 얼마 동안이나 지속되었다. 다시 시커먼 저승사자들이 서로 뒤엉켜 계속 싸우고 있었다. 얼마동안 시간이 지체되었다. 두들겨 맞은 만신창이의 몸으로 정신을 차리려 눈을 부릅떴다. 가로등 불빛을 등진 어둠 속으로 비명소리가 멀어져 희미한 형체만 남았다. 두 사내는 누가 맞고 누가 때리는지 가늠할 수 없었고, 깊어가는 어둠속 그림자 되어 점점 멀어졌다.

혜자는 명수의 입장을 생각하면 용서받지 못할 상황이기에 충분히 이해를 할 것 같았다. 혼자 고개를 끄덕이며 가슴을 치고 자책을 했다. 명수가 한마디 설명할 틈도 안 주는 무서운 오해로 상상하는 게 너무나 두려워서 공포에 떨었다.

온몸은 구둣발로 차여서 만신창이가 되었다. 전신이 떨리고 이가 '딱딱' 부딪히는 소리만이 귓전에 들려왔다. 몸을 일으켜 보려고 반쯤 일어나다가 그대로 땅바닥에 쓰러져 버렸다.

그러기를 얼마나 시간이 흘렀는지 그대로 바닥에 쓰러져 있었다. 정신이 좀 드는 것 같아 일어섰을 때는 어느새 다시 쫓아 온 명수의 주먹이 또 얼굴로 거세게 날아왔다. 눈앞에 수많은 별이 쏟아져 내렸다. 간신히 반쯤 뜬 눈으로 정신 줄을 잡아보지만 그 별들은 땅바닥으로 뿌려졌다. 명수의 귀싸대기와 얼굴을 강타한 주먹이 벌건 피로 물들어 있는 걸 잠깐 보았다. 피를 보는 순간 살인이라도 저지를 것 같은 무서운 예감이 들었다. 이 모든 일이 악몽이라면 어서 빨리 깨어나기를 간절히 소망하면서 정신 줄을 놓고 말았다. 그 후 얼마 동안의 시간이 흘러 깨어났다. 희미하게 보이는 남편 명수가 눈앞에서 버티고 있었다. 아침에 보았던 그 얼굴이 아닌 낯선 남자 같았다. 저승사자처럼 일그러진 얼굴로 길바닥에 누워있는 아내를 노려보고 서 있었다.

"뭘 잘했다고! 너, 쇼하는 거니? 얼른 일어나!"

"여보, 나 아무런 잘못 없어… 정말 오해라고. 당신이 생각하는 그런 거 절대 아니야, 아니야….”

혜자는 이렇게라도 말할 수 있는 정신에 몸을 일으키려고 안간힘을 썼다. 몸이 만신창이가 된 통증으로 꼼짝할 수가 없음을 느꼈다. 어디로 끌려가는지도 모르고 지옥으로 데려간다 해도 어쩔 수 없었다. 아무것도 할 수 없는 몸이 되어버렸다. 명수는 아내를 차에 태우려고 끌다시피 안아 들었다. 차 안의 뒷좌석으로 패대기치듯 '털썩' 던져버렸다. 그리고 나서 잠시 자취를 감추는가 싶더니 빠르게 운전대로 돌아왔다. 시동을 거는 소리가 요란하게 들렸다.

"넌 아무 소리도 하지 마? 내가 지금 돌아버리기 직전이니까!"

혜자는 아직도 몽롱한 정신에 해명도 제대로 하지 못 한 채 차라리 포기하고 있었다. 명수는 이런 상태로 집에 간다는 게 무리라고 판단했는지 키가 작달막한 친구네 사랑방으로 데려갔다. 그 방에 끌려가서 다시 내동댕이치듯 밀쳐놓고 나가버렸다. 그 친구의 마당 건너편 안방에서 안정감 있는 음악 소리가 들려왔다. 잔잔한 음악소리가 흘러들어와 가슴속에 안착되었다. 모든 일들을 잠시 잊게 해주는 자장가 소리 같았으리라… 잠결에 아름다운 환상의 깊은 꿈속으로 빠져들었다.

'….'

밤이 지난 이른 새벽 닭장에서 수탉이 울었다. 누군가 머리를 '툭툭' 치는 소리에 잠에서 깨어났다. 명수가 우거지상을 하고 빨리 일어나라며 윽박질렀다. 좁은 방안에서는 밤새 이웃집 어린아이들이 어느새 들어와 제각기 널브러진 채 자고 있다. 어젯밤 기억하기도 싫은 끔찍한 일이 다시 생각나고 밝아오는 날은 여전히 시작되고 있었다.

"이 갈보 년아! 빨리 일어나! 다른 사람들이 보기 전에 얼른 나가라 구."

명수가 다급하게 재촉했다. 할 수 없이 방바닥에 손바닥을 짚으며 수족을 의지하면서 신음소리와 함께 간신히 몸을 일으켰다. 길바닥에 세워둔 차 문을 열고 뒷좌석으로 들어가자마자 나동그라졌다. 명수는 그런 모습을 보고도 부축일 생각도 없이 째려보다가 먼저 말했다.

"씨발 이년아, 집에 가면 당장 이혼하자. 쪽 내자구! 도저히 네년하구 드러워서 마주 볼 수가 없다. 내가 어제 밖에서 기회를 그만큼 줬는데 끝까지 안 나오길래 문을 두드린 거라구. 너! 내가 안 갔으면 어떻게 될 뻔했어! 상상만 해도 드럽다 이년아. 그놈이랑 안에서 무슨 짓을 한 거야. 그놈이 그렇게 좋디?"

명수는 말 같지도 않은 말을 계속 지껄인다. 상상도 안 되는 말에 설명할 기운도 남아있지 않았다. 아니, 말도 하기 싫었다. 차라리 분이 풀릴 때까지 내버려 두자고 작정했다. 지금까지의 결혼 생활에서 쌓인 앙금을 몽땅 덤터기 씌워질 판이었다.

"내 말은 한마디도 들어주지 않는 당신한테 나도 실망했어! 분명히 말하는데 난 화장실에서 아무 짓도 안 했어. 도대체 무슨 상상을 하는지는 대충 짐작하겠는데 나를 그렇게 못 믿는 당신한테 실망할 뿐이야. 그 좁아터진 더러운 곳에서 상상할 게 있다는 게 신기하고, 난 정말 억울해!"

혜자는 한쪽 상체를 천천히 일으키며 간신히 힘 빠진 목소리로 말을 이었다.

"그 남자를 아무도 모르게 밖으로 내보내려고 기회를 보느라 시간이 지체된 것뿐이야. 당신한테 형이라는 친척만 아니었으면 내가 그렇게 했겠어? 내 입장은 전혀 생각해주지 않는 당신을 보는 게 나도 정말 힘들어. 설사 이혼을 당한다 해도 이런 오해로 몰아붙이는 건 치욕이야! 날 이렇게 때려 놓은 건 어떻게 책임질 건데?"

"그래! 넌 그까짓 거 맞은 게 그렇게 억울하냐? 당연히 쳐 맞고도 남을 일이지, 뭘 잘했다고."

"내 말을 들어보지도 않고 멋대로 생각하는 건 잘못된 거 아니야?"

"뭘 들어봐, 이 개 같은 쌍년아."

"그래, 난 잘못한 거 없다고! 아이구우! 미치고 팔딱 뛰겠다."

어제 발로 차인 허리가 통증에 욱신거렸다. 신음 소리와 함께 뒷좌석에 기대면서 남편의 뒤통수를 향해 쏘아붙였다. 언제부터인지 명수의 불륜으로 이미 뒤틀려진 부부 사이가 되었다. 이번 기회로 이혼 사유가 명확해지게 되었다. 지금까지 이혼의 핑곗거리가 없었다. 이번 일로 보복이 될 것이 불 보듯 뻔한 일이었다. 적반하장도 유분수다. 죽일 년이 된 죄인 아닌 죄인으로 패대기 쳐질 것이다.

어젯밤 명수한테 두드려 맞은 통증으로 시간이 갈수록 온몸이 욱신거리고 쑤셨다. 전신이 아픈 몸이 되어 당당하게 소리치고 싶은 기운마저 잃어갔다. 생각만 해도 답답해 계속 한숨만 쉬었다. 그 일로 인해 더러운 년 취급으로 상상 밖의 폭언, 폭행을 당하고 있었다. 명수는 멋대로 말하고 들이대는 미친 인간이 되어 분노에 떠는 행동을 계속했다. 맞아서 아픈 것보다 정신적인 고통이 더 참을 수가 없다. 며칠째 불면증에 시달리며 겨우 버텨내고 있을 때 명수의 막내 여동생인 시누이 명순이가 찾아왔다.

"아가씨, 어쩐 일이에요?"

시누이는 들어서는 순간부터 이미 평소에 다정했던 표정이 아니었다.

"언니! 집에 무슨 일 있었어요? 잠깐 할 말이 있어요. 이리 좀 와 봐요."

진지한 표정으로 팔을 잡아끌며 옆방으로 들어갔다. 마침 아이들도 없고 시어머니는 텔레비전을 보느라 방문이 굳게 닫혀있었다. 몸이 여기저기 쑤시고 아파서 인상을 쓰고 있던 표정이었는데 안 그런 척했다. 억지로라도 다정히 웃는 얼굴로 시누이를 마주 보았다.

"언니, 다른 게 아니구요. 오빠한테 들은 얘기가 정말이에요? 내가 오빠한테 다 들었는데 어떻게 그런 일이 있을 수가 있는지 기가 막혀서…"

"아가씨, 무슨 소리를 듣고 그래요! 오빠 말을 믿는 거예요? 전 억울해요. 제 얘기는 절대 믿으려 하지도 않고 정말 나도 미치겠어요."

시누이도 역시 올케의 말을 건성으로 들었다.

"설마 오빠가 그런 일을 가지고 거짓말을 하겠어요? 이젠 언니도 믿을 수가 없구요. 난 오빠 맘 이해해요. 정말 상상할 수도 없는 일이네요. 그래도 나니까 언니한테 이 정도로 말하는 거지, 사실은 지금 언니 말두 듣기 싫어요!"

이제껏 다정했던 시누이의 얼굴은 냉랭했다. 올케는 눈도 마주치려 하지 않았다. 가슴에 얼음장을 던지는 것 같아 차라리 그 얼음장에 베여서 죽고 싶었다.

"아가씨 그게 아니라고요! 제발! 아가씨만은… 나한테 이러지 말아요."

시누이가 나가면서 안방 문을 세게 밀쳐 닫는 바람에 놀라서 비켜섰다. 점점 진전되는 상황에 정말 화냥년이 되었다. 며칠째 회사에 출근할 엄두도 못 내고 갈수록 몸은 더 아팠다. 오해의 꼬리가 어디까지인지 머릿속에 해답이 떠오르지 않아 답답하고 괴롭기만 했다. 직장에서 전화가 왔다. 며칠 동안 밀린 고객을 만나지 못했기 때문이다. 얼른 안방 문이 닫혀있는지 확인한 다음에 잔뜩 가라앉았던 목소리를 가다듬었다. 그리고 숨을 한 번 크게 내쉬었다. 평소의 업무전화처럼 받았는데 단골로 다니는 고객이 직접 전화를 한 것이다.

"팀장님, 언제 나오세요? 저 지금 팀장님한테 꼭 상담드릴 게 있거든요. 급한 문제예요."

당장 만나야 한다는 까다로운 고객의 목소리였다. 혜자는 그만 나가겠다는 대답을 하고 말았다. 서둘러 거울 앞에 앉았다. 입 주위와 눈두덩에 멍 자국을 덮기 위해 비비크림과 스킨 커버를 이용해서 거의 분장 수준의 화장을 했다. 그리고 서둘러서 회사로 차를 돌렸다. 사무실에 가보니 한 명이 아닌 세 명의 고객이 자장면을 시켜 먹고 있는 중이었다. 구세주처럼 반갑게 대해주는 고객과 만났다. 얼굴은 화장발로 가면을 쓴 것 같은 모습이지만, 웃음기 있는 화색으로 돌아왔다.

갑자기 본업으로 돌아가기 위해 상담실로 들어갔다. 애교 많고 수다스러운 고객 때문에 상담하는 동안 웃으며 모든 일을 잊어버리는 시간이었다. 고객 때문에 웃고 감사하다는 마음이 들어서 억지로라도 웃는 표정으로 돌아왔.

"팀장님, 편찮으신 것 같은데 일부러 나와 주셔서 감사합니다. 제가 내일 열 시에 친구 두 명을 고객으로 꼭 소개해 드릴게요,

하하하.”

화통한 고객의 웃음소리는 조용한 사무실에 크게 울려 퍼졌다.

"어머, 정말요? 그래 주시면 저야 너무 감사하죠. 그럼 내일 꼭 봬요.”

그렇게 시간을 보내고 집으로 가야 하는 현실로 다시 돌아왔다. 또 미궁 속으로 빠져들기 시작했다. 직장에서 집으로 쳇바퀴 돌듯 운전대를 돌리지만 앞으로 자신이 어떻게 명수의 오해를 풀어야 할지 묘안이 떠오르질 않아 막막하기만 하다. 집에 도착해서 방안으로 들어섰다. 시어머니와 명수는 식사를 하며 무슨 작당을 하던 중이었는지 밥상에서 머리를 맞대고 있었다. 명수는 부릅뜬 큰 눈의 흰자위가 시뻘겋게 핏발을 드러내 보이며 째려보고 있었다. 시어머니가 독살스러운 눈빛을 보이며 욕설을 퍼부었다.

"이 화냥년아! 어딜 들어 와? 벼락 맞을 년, 어딜 뻔뻔스럽게 두 눈깔 뜨고 들어 오냐구. 똑바로 쳐다보는 눈깔을 '확' 빼버려라.”

"어머니, 왜 이러세요.”

시어머니의 무식한 쌍소리로 혜자는 죽을죄를 지은 며느리가 되었다. 표정은 악을 쓰고 입에서는 침을 튀기면서 앙칼진 목소리로 삿대질하는 손가락의 힘이 눈알이라도 빼 갈 것 같은 기세였다. 곧 지옥의 나락으로 떨어져 버릴 것 같았다.

"애들 들어오기 전에 당장 나가! 이 더러운 년아.”

시어머니를 거드는 아들도 벌떡 일어서며 눈을 부라렸다. 그 자리에 머뭇거리고 있다가는 머리끄덩이라도 잡힐 기세에 안방으로 쫓기듯 피했다. 무섭게 합세하며 소리치는 시어머니와 명수를 피해 방으로 피신해 버렸다.

핸드백을 옷장에 던져버렸다. 옷도 갈아입지 않고 침대에 머리를 박았다. 죄인 아닌 죄인으로 갈수록 궁지에 몰리고 있는 자신이 한계에 도달했다. 그런 생각으로 또다시 침대에 머리를 박고 고꾸라져 버렸다. 이젠 폭풍처럼 밀려오는 오해를 어떻게 풀 수가 없었다. 생각하기도 싫고 포기하는 바보 천치가 되었다. 묘안을 떠올리기는커녕 눈앞에 다가오는 현실마저 설명할 기회조차 없다. 억울함의 장벽만을 두드리는 심정으로 쏟아지는 일들이 너무 엄청나서 감당할 자신이 없었다.

지금까지 명수의 불륜 문제로 힘들었던 지난날들에서 탈출하고 싶기만 했다. 잘못된 순간의 엄청난 오해가 더 고통스러워서 가슴이 답답하고 숨 막혀왔다. 앞으로 이 세상을 어떻게 살아갈 수 있을지 자격 없는 존재가 되었다. 그녀가 말하는 건 모두 변명으로 가고 있었다. 죽일 년 이라고 취급받으며 계속 몰아붙이는 공포증이 날로 심해졌다. 몸은 지치고 불면증이 쌓인 탓으로 기절하듯 잠이 들었다. 그리고 잠시 행복한 꿈을 꾸었다.

'그녀는 아이들과 넓은 꽃밭을 향해 뛰어갔다. 햇별도 따스하고 바람도 시원하다. 이 세상에 자신이 제일 행복한 여자의 엄마가 되어있는 순간이었다. 너무 행복한데 왠지 불안한 마음은 왜 그럴

까… 엄습해 오는 예감도 있고 가슴이 뛰기 시작하여 아이들을 찾아 나섰다. 그러자 갑자기 주위가 어두워지면서 하늘엔 온통 시커먼 먹구름이 끼기 시작하여 무서웠다. 잠시 후 어떤 좁은 가시밭이 있는 굴속으로 몸이 휘말리고 있었다. 빠져드는 덫에 걸렸고 거의 위험 지경에 이르렀다. 헤어 나올 수 없는 순간 누군가 소리쳤다. 팔다리를 휘저으며 마구 비명을 질렀다!'

그만 꿈에서 깨어났다.
"엄마! 어디 아파요?"
"엄마 잠꼬대 때문에 깜짝 놀랐어요. 얼굴에 땀도 엄청나잖아…."

중학교에 다니는 딸 보라가 숙제를 하다말고 놀라서 잠을 깨웠다. 이마에 식은땀을 수건으로 문지르며 몹시 걱정하는 얼굴이다. 그런 딸을 보니 갑자기 불쌍하다는 생각이 들고 눈물이 왈칵 쏟아질 것 같아 주방으로 가려고 일어섰다.
"엄마 어디 가려구요? 저녁 드셔야지."

자식들을 보면 눈물도 잘 참아졌다. 딸이 하는 말을 뒤로하고 거실로 가보니 시어머니와 남편 명수는 보이지 않았다. 보라가 쪼르르 뒤따라왔다. 아들은 자기 방에서 컴퓨터 게임에 빠져있느라 꼼짝도 안하는 것 같고 인기척이 없었다.
"밥은 먹었니?"
"우린 아빠가 밥 차려줘서 오빠랑 같이 먹고, 할머니하고 아빠는 나가신지는 한참됐어요."

혜자는 술에 취하고 싶었다. 제정신으로는 잠을 잘 수도 없을 것 같았다. 딸 보라를 앞장세워서 맛있는 거 먹으러 가자며 밖으로 나갔다. 동네에 있는 호프집이 눈에 뜨이고 딸과 함께 약속이라도 한 듯 들어갔다. 고분고분 따라와 주는 딸 때문에 웃고 있었다.

"엄마, 난 콜라!"

딸이 환하게 웃어 보인다.

"주문하시겠어요?"

주인은 이 밤에 딸과 함께 앉아있는 모녀가 이상한 듯 번갈아 가며 쳐다보았다.

"네, 양념치킨 주시고요. 콜라 하나, 맥주하나 주세요."

두 모녀는 가끔 그렇게 익숙한 술친구처럼 지냈다. 주인은 시아시가 잘 된 맥주와 콜라를 갖다 주며 강냉이는 서비스라고 했다. 안주가 나오기도 전에 맥주 반병을 단숨에 마셨다. 역시 복잡한 마음을 시원하게 뚫어 주는 것 같아 기분이 나아졌다. 딸은 콜라를 홀짝거리면서도 엄마 얼굴만 뚫어지라 바라보았다. 눈치를 살피는 엄마의 심정을 알아주기라도 하는 것처럼 방긋 웃었다. 그런 딸의 모습을 찬찬히 바라보다가 문득 요즘 일어난 일들이 생각나서 목에 가시가 걸린 것 같았다.

안주가 나오고 맥주를 마저 마시면서 한 병 더 시켰다. 두병 째부터는 콜라와 맥주를 섞어서 연거푸 마시니 취기가 금방 올라와 한결 더 기분이 좋아졌다. 시계를 보니 벌써 열두 시가 되고 있었다.

"엄마는 술이 맛있어요? 양념치킨 맛있다, 엄마도 드세요. 키키키."

"그래, 많이 먹어. 우리 딸내미 이제 다 컸네? 엄마랑 술친구도 해주고…!"

"엄마, 난 콜라하고 양념치킨 좋아하니까 엄마랑 이렇게 같이 먹는 게 좋아요."

그렇게 자정을 넘겨버렸다. 시간이 갈수록 벌겋게 취기가 오른 얼굴이 되고 게슴츠레 눈을 뜨며 딸을 바라보았다.

"우리 딸, 졸립지 않아?"

"네, 엄마 나 아직 안 졸려요. 엄마, 난 더 늦게 들어가도 괜찮아요. 안 졸리니까…."

그렇게 얼마 동안 딸을 바라보았다. 딸 앞에서 만큼은 눈물을 보이기 싫었지만 갑자기 울컥하는 서러움이 북받쳐 올라왔다. 걷잡을 수 없는 눈물에 얼굴을 옆으로 돌렸다.

어느덧 늦은 시각의 술집은 주객들의 흔적들이 사라져가고 정적의 썰렁한 기운이 맴돌았다. 모녀는 한쪽 구석에 한적하게 따로 앉았기 때문에 누구도 잘 알아보지 못할 것이다. 술은 모든 슬픔을 혼자 다 짊어진 것 같은 무게에서 평화로움을 가져다주었다.

새벽 6시쯤 이었다. 아이들은 아직 자고 있었고 명수는 보이지 않았다. 눈을 뜨니 속이 울렁거리고 머리가 아파왔다. 어젯밤에 마신 술로 두통과 함께 뱃속을 휘젓는 것처럼 속이 안 좋다. 치킨 냄새가 식도로 올라오는 것 같고 참을 수 없는 구역질이 났다. 이른 새벽이라 아무 의식 없이 주방 쪽으로 물을 마시려고 걸어갔다.

바로 그때였다. 시어머니 방 쪽을 지나려는데 젊은 여자의 웃음소리가 들렸다. 혜자는 그만 그 자리에 주저앉아버리고 말았다. 얼른 덜 닫힌 문틈 사이를 들여다보았다. 웬 낯선 여자의 뒷모습이 보이는 것이었다. 이 새벽 마른하늘에 날벼락 인가! 가슴에서는 천불이 올라와 머리끝으로 치솟으면서 곧 피가 터져버릴 것만 같았다. 정수리에 열나는 두통으로 화끈거리고 다리를 옮길 기운조차 빠져 버렸다. 이젠 아예 드러내놓고 무시당하는 유령 인간이 되었다. 시어머니와 그 여자의 소름끼치는 소리를 듣지 않으려고 안간힘을 썼다. 몸을 추스르려고 허리를 폈다. 간신히 기어가다시피 하며 주방까지 갔다. 정수기의 차가운 물을 숨도 안 쉬고 들이켰다. 진정되지 않는 가슴을 움켜쥔 채 만신창이가 되어가는 정신이 되어 쥐도 새도 모르게 다시 안방까지 걸어갔다. 분노가 차올라 억지로 앉아있자니 마음이 진정되지도 않고 그대로 침대에 머리를 박아버렸다.

'내가 어찌해야 할까… 이혼을 해줘야 끝이 나겠지…!'

그렇게 얼마간의 시간이 흘러갔다. 그 여자의 들릴 듯 말 듯 인사하는 소리가 '소곤소곤' 들렸다. 방안에서 천장만을 바라보며 들어도 못 들은 척 해야 했다. 이젠 대놓고 행동하는 인간들이다. 아이들이 깰까봐 아무 인기척도 못한 채 두 눈뜨고 그대로 침대에 누워서 바보인간이 되었다.

　토요일 저녁 명수는 집에 들어오지 않았다. 밥상을 치우고 아이들은 제각기 방으로 들어가니 적막한 공간에 혼자 앉아 내용도 모르는 텔레비전을 생각 없이 켜놓고 있었다. 저녁 일곱 시쯤 시어머니의 빈방을 바라보다가 문득 산책이라도 하려고 집을 나서기로 했다. 두꺼운 패딩 잠바를 입었다. 집 앞에 있는 개천 길을 따라 걸어가는데 먼발치 보이는 아파트의 폐가 건물이 보였다. 마치 그곳에서 미소 짓는 유령이 손짓하는 것처럼 아른거렸다. 그렇게 바라보다가 발길을 끌어들이는 자석처럼 저절로 그 쪽으로 가고 있었다.

　아파트 건물을 들어서자 그곳은 오랫동안 비워둔 흔적이 역력했다. 입구에 연탄재가 이리저리 굴러다니고 안에는 거미줄이 철조망처럼 흉하게 걸려있다. 말라 죽어있는 거미의 형상을 자세히 살폈다. 그녀의 신세도 거미와 다르지 않다는 생각이 들었다. 안쪽을 들여다보다가 갑자기 미친 여자처럼 밖으로 뛰쳐나왔다. 답답한 마음에 개천 쪽으로 다시 발길을 돌렸다. 어디 가서 술이나 마셔야겠다는 생각에 나선 것이다. 큰길을 따라 걸었다. 으스름한 상가 간판이 보이는 곳으로 갔다.

　마침 생맥줏집 네온사인 간판이 눈에 들어왔다. 무작정 문을 밀고 들어갔다. 실내의 적막한 분위기는 아무 인기척도 없어보여서 천천히 살피며 들어갔다. 곧 주인이 나오고 안내하는 자리로 따라갔다. 침침한 불빛과 음습한 분위기는 혼자 술 마시기에 안

성맞춤이라고 생각했다.

이상한 느낌이 드는 그때였다. 남편 명수와 낯선 여자가 정답게 생맥주잔을 주고받으며 밀어를 나누고 있는 게 아닌가! 그 순간 바로 앞 번쩍거리던 불빛이 뒤통수로 날아와 꽂혀버린 것 같았다. 바로 남편과 눈이 '딱' 마주쳤다.

"헉!…."

"네가 여긴 웬일이야?"

명수는 놀라는 기색이었지만 기세가 당당한 채 똑바로 처다보았다.

"당신! 기껏 술 마시러 온 데가 여기였어? 기가 막혀서 말이 안 나오네!"

혜자는 목청에 힘을 주며 반쯤 울분 섞인 소리로 악을 썼다.

"당신 이리 나와 봐! 할 말이 있으니까."

명수는 일어설 기세가 전혀 없이 그대로 앉아있다.

"내가 왜 나가?"

"그럼 자알 됐네! 그 옆에 당신이 나오시지?"

명수한테 소리치다가 그 여자를 정면으로 보며 언성을 높였다. 여자도 할 말이 있다며 구두를 접어 신은 채 질질 끌면서 뒤따라 나왔다. 명수도 그제야 여자의 뒤를 바짝 따라붙어서 쫓아 나오고 있었다.

"당신은 꺼져. 난 이 여자하고 할 말이 있으니까!"

아내의 악다구니 소리에 명수가 놀랐다. 멈칫하더니 기를 쓰고 마구 쫓아온다.

"야! 이년아, 뭔 말을 한다고 그래? 나한테 말해!"

명수가 당당하게 그 여자를 막아섰다. 그러더니 거침없이 귀싸대기가 날아왔다.

"철썩!!"

"아악!!"

"너 오늘 제삿날인 줄 알아 이년아!"

혜자는 비명을 지르며 길바닥에 쓰러졌다. 매서운 귀싸대기의 아픔보다 배신감에 치가 떨려서 눈물이 왈칵 쏟아졌다. '남편의 내연녀 앞에서 이런 망신을 당하다니!' 그 여자 앞에서 만큼은 눈물을 보이기 싫었다. 다시 여자한테 악을 쓰며 소리쳤다.

"그래! 내가 니들이 원하는 대로 이혼해 줄게! 우리 애들하고 시어머니까지 책임지고 어디 잘살아 봐라!"

그 여자도 질세라 입에 침이 튀도록 소리를 질러댔다.

"뭐야! 내가 왜 책임져야 해? 내가 미쳤어?"

혜자는 눈을 부릅뜨고 여자를 노려보았다.

"그래! 네년이 미쳤으니 유부남하구 놀아났지! 남의 가정 파탄시키고 얼마나 잘사는지 어디 두고 보자, 이년아!"

"야! 이 등신아, 뭐라고!"

이 지경을 지켜보던 명수가 달려와서 혜자의 멱살을 잡아끌었다.

"너 이리 와봐! 오늘 죽으려고 환장했냐?"

더 이상 그곳에 있을 자리가 아니다 싶었다. 그 연놈들과 일분 일초라도 같이 마주 보고 싶지 않았다. 미친 듯 그곳을 빠져나와 택시를 잡아탔다. 택시 기사한테는 무조건 직진으로만 가자고 하며 하염없이 달렸다. 갈 때까지 가버린 배신감에 눈물이 봇물처럼 터져버렸다. 남편 때문에 허우적거리는 못난 자신이 세상에서 제일 바보 같았다. 이런 상태로 더 이상 살기 싫다는 생각이 들었다. 머리에 피가 끓어오르는 심정이 되어 차라리 피가 터져서 죽고 싶었다. 그렇게 택시로 달리다가 갑자기 소리쳤다.

"아저씨 처음 탔던 쪽으로 다시 가주세요!"

"아, 그렇게 하시겠어요? 알겠습니다."

택시에서 내리자마자 집이 있는 쪽 골목길로 들어갔다. 집 앞에는 명수 누나인 큰 시누이가 얼쩡거리고 있었다. 얼른 옆집 시멘트벽에 몸을 숨기고 기대섰다. 웬일인지 집대문도 열려있다. 무슨 일인가 싶어 재차 따라가고 싶었지만, 조금 뒤 발소리를 죽이며 살살 따라갔다. 명수와 그 여자는 어느새 집에 와있었다. 큰 시누이는 혜자가 따라 들어가는 것도 모르고 있다. 크게 웃는 소리가 들렸다. 약간 덜 닫힌 문틈으로 떠드는 소리가 들리고 그 안에서의 말소리가 정확하게 들렸다.

"누나! 우리 성공했어! 이제 그년이 당장 이혼해 줄 거야, 하하하."

"명수 씨가 형님이 시키는 대로 했대요. 그 화장실 사건 말이에요."

"그래? 올케는 숙맥이라 변명도 못 할거야 그치? 그리고 너! 형뻘 되는 그 친구한테 수고비는 단단히 챙겨줘라? 이번에 둘이서 감쪽같이 큰일했네. 호호호."

"알았어, 누나, 당연히 그래야지. 나도 그럴 생각이야."

"하하하, 호호호."

혜자는 거실에서 그대로 고꾸라질 뻔했다. 자기들끼리만 있는 줄 알고 마냥 떠들고 있었다. 갑자기 망치로 머리통을 세게 얻어맞은 것 같아 비틀거리며 그 자리에서 차라리 눈을 감았다. 북받치는 눈물을 참고 소리 없이 집을 빠져나왔다. 다시 정신을 차리고 무조건 택시를 잡아탔다. 택시는 뚝섬 한강으로 달려갔다. 차에서 어떻게 내렸는지조차 생각이 안 날 정도로 제정신이 아니었다. 어둠에 뒤덮여있는 한강 물이 자신의 마음처럼 시커멓게 보여서 동질감이 느껴졌다. 강물을 따라 물결 속으로 마구 달려들고 싶었다.

갑자기 구두를 벗었다. 그 인간과 연결되어있는 핏줄들에게 복수심이 가득 찼다. 가방을 시멘트 바닥에 집어 던지고 물속으로 발을 더듬거리기 시작했다. 물은 시리도록 차가웠다. 지난날의 모든 아픔을 한꺼번에 끝낼 수 있는 절호의 찬스라고 생각했다. 점점 물의 깊이가 느껴졌다. 차가운 물속이 어머니의 품처럼 따뜻해지는 느낌으로 물살이 차분하고 아늑했다. 하늘에는 드물게 떠 있는 별빛들이 너무 슬퍼 보였다. 속도를 내어 손으로 물속을 헤치며 나아갔다. 발걸음의 속도가 점점 빨라졌다. 거센 물결이 그녀의 몸을 휘감는 느낌이었다. 수심을 알 수 없는 깊이까지 다가오자 갑자기 팔다리가 '봉' 뜨면서 소용돌이 속으로 빨려 들어갈 것 같았다. 그때 호루라기 소리가 멀리서 들려왔지만, 완전히 더 포근해지는 환상에 빠져들었다. '내가 죽으려고 물속에 들어가는 게 아니라 그 연놈을 죽이려고 들어가는 거다….' 하는 생각을 하니 그 순간이 두렵지 않았다. 더 이상 발이 땅에 닿지 않는 걸 느꼈다.

"허억!!…."

그녀가 정신을 차렸을 때는 강가 흙바닥에 널브러진 채 누워있었다. 물에 빠진 생쥐 꼴이 되었다.

"아가씨, 정신 차려요! 큰일 날 뻔했어요. 집은 어디예요?"

오십 대로 가늠해 보이는 중년 남자가 눈을 동그랗게 뜨고 목청껏 소리치고 있었다. 몸을 온통 담요로 말아놓고는 대여섯 명의 사람들이 여기저기 서서 웅성거렸다. 일제히 안쓰럽다는 표정으로 내려다보고 있었다.

"이제 정신이 드는가 봐요?"

"그러게 말이야… 쯔쯔쯧."

이윽고 119구급차가 들이닥쳤다. 그녀의 몸은 그들의 손에 이끌려 들것에 실려서 옮겨졌다. 추워서 이가 부딪힐 정도로 온몸이 바들바들 떨렸다. 몸에 휘감겨있는 담요를 움켜쥐고 있다가 일어나려고 꿈틀거렸다.

"이제 괜찮아요, 저는 집에 갈 거니까 차에서 내려주세요."

몸은 늘어지고 주체하기 힘들어도 일으키려고 안간힘을 썼다. 구급차 안 침대에 누운 채 한쪽에 기대려고 하는데 온몸에 힘이 다 빠져있었다. 그 모습에 구급대원들은 어안이벙벙해서 말렸지만 계속 고집을 부렸다.

"이러면 안 돼요! 안정을 취해야 됩니다. 그럼 집까지 태워다 드리겠습니다."

"아니에요, 그럼 택시만 잡아주시면 알아서 갈게요. 정말 고맙습니다."

두 사람의 구급대원이 택시를 불러왔다. 가방을 챙겨주며 비틀거리는 몸을 부축해서 차에 타도록 도와주었다. 겨우 몸을 추스르고 집에 도착했을 때는 시간이 밤 11시가 넘어가고 있었다.

집에 와서 불도 켜지 않은 거실로 들어왔다. 희미하게 비추는 전자시계의 빛을 따라 방을 찾았다. 그리고 문이 열려있는 안방으로 들어갔다. 불도 켜지 않았지만 아무도 없는 빈방이 확실했다. 더듬거리며 젖은 옷을 갈아입고 머리를 수건으로 감쌌다. 온몸이 냉한 기운으로 사시나무 떨듯 계속 떨렸다. 몸의 떨림은 솜이불로 뒤집어써도 여전했다. 이불 속에서도 떨려 좁은 공간에서 숨을 몰아쉬며 헐떡였다. 푹신한 침대에 몸을 눕혔다. 그동안 답답하게 느껴졌던 게 조금은 진정이 되어갔다. 억지로 눈을 감고 잠이 오기를 간절히 기도했다.

혜자는 새벽녘에 몹쓸 꿈을 꾸었다. 어떤 흉한 사내에게 쫓겨다녔다. 갈 곳 없이 벼랑으로 떨어지려는 순간 명수가 소리치는 바람에 깜짝 놀라 악몽에서 깨어났다. 다시 현실이 왔다.

"너 이젠 외박이냐! 어젯밤 몇 시에 들어왔냐고. 이젠 하늘이 무서운 줄도 모르고 막 나가는구나? 그래! 어떤 놈 하구 자빠져 자고 기어들어 왔는지는 모르지만 넌! 그러다 벼락 맞아 죽을 거다."

"…!"

그녀는 할 말을 잃었다.

"…."

그러는 남편이 사람이 아닌 짐승으로 보였다. 명수는 천장만 바라보며 넋을 잃고 누워있는 혜자를 무섭게 째려보았다. 너무 기세가 당당해 억울하다 못해 말문이 막혀버릴 수 밖에 없었다. 결심을 하고 나니 남편이 제 아무리 눈이 튀어나올 것 같은 표정을 보여도 두렵지 않았다.

"야! 우리 당장 이혼하자! 네년의 몸뚱이 하나만 꺼져주면 되잖아, 알았지? 네년하고 이젠 진짜 못산다, 못살아!"

혜자는 초췌한 모습으로 힘없이 중얼거렸다.

'당신이 그렇게 원하는 이혼? 그래, 해줘야지… 그래야 당신과 내가 끝날 테니까….'

혜자는 그 모든 일이 한 여자의 악몽일 뿐이기를 빌고 또 빌었다. 하지만 현실이었다. 제발 이 현실에서 뛰쳐나가야 한다고 간절히 기도하고 있었다. 지금, 이 순간은 이혼하는 길만이 둘 다 살아갈 수 있는 희망이었다. '나의 미래와 자식들의 미래를 위해서….'

새처럼 날고파

초등학교에 다닐 때 긴 생머리의 담임선생님이 롤 모델이었다. 감수성이 풍부한 여선생님은 국어 시간에 동시를 낭송하며 눈물을 훔치곤 했었다. 그럴 때마다 함께 감동이 되어 눈시울이 붉어졌다. 그래서 그런지 선생님을 닮은 교사가 되고 싶다는 생각을 잠재의식처럼 가지고 있었다. 선생님의 고향은 서울의 영등포였다. 항상 찰랑거리는 긴 생머리에 화장기가 거의 없어도 고운 미모가 예쁘기만 했다. 원피스를 입고 무릎이 보일 듯 말듯 단정한 모습이었다. 감수성이 풍부하고 수줍어 보였지만, 여자끼리 보아도 단아한 여성스러움이 아름다웠다. 그 뒤 선생님과 마주치면 웃음이 많아지고 가는 곳마다 졸졸 따라다녔다. 국어 시간만 되면 저절로 글이 쓰고 싶어졌다. 중학생이 되면서부터 틈나는 대로 동시와 산문을 쓰기 시작했다. 글을 쓰기 시작하면 떠오르는 상상으로 술술 써 내려갔다.

중학교 2학년 때 글쓰기 대회 백일장 행사가 있었다. 마침내 생각지도 않은 산문시가 발탁되어 최우수상을 탔다. 그날 학교 마당에서 학생회장이 작품 발표를 하고 모든 학생 앞에서 당당하게 환호성도 받았다. 그렇게 상 받은 계기로 작가가 되고 싶다는 장래 희망이 생겼다. 회장은 그녀의 첫사랑이기도 했다. 키가 크고 피부가 하얀 데다가 눈썹은 짙고 그야말로 인물이 훤칠한 남자아이였다. 공부도 잘하는 그 애는 보기만 해도 가슴이 뛰고 설레었다. 가까이 마주칠 때마다 왜 그리 수줍은지 얼굴을 감추기에 바빴다.

그 애를 보는 게 학교 다니는 유일한 낙이 되었다. 그러던 어느 날 영어 시간이었다. 단어 시험 시간에 회장과 함께 둘만 100점을 받았다. 영어 선생님은 80점 미만 점수는 낙오된 점수라며 모두 한 시간 동안 의자를 들고 벌을 서게 했다. 선생님은 심각한 얼굴로 두 명을 호명했다. 회장인 그 애와 함께 칭찬을 하는가 싶더니 나가서 한 시간 동안 자유 시간을 가지라고 했다. 얼결에 이름이 불리고 쫓기듯 교실 문을 열고 나왔다. 둘은 딱히 갈 곳도 없어 교실 주변에 서성거리며 서로 말을 붙여 보지도 못하고 '빙빙' 겉돌고 있었다. 회장이란 아이도 그렇고 둘 다 숫기 없는 성격이다. 그날 보기만 해도 얼굴이 달아오르고 서로 눈도 마주치지 않으려 피해 다니기만 했다. 어쩌다 서로 마주치기라도 하면 어느새 햇사과를 닮은 발그레한 얼굴색이 되어버렸다. 중학교 3

학년이 되었을 때도 남녀공학으로 같은 반이 되었다. 하지만 제대로 말도 못 붙여 보고 어정쩡한 사이로 지냈다. 그녀는 중간쯤 자리에 앉고 그 애는 뒤쪽 자리에 앉았다. 의자에 앉는 자리는 키 순서대로 배정되어서 다행이라고 생각하며 가슴을 쓸어내렸다.

어느 날 또 영어 시간의 일이었다. 선생님이 그녀에게 영어책을 읽게 하는 바람에 일어서서 능숙하게 한 페이지를 읽고 자리에 앉았다. 그리고 창피하다는 생각에 얼른 손거울을 꺼냈다. 얼굴이 달아오르는 것 같아 살피고 있을 때였다. 갑자기 가슴 철렁하는 느낌이 들었다. 거울 속 뒤쪽으로 그 애가 비춰 보여 소스라치게 놀랐다. 둘은 거울 속에서 눈이 마주쳤다. 순간 당황해서 뒤를 '홱' 돌아보게 되었다. 그대로 얼굴을 마주쳤다. 그 애가 계속 그렇게 바라보고 있었던 것이다. 서로 얼굴이 붉어져서 얼른 시선을 피해버리고 말았다. 그때 둘은 서로의 마음을 들켜버린 셈이었다. 그 애도 그녀를 좋아했다.

그 후 더욱 무안한 사이가 되어버린 셈이다. 아예 마주치지 않으려고 미리 피하면서 학교에 다녔다. 그러던 어느 날 동네 어르신의 환갑잔치가 있는 바람에 그 집에서 또 마주쳤다. 어른들의 이끌림으로 같은 상에 마주 보고 앉을 수밖에 없었다. 둘은 잔치국수 그릇에 얼굴을 대고 먹기만 했다. 다 먹고 앉아있을 땐 제대로 말도 못 붙이고 흘깃거리다가 생각없이 그 애를 쳐다보았다. 그때였다. 그 애의 위쪽 앞니에 빨간 고춧가루가 끼어있는 게 선명하게 눈에 띄었다. 입술에도 벌겋게 음식 찌꺼기가 묻어있고 얼굴에 얼룩진 자국도 보였다. 갑자기 그 애가 더럽다는 생각에 속이 울렁거렸다. 비위가 상하고 토할 것 같아 인상을 찌푸리며 눈을 감아버렸다. 지금까지의 좋았던 감정이 일순간에 모두 달아나버리는 절묘한 순간이었다. 그대로 설레던 가슴이 서늘해졌다. 그렇게 첫사랑은 순식간에 사라져버렸다.

고등학생이 되었을 때 국어 선생님이 새로 바뀌었다. 선생님은 모 대학의 국어국문학과를 전공하고 박사학위까지 받고 곧바로 이 학교에 오게 된 것이다. 총각 선생님으로 영화 속 주인공을 닮았다는 생각에 남몰래 연모하게 되었다. 날이 갈수록 국어 선생님과 가까워지고 싶어 안달이 났다. 전공과목에 한 번도 빠지지 않고 먼저 가서 기다리는 유일한 수업이 되었다. 드디어 자연스럽게 선생님과 함께하는 시간을 가지기 시작했다. 외모처럼 마음도 자상하고 멋진 선생님이기에 연모하는 마음은 점점 더 커져 갔다.

선생님과 그렇게 정이 들어갈 무렵 임시 발령으로 오셨다는 소식을 들었다. 그 뒤 이제나저제나 언제 가실까 봐 마음이 불안하고 조마조마했다. 선생님이 곧 다른 학교로 간다는 생각을 하면 밤새 잠도 제대로 못 잘 정도였지만, 선생님은 결국 떠날 수밖에 없었다. 허망했다.

첫사랑도 선생님도 떠나버렸다. 가는 세월은 수줍던 성격을 변하게 만들었다. 어느덧 용감한 소녀가 되어 씨름이며 야구 등 수영도 좋아했다. 또래 아이들과 꿈도 많은 당돌한 성격에 아이들이 좋아했지만, 집에서는 여자라는 이유로 모든 꿈을 접어야 했다. 그녀는 역마살이 낀 아이처럼 친구들과 밤낮으로 어울려 다니기 시작했다. 후배들을 모아놓고 과외 공부를 시킨답시고 선생님 흉내를 내기도 했다. 가끔 아이들을 불러내어 편평한 땅바닥에 돌을 하나씩 옮겨서 앉혀놓고 선생님이 된 것처럼 공부를 가르쳤다.

아이들은 집안의 농사일을 거드느라 공부할 시간이 거의 없었다. 학교에 다니며 한글을 다 떼지도 못한 채 책가방만 들고 왔다 갔다 하는 아이들이 꽤 있었다. 공부에 흥미를 느끼지 못하는 아이들이 대부분이라 단번에 이해하도록 가르쳐주고, 그런 방법을 잘 알고 있었다. 이해력 있는 방법으로 아이들을 곧잘 가르쳐주었다. 공부를 가르친답시고 분필 대신 나뭇가지를 이용해서 칠판 삼아 흙바닥에 글을 썼다. 초등학생은 주로 한글 등 받아쓰기 구구단 정도의 내용이었다. 중학생 두세 명은 기초영어의 알파벳과 수학 방정식을 자세히 연습시켰다. 부모님은 항상 입버릇처럼 하던 말이 있었다. 여자는 적당히 배우고 공장에 들어가서 돈을 벌어 시집만 잘 가면 된다는 거였다. 여자가 고등학교 졸업만 해도 그걸로 출세한 거라고 했다. 야망이 큰 그녀는 세상의 고정관념이 안타까워 반항심만 늘어갔다.

고등학교를 졸업하고 대학은 꿈도 꿀 수 없었다. 귀한 아들이라는 오빠는 땅을 팔고 소를 팔아 대학을 보냈다. 그녀는 딸이라서 학교를 졸업한 뒤 농사일과 집안 살림을 도와야 했다. 그러다가 어머니를 따라 동네에 있는 섬유 공장에 취직을 하게 되었다. 공장에서 일본 사람들이 입는 기모노 원단 짜는 기술을 배웠다. 염색된 명주실을 가지고 베틀에 걸어서 원단을 짜는 일이었다. 씨실 꾸리를 이용한 20~30센티의 베 북을 가지고 발로 밟으며 손으로 날실 사이를 집어넣고 당기는 일이었다.

　기술은 섬세하게 작업을 하고 24m 정도를 짜야 한 필이 완성된다. 먼저 25센티 정도를 앞판 원단을 짠 다음 길쭉한 쇠바늘로 한 올씩 실을 뽑아 올리며 깨알 같은 작은 육각형 무늬를 맞춘다. 여러 종류의 그림을 그린 것 같은 무늬와 색깔까지 정확하게 나와야 완전한 작업이 된다.

　그녀는 처음에 한 필을 짜려면 꼬박 두 달을 빠듯하게 걸려야 했다. 기술을 완성하기까지 한 달 안에 완전히 익혔다. 밤에는 아무도 없는 작업실에서 '타이밍정'이란 잠 안 오는 약을 먹고 졸리면 잠깐 엎드려서 눈 붙이는 정도로 악착같이 베를 짰다.

　첫 달은 꼭 월급을 타야겠다는 마음으로 사흘 밤낮 제대로 잠도 못 자면서 일했다. 꼬박 한두 시간씩 쪽잠을 자며 베를 짰다. 그렇게 노력해서 마감을 끝낼 수 있었다. 모자랐던 잠은 일을 끝낸 후 삼 일 밤낮을 밥 먹을 때만 잠깐 깨어났다가 자면서 보충했다. 그렇게 억척스럽게 노력한 결과 한 달 만에 한 필을 짜서 마감했다. 원래 첫 달에는 배우는 기간이라 월급을 못 타고 기숙사 식대만 제공해주었다. 신입사원으로 들어와서 첫 달부터 24m나 되는 원단 한 필을 완성할 수 있다는 건 생각도 못 할 일이라고 들었다.

"야! 느 손은 참말로 신의 손 이랑게, 내는 처음에 한 달을 꽁치면서 배웠는디 말이여, 어찌 그리 꽁치는 달이 읎냐, 월급을 탈수 있다니 참말로 사람 손이 아니랑게, 내는 그기 부럽당게."

"아, 언니 아니에요! 언니 기술 따라가려면 아직 멀었는걸요. 난 못하니까 잠도 별로 못 자고 혼자 밤을 새며 완성했잖아요. 그런데 재밌기는 하더라고요. 언니는 한 달에 두 필도 짜면서 뭘 그래요? 나도 언니처럼 될 수 있을지 부럽기만 한걸요."

"야, 야! 내는 삼 년이나 고생한 결과랑게."

그녀가 공장에 적응할 즈음 무더웠던 여름 더위도 조금은 수그러졌다. 바람이 선선하게 느껴지는 8월 말쯤이었다. 몇 달을 열심히 잘 다니던 어느 날 공장 일을 마치고 사무실에 들렀다. 월급이 얼마나 되나 알아보려고 간 것이다. 사무실은 마침 경리가 잠깐 자리를 비웠다. 기다리고 앉아있는 동안 탁자에 펼쳐있는 신문이 눈에 들어왔다. 신문 앞면에 〈직업안내소〉란 박스 광고의 진한 글자가 눈에 띄었다. 순간 공장 다니는 일에서 해방될 수 있는 기회를 떠올리며 전화번호를 메모지에 옮겨 적었다.

집에 와서 곰곰이 생각해보았다. 어른들 말씀처럼 공장에만 다니다가 적당히 중매해서 시집이나 가는 그런 꼴이 되고 싶지는 않았다. 며칠을 고민하던 끝에 직업안내소 전화번호 적어두었던 메모지를 꺼냈다. 전화번호를 누르자마자 여직원 목소리가 들렸다. 여자는 상냥한 목소리로 거침없이 야무지고 시원시원하게 대답을 했다. 일할 수 있는 곳은 많다는 것이었다. 어찌 말을 잘하는지 마치 구세주를 만난 것 같이 용기가 생겼다. 그래서 단번에 '가출'이라는 결단을 내렸다.

드디어 가출하기로 한 전날 밤이었다. 며칠 동안 갖고 나갈 용돈을 모았지만 겨우 오천 원뿐이다. 꼭 필요한 필수품들은 쇼핑백에 챙겨놓았다. 생전 처음 집에서 무작정 떠나려는 생각에 겁도 나고 부모님 걱정도 했지만 어쩔 수 없다며 단단히 결심했다. 이런저런 생각에 밤새 잠도 설치고 뜬눈으로 지새웠다. 아침에 어머니한테는 공장에 출근한다고 선의의 거짓말을 하기로 마음먹었다. 죄를 짓는 심정에 한숨만 나오고 소화도 안 되는 아침을 먹어야 했다. 그래도 어쩔 수 없다는 생각은 변함이 없었다.

"너 오늘 일 끝나는 대로 일찍 와야 한다. 저녁에 송편 만들어 달라는 집이 있으니까 너랑 같이 가야 한단다."

"엄마, 알았어요. 다녀올게요, 어쩌면 야간작업할 수도 있으니까 늦으면 혼자 가세요."

"오늘만큼은 일찍 와라! 알았지? 그런데 엄마 얼굴에 뭐 묻었어. 왜 그렇게 자꾸 처다보는 게냐? 얼른 가지 않고!"

"네에…! 알았어요, 엄마… 오늘 뜨거울 땐 일 나가지 마세요. 햇볕 쨍쨍 나면 일하다 쓰러진대요. 내가 나중에 엄마 호강 시켜 드릴게요, 알았지요?"

"그래, 니가 어쩐 일이냐, 그런 소릴 다 하구, 별일이네. 호호호, 쓸데없는 소리 그만하구 어여 출근이나 하그라."

지금 이 집을 나가면 어머니의 얼굴을 언제 다시 볼 수 있을지 모른다는 생각이 들었다. 어머니의 얼굴을 기억에 남겨두어야 한다는 생각에 자꾸 쳐다보았다. 오늘따라 새까만 얼굴이 더욱 주름져 보이는 어머니를 두고 얼른 나서지 못하고 잠시 서성거렸다. 어머니의 허름한 뒷모습이 미안했다. 앞마당에 강아지들한테까지도 죄를 짓는 마음이 들었다. 용기를 냈다. '오늘만큼은 내 생각만 하자.' 다짐하며 대문을 나섰다. 그 순간부터 기차 역전까지 뒤도 돌아보지 않았다. 자신의 성공을 위해 숨이 턱에 찰 때까지 쉬지 않고 달렸다.

어느덧 원주역에 도착했다. 마침 중앙선 청량리행 기차가 곧 도착할 시간이 되어 생각할 겨를이 없었다. 역 안에는 다 헤진 털코트 누더기를 걸친 여자 거지가 앉아 있었다. 눈감은 채 나무 의자에 쭈그리고 앉아 졸고 있었다. 얼핏 보니 중년쯤의 아주머니로 파마머리가 엉켜버린 실 꾸러미처럼 헝클어진 행색이다.

평소에는 전혀 상관없던 사람들이 지금은 눈에 들어왔다. 이제부터는 저 거지와 같은 신세가 될지도 모른다는 생각이 들고 남의 일 같지 않았다. 오늘은 정신 바짝 차려야겠다며 정신을 다잡는데도 왠지 다른 세계의 이상한 사람들이 자꾸 쳐다보는 것 같았다.

돈은 최대한 아끼려고 완행 기차표를 끊었다. 역무원 아가씨가 매표소에서 표를 내어주고 돈을 거슬러주는데 마치 감옥 안에 있는 교도관처럼 느껴졌다. 자신은 지금 감옥에서 탈출하려고 자유를 찾아가는 것 같았다. 알 수 없는 세상으로 홀로 가야 한다는 책임감에 가슴이 벌렁거렸다.

기차역은 평일 아침이라 그런지 한적했다. 철로를 건너 천천히 정지된 열차에 올라탔다. 이른 아침 시간이라 그런지 빈자리가 많았다. 좌석은 중간까지 거의 텅 비어 있고 열린 창문으로 들어오는 상쾌한 바람을 맞으며 어쩐지 예감이 좋아졌다. 좌석도 편하고 어젯밤 설친 잠을 채우기에 안성맞춤이었다. 열차는 잠자는 동안에 편안하게 청량리역까지 도착했다. 대합실을 향해 걸어가는 시간은 한나절이 걸리는 것 같이 길게 느껴졌다. 옆 사람은 어떻게 생겼는지 누군지도 알 필요 없고 머릿속은 온통 어디로 갈 것인지만 생각할 뿐이었다.

청량리역 앞마당 광장으로 나갔다. 서울에 발을 디디는 순간 높은 건물들이 반갑게 맞아주는 것 같았다. 엄마의 잔소리도 없는 곳, 한 편으로는 혼자만의 결정권에 대한 기대가 앞서면서 마냥 좋았다. 오늘 좋은 사람을 만나 취직도 잘 될 것이라는 확신이 들면서 큰길 쪽으로 걸어가니 저만치 '직업안내소'의 간판이 보였다. 그녀의 눈을 환하게 밝혀주는 미래의 희망이 앞에 있었다. 광장 한복판에는 토스트를 노랗게 구워 파는 아주머니의 리어카가 눈에 띄었다. 버터기름으로 달걀을 부쳐 넣은 기름 냄새가 침샘을 자극하고 바로 허기가 느껴졌다. 청량리역 마당의 시계탑은 12시 초침을 지나고 점심때가 된 듯했다.

"아가씨 토스트 하나 드시고 가세요. 금방 구워서 뜨끈뜨끈하고 맛있어요. 아침에 다 팔고 두 개 떨이에요. 좋다! 막판이니까, 싸게 줄게요. 아가씨 운이 좋으시네요? 호호호."

"네, 저는 약속이 있어서 어디 가는 중인데요. 얼마에요?"

"아이구, 천 원만 내요. 아가씨가 이뻐서 깎아주는 거예요."

"저어, 저는 지금 점심 먹으러 가는 중이라서요… 다음에 살게요, 죄송합니다."

그렇게 태연하게 거짓말을 해버렸다. 고소한 냄새를 풍기는 토스트가 먹고 싶었다. 하지만 아주머니의 말을 거절하기 위해서였다. 주머니 속에 남은 돈을 아껴 써야 하기에 만지작거리며 발걸음을 돌렸다. 비상금으로 가져온 돈을 쓰면 절대 안 된다는 생각에 군침만 목으로 삼켰다.

저만치 직업안내소의 간판만 눈에 들어와 그곳을 향해 재빠르게 움직였다. 건물로 들어서니 3층으로 올라가는 계단의 층계마다 '직업안내소'라는 글자가 붙어있다. 부모님의 도움 없이 홀로 개척해 나가려는 자신감에 발걸음 소리도 경쾌했다. 3층 입구에 세워진 피켓에서 여자 사진이 상냥하게 웃어주었다. 그녀는 사무실의 회색 철문을 노크했다. 안내하는 직원이 상냥한 목소리로 문을 열어주었다. 취직자리를 알아보러 왔다고 선뜻 말을 붙였다. 처음 들어온 이곳이 낯설고 긴장도 되었지만 다른 세상에 첫발을 내디딘다는 호기심으로 가득 차 있어서 당당했다.

"어디서 오셨나요?"

"아, 네… 저는 원주에서 왔는데요. 먹고 자고 할 수 있는 숙소가 있는 직업이면 저는 다 괜찮아요."

"배운 기술은 있나요? 아니면 원하는 곳을 말해주셔도 되고요."

"네, 저는 베 짜는 기술을 배웠고요, 지금 일하는 것보다 월급 좀 많이 주는 곳이면 좋습니다."

"마침 자리하나 나온 데가 있긴 한데요. 안양 쪽에 가실 수 있나요?"

"안양에요? 네, 알겠어요. 갈게요, 여기서 먼가요?"

"아니요, 기차로 1시간 조금 더 걸릴 거예요. 제가 전화해 볼게요. 잠깐 저쪽에 앉아서 기다리시고요. 그쪽 사장님이 오실 거예요. 잠깐만 앉아계세요!"

직원은 잠깐 기다리라고 하더니 그녀를 위아래로 힐끔거리며 훑어보았다. 그러거나 말거나 가리키는 쪽 소파에 가서 앉았다. 직원이 또 씁쓰레한 웃음을 보이며 다시 한번 쳐다보더니 전화를 걸었다. 그쪽 사람한테 지금 빨리 오셔야 한다는 말을 시원시원한 목소리로 전하고 수화기를 내려놓았다.

"죄송한데요, 사장님이 점심 식사를 하고 오신다고 하네요. 조금만 기다리셔야 하겠어요."

"아 네, 알겠습니다. 기다릴게요."

기다리는 동안 한쪽 진열장 책꽂이에 눈을 돌렸다가 관상을 보는 책을 꺼냈다. 첫 페이지부터 얼굴 생김새에 대한 제목이 눈에 '확' 들어왔다. 내용을 읽어보면서 금방 흥미를 느끼고 정신없이 빠져있었다. 그 덕분에 기다리는 시간이 지루하지 않았다.

관상 책을 거의 읽어갈 무렵이었다. 덩치 좋은 아주머니가 사무실 안으로 성큼 들어섰다. 직원과 잠시 이야기를 주고받더니 그녀를 한눈에 알아보고 사장이라며 앞으로 다가왔다. 보통 사장님이라면 배가 불룩 튀어나오고 대머리의 중년 남자를 상상했기 때문에 당황했다. 사장님이라는 여자는 덩치 좋은 체격이었다. 빨간 점퍼를 입은 차림에 입술이 유난히도 도드라져 보였다. 빨간 립스틱을 바른 두터운 입술에 껌을 씹느라 '딱딱'거리는 소리를 내며 실룩거리는 게 밉상이었다. 하지만 지금은 직장을 고를 형편도 아니고 취직 할 수 있는 것만으로도 행운이라 생각하며 얼른 배꼽 인사를 했다.

"안녕하세요? 처음 뵙겠습니다."

"예, 내가 사장인데 아가씨는 나랑 함께 가봅시다! 월급도 많이 줄게요, 아마 여기만 한데는 없을 거요."

"네 사장님, 지금 바로 기차 타고 가는 건가요? 그리고 제가 무슨 일을 해야 하나요? 월급은 얼마를 주시는지…."

"여기 직원이 얘기해 줬을 텐데요. 우리 집은 카페라고 생각하면 될 거예요. 술집 같은 건 아니니까 걱정 말아요. 힘든 일도 아니고 차 종류 타는 기술은 며칠 배우면 어렵지 않고, 월급은 아마 바라는 대로 줄 거요. 일하는 걸 봐서 달라는 대로 줄 생각도 있고, 뭐 또 궁금한 거 있으면 물어보면 돼요. 갈 때는 나랑 같이 갈 거고, 기차 타면 금방 가니까 숨 좀 돌리고 커피 한잔 마시고서 갑시다! 따라오기만 하면 돼요."

"아 네, 사장님! 알겠습니다."

바라는 대로 월급 많이 준다는 말을 들었다. 기분이 좋아지는 바람에 실제 급여를 얼마라고 정한다는 걸 깜빡 잊었다. 사장님은 직원이 직접 타온 커피를 마시느라 다리를 꼬며 소파에 앉았다. 까만 아치형 눈썹에 날카롭게 잔뜩 힘을 주더니 그녀를 찬찬히 위아래로 훑어 보았다.

"아가씨는 이런 덴 처음인가 봐요? 그럼, 일을 좀 배워야 겠네."

"네, 열심히 배울게요. 저는 그동안 실크 양복 짜는 일을 했고요. 다른 일은 처음이에요. 그런데 제가 금방 배워서 일할 수 있나요?"

"아, 가보면 알 거요. 뭐 힘든 일은 아니고, 먼저 온 아이가 가르쳐주는 대로 하면 되니까 금방 배울 거요. 자 그럼 같이 가봅시다. 그런데 난 아가씨가 내 맘에 딱 드네, 인상도 좋고."

"네, 감사합니다. 잘 부탁드립니다!"

"그래요, 한번 친해 봅시다! 오는 아가씨마다 정 붙일만하면 간다고 해서 말썽이었는데 오래 있으면 월급도 금방 올려줄 거요."

"그런데 사장님 제가 입을 옷을 못 가져왔는데요. 선불 좀 해주시면 안 될까요?"

"아, 그건 걱정하지 말아요. 필요한 만큼 주리다. 그리고 먼저 있던 애들이 두고 간 옷들이 꽤 있으니까 그거 입어도 되고. 뭐, 치수도 비슷할 거 같네."

사장님의 말투는 무뚝뚝한 거 같았지만 왠지 시원시원하게 대답을 했다. 대해주는 말투가 마음이 놓이기는 했다. 이런저런 질문으로 주고받는 동안 금방 어색한 사이가 나아졌다. 사장님의 날카로운 눈썹도 이젠 아치형 본래 모양으로 한결 부드럽게 제자리로 돌아가 있었다.

"자, 그럼 가볼까요? 나만 따라와 봐요."

"사장님, 시간이 얼마나 걸리나요?"

"1시간 반이면 충분히 가니까 금방 갈 거요."

사장님은 직원에게 내일 다시 오겠다는 손짓을 해 보이며 나섰다. 직업 안내소에서는 단골로 드나드는 사이라는 걸 금방 알아차릴 정도의 행동을 했다. 그녀는 소개하는 직원에게 감사하다는 인사로 고개를 끄떡이며 함께 따라 나왔다.

청량리역 광장에는 좀 전에 토스트를 팔던 아주머니도 이미 흔적 없이 보이지 않았다. 생각해 보니 뱃속에서 들리던 '꼬르륵' 소리도 배고픔에 지쳤는지 잠잠해졌다. 이럴 줄 알았으면 좀 전에 사 먹을 걸 그랬다는 생각을 하며 마른입에 침만 삼키면서 대합실에 도착했다. 사장님이 경부선 열차표를 두 개 끊는 동안 화장실에 들렀다. 점심도 못 먹어서 그런지 푹 꺼진 배를 문지르며 정신없이 사장님 뒤를 따라나섰다. 사장님은 눈치도 못 챘을 거고, 토스트를 못 사 먹고 그냥 지나쳤다는 후회만 남았다. 배도 고프고 집 없는 고아의 신세가 된 것 같았지만 취직을 했다는 것에 위로가 되고 참을 수 있었다.

그녀는 지금껏 배고파 본 적은 한 번도 없었다. 어른들의 '집 나가면 개고생이다'라는 말씀이 맞다는 생각을 하며 배에 힘을 주고 걸어갔다. 그동안 고향 집에서는 먹고사는 생활 형편은 충분하고, 동네에서 농사를 몇 천 평이나 짓는 집으로 넉넉한 살림이었다. 고향 집은 밥 세 끼 꼬박꼬박 먹고 산다는 살림이었다. 웬만한 중매 자리도 잘 들어오는 손꼽히는 집이었지만 쓰는 돈만큼은 귀했다. 곡식을 팔아야 돈을 만지니 그녀에겐 먹고 사는 일만 최고라 생각하는 어른들에게 늘 불만을 가져왔었다.

사장님은 기차 타는 곳 대합실에 가자마자 차 시간 다 됐다며 앞장섰다. 즉시 서둘러서 타는 곳으로 내려가는데 여기저기 사람들이 차에 오르고 있는 중이었다. 완행 기차에 올라타자마자 바로 출발했다. 두 사람은 하마터면 놓칠 뻔했다며 가슴을 쓸어내리고 좌석 표 자리에 나란히 앉았다. 차창 쪽으로 앉으며 창문을 살짝 열었다. 사월의 봄바람이 거세게 밀치고 들어왔다. 긴 머리칼을 정신없이 흩날리는데도 그 바람이 상쾌했다. 열차가 달리기 시작하자 창문을 닫고 헝클어진 머리를 한쪽으로 내려뜨렸다. 지금까지 긴장했던 숨을 크게 쉬어보았다.

열차는 점점 빨리 달리기 시작했다. 창밖으로 지나가는 전경이 모두 낯설기만 했다. 그저 바라볼 뿐이지만 새롭게 시작하는 눈빛으로 앞으로 살아갈 자신감의 빛을 잃지 않았다. 사장님은 모든 일을 처음 경험한다는 그녀의 미숙함을 눈치채며 맑아 보이는 그 눈빛을 보았을 것이다. 이제부터 부모님 곁을 떠난 가출 소녀가 되었다. 새로운 일자리를 홀로 찾아가는 자신감에 마음을 다잡고 있었다. 이름 모를 열차 역을 잠시 정차하고 있을 때 창문을 다시 열어보았다. 귓가에 흩날리는 머리 때문에 간지러웠다. 지금, 이 순간 어린 소녀는 희망찬 앞날을 다짐하고 있었다.

"점심은 먹었어요?"

"아니 괜찮아요, 저도 시간이 이렇게 됐는지 잊고 있었는걸요."

"그러고 보니 내가 그 생각을 못 했네, 미안해요."

그 말을 듣자마자 잊고 있었던 배고픔이 바로 느껴졌다. 그녀는 괜찮다고 말해버린 본의 아닌 거짓말에 얼굴이 화끈거렸다. 사장님은 순진하기만 한 아가씨에게 안쓰러운 미소를 띠며 캐러멜 세 개를 손에 쥐여 주었다. 캐러멜을 천천히 녹이며 아껴서 먹는 동안 어느새 도착지점이 저만치 보였다. 기차에서 내려 사장님을 따라 재빠르게 뛰다시피 하며 도로를 향해 앞만 보고 걸었다. 택시를 잡는 동안 사람들이 바쁘게 움직이는 모습이 부러웠다. 저마다 분주하게 자기 일이 있는 모습이 당당해 보였다. 택시를 타고 십분 남짓 가니까 한산한 상가 골목의 큰 건물로 들어갔다. 외관으로 보기에 통유리로 된 상가 건물이 꽤 고급스러워 보인다. 에스컬레이터를 타고 지하 계단으로 들어가니 '스타 다방'이라는 큰 간판이 있었다. 사장님은 무작정 그곳으로 들어가며 빨리 오라는 손짓을 했다. 입구부터 조명이 번쩍거려서 눈에 혼란이 왔다.

"김양아, 새 사람이 왔으니까 잘 가르쳐서 내보내야 한다. 알

왔냐."

"예, 사장님, 알겠어예. 걱정마이소."

그녀는 들어가자마자 멈칫 그 자리에서 한 발자국도 움직여지지 않았다. 카페라고 생각하며 한 치의 의심도 하지 않고 따라왔기 때문이다. 그곳은 다방이라는 장소였다. 눈만 껌뻑거리며 서 있는 그녀에게 사장님의 말투가 갑자기 반말로 돌변했다.

"새로 들어온 애는 이제부터 손님들이 오면 '박양'이라고 부르는 거다."

"사장님! 저는 이름이 '은연희'인데요. 박씨가 아니고 은씨예요."

"아, 본명이 무슨 상관이야! 여기서는 그런 거 상관없고, 부르기 좋으면 되는 거지."

"얼굴이 바가지처럼 동글동글한 얼굴형이니까 딱 맞다 그치? 하하하. 그리고 김양은 박양보다 나이가 좀 더 어리니까 박양이 언니가 될 거야, 둘이 맘 맞혀서 잘해야 한다!"

"예, 사장님. 걱정은 안 하셔도 됩니데이."

사장님 웃는 소리에 덩달아 피식 웃었다. 이젠 집으로 다시 갈 수도 없는 몸이 되었다. 갈 줄도 모르니 꼼짝없이 시키는 일을 해야 된다는 걸 금방 알아차렸다.

"김양아, 박양한테 자장면 곱빼기로 시켜줘라. 점심도 걸렀단다."

"예, 그러겠습니더."

"아니에요, 곱빼기는 말고요. 보통으로 먹을게요."

"그럼 난 볼일이 있어서 다녀올 테니 손님 잘 맞이하거라."

"사장님 알겠습니더예, 염려 마시고 잘 다녀 오이소. 박양 언니는 걱정 마시라예."

주인인 사장님이 나간 뒤 김양과 둘이 마주 보며 소파에 앉았다. 김양은 얼굴이 작은데다가 화장이 너무 진해서 마치 인형과 같다는 착각이 들었다. 눈가에 선명하게 도드라진 까만 점이 한눈에 들어오고 갑자기 현기증이 느껴졌다. 둘은 어떤 말을 할 줄 몰라 그냥 의자에 앉아 있었다. 자장면으로 요기를 한 다음 멀뚱하게 밖을 바라보았다. 그때 저만치 말끔하게 차려입은 신사 두 명의 손님이 들어섰다. 김양이 얼른 일어나서 손님을 맞이했다. 그녀는 깜짝 놀라 벌떡 일어났다.

"어머, 유 회장님 안녕하세요? 최 회장님도 안녕하셨어요? 오늘은 두 분이 같이 오셨네요. 이쪽으로 앉으세요. 최 회장님은 너무 오랜만에 오셨어요? 차는 어떤 거로 갖다 드릴까요? 옷차림을 보니까 오늘 좋은 일 있으셨나 봐요. 두 분 멋진 양복도 입으시고요, 호호호."

"아 네, 오늘은 좀 시간이 나서 왔습니다."

"어, 김양아, 뜨끈뜨끈한 쌍화차 세잔 잽싸게 갖고 온나."

"네, 회장님. 얼른 갖다 드릴게요."

김양은 환한 얼굴로 손님을 맞이했다. 그리고 좀 전에 말하던 사투리가 서울 말투로 금방 바뀌면서 상냥하게 말하는 것이었다.

그녀는 어리벙벙한 차렷 자세에 서 있을 수밖에 없었다. 지금 일어나는 모든 일들이 신기해서 꿈을 꾸는 것 같았다.

"박양 언니, 같이 주방으로 가요. 언니이."

"어…! 아, 네에."

김양은 언니라는 소리가 자연스러웠다. 먼저 말을 붙이는 바람에 그제야 현실을 실감하고 정신을 차렸다. 쌍화차 타는 방법을 설명해주면서 금방 석 잔을 만들었다. 그녀는 생전 처음 시작하는 일의 호기심으로 김양의 행동을 찬찬히 바라보았다.

"유 회장니임, 그동안 왜 안 오셨어요? 보고 싶어서 눈 빠지는 줄 알았어요. 호호호."

"아, 그랬어? 그 사이 안 보는 동안 김양은 더 이뻐졌네. 내가 좀 바빴거든. 이제 좀 한가해졌으니 자주 오지 뭐. 나 없는 동안 다른 애인 생긴 건 아니겠지? 하하하."

"회장님의 농담은 여전하시네요. 저는 언제나 일편단심이에요. 오시기만 하세요. 호호호."

그녀는 지금까지 살던 곳에서 다른 별나라의 세계에 온 것 같았다. 정신이 멍해졌지만, 김양의 행동과 말투가 신기하기만 했다. '나도 여기서 앞으로 저렇게 해야 하는가' 하는 생각에 계속 관심 있게 바라보고 있었다.

"근데 저기 더 이쁜 언니는 오늘 처음 보는데 새로 왔는가?"

"회장니임, 새로 온 언니는 맞는데요. 저보다 더 이쁘다 하시면 저 삐칠 거예요?"

"허허, 내가 언제 그랬다구 그래. 나도 언제나 일편단심이야. 마침 오늘 일부러 시간 내서 왔는데 새로 온 친구도 이리 와서 쌍화차 한잔 마시라고 하지? 한 잔 더 타서 갖고 와."

김양은 쌍화차 한잔을 더 타러 주방으로 가면서 그녀에게 얼른 오라는 손짓을 했다. 주춤하는 걸음걸이로 김양을 따라갔다.

"박양 언니, 쌍화차 한잔 더 타야지요. 유 회장님은 우리 다방에 VIP 손님이거든요. 그래서 서비스 잘해드려야 해요."

"아 그래요?"

"최 회장님도 거의 같이 오시는데 말이 좀 없으신 편이라 재미는 별로예요. 그래도 돈은 잘 쓰시고 맘도 좋으세요."

유 회장이라는 손님은 얼핏 보아서 삼십 대 초반 정도로 보였다. 김양이 쌍화차 타는 걸 보고 금방 할 수 있을 것 같았다. 이런 일이라면 온종일 일하라고 해도 얼마든지 하겠다는 자신감에 기분이 좋아졌다.

"김양 알았어요, 열심히 해볼게요. 이런 일이라면 난 얼마든지 할 수 있을 것 같아요."

"박양 언니, 이제부터 언니하고 나는 반말로 해요. 언니, 나이는 정확히 몇 살이에요? 아까 사장님이 살짝 얘기해주시긴 했지만요. 저는 열아홉 살인데 여기 들어 온 지 일 년 넘었고요. 손님들한테는 스물한 살이라고 했으니까 그렇게 얘기해 주세요. 언니, 호호호."

"아 그래요? 난 스물두 살인데… 그럼 나도 나이를 올려서 스물네 살이라고 해야 하나?"

"네 언니, 쉿! 미안해요. 난 내년부터 성인이 되는데 여긴 미성년자라고 하면 당장 큰일 나요. 그러니까 당분간 비밀이에요."

"어쨌든 내가 세 살 더 많으니까 김양한테 나도 말 놓으면 되겠네. 그런데 서울말도 잘 하구, 조금 전에 사장님한테는 경상도 사투리로 말하던데 표준말 배웠나 봐요? 와, 깜짝 놀랐네."

"아, 예. 처음엔 대구 사투리만 쓰니까 손님들이 잘 못 알아듣기도 하고 아주 시골 촌년 취급을 하더라고요. 그래서 혼자 열심히 연습하면서 공부 좀 했죠? 이젠 웬만큼은 해요, 호호호."

"와아, 신기하네요."

"언니, 말 놓으라니까요?"

"아, 음, 알았어. 그럼 그럴게."

김양과 그렇게 말을 놓기로 했다. 언니 동생으로 말을 바꾸니까 조금 전보다 훨씬 가까운 사이처럼 느껴지는 것 같았다. 고향에서 하는 일은 김매고 모심고 살림하는 것까지 쉽지 않았었는데 이런 일이라면 훨씬 쉬운 일이고 금방 자신감도 생겼다. 그녀는 모든 일에 너무 긴장해서 그런지 목이 뻐근해졌다. 김양하고 말이 통하고 나서는 마음이 조금씩 편해지면서 이젠 목 부분의 느낌도 훨씬 부드러워진 것 같았다. 둘은 쟁반에다 쌍화차를 들고 손님 앞으로 가서 앉았다.

"회장니임, 소개해 드릴게요. 오늘부터 일하게 된 박양 언니에요."

"오, 박양! 우리 앞으로 친해 봅시다. 어디서 이렇게 이쁜 언니가 왔는감?"

"회장니임, 그러니까 자주 놀러 오세요오. 호호호."

"허허, 차 마시러 자주 와야 겠구만. 우리 조만간 쉬는 날 바닷가 놀러 가면 되겠네. 그래, 언제 갈까?"

"아유우, 회장니임. 이 언니 이제 오늘 왔어요오. 숨 좀 쉬고요오. 전엔 항상 바쁘다고만 하시더니 웬일이세요오. 정말 그러시기예요, 회장니임?"

"아따, 귀여운 언니 참, 성격도 급하네. 전엔 김양 언니 혼자 있으니 파트너가 모자라서 그런 거지. 그럼 옆에 계시는 최 회장님하고 짝이 안 맞으니 그랬던 거 아닌가."

"앗싸! 정말요? 회장님 그럼 정말로 바다에 가는 건가요. 언제요? 쪼아요오, 헤헤."

"오늘 말 꺼냈으니 천천히 날 잡아보자고, 하하하."

"네, 회장님! 알겠습니다요오."

유 회장은 그러는 사이 갑자기 그녀의 손을 슬며시 잡았다. 그리고 손을 오므려서 손가락으로 손바닥을 긁듯이 간지럽혔다. 그러면서 똑바로 눈을 마주치며 윙크를 하는 것이었다. 눈빛에 왠지 음흉한 기운이 돌아서 생전 처음 보는 남자한테 손을 잡힌 순간 소름이 돋았다. 그리고 지갑을 열더니 십만 원의 빳빳한 수표를 쥐어 주었다. 짙은 쌍꺼풀 눈이 갑자기 능글맞아 보였다. 이렇게 수표를 받아도 되나 싶어 죄짓는 사람처럼 가슴이 콩닥거려서 눈치를 보는데 마침 김양이 눈을 끔적거리며 고개를 끄덕였다. 받으라는 눈짓 같아서 받았다. 수표를 슬그머니 접어서 주머니에 얼른 넣었다. 빳빳한 수표를 챙기기는 했는데 갑자기 저절로 쉽게 생긴 수입에 기분 좋은 쾌감이 느껴졌다. 고급스러운 회색 슈트를 입은 이 남자의 지갑엔 돈이 얼마나 들었는지 갑자기 궁금증이 생겼다.

고급스러운 도자기 찻잔에 담긴 쌍화차는 생전 처음 마셔보는 맛이었다. 달콤한 한약물에 설탕을 넣고 고소한 각종 견과류와 계란 노른자가 동동 떠올랐다. 한 잔만 마셔도 금방 힘이 솟구칠 것 같은 맛이었다. 남자들이 쌍화차 마시는 순서를 보고 따라 마셨다. 입에 착착 감기는 꿀맛으로 따끈하게 목 줄기를 타고 내려갔다. 그런 맛에 감동하며 아침에 마지막으로 봤던 어머니 얼굴이 문득 떠올랐다. 얼른 돈 많이 벌어서 당당하게 고향에 가리라 굳게 마음먹고 있었다. 두 회장님들은 차를 마시며 두어 시간 노닥거리다 돌아갔다. 나름 지루하지 않은 즐거운 시간이었다. 이어서 어려보이는 연인 한 팀의 손님이 들어와 창가에 자리를 잡고 앉았다. 커피 두 잔의 주문을 받고 김양이 타 놓은 커피잔을 보니 양이 반도 안 되게 타다 만 것 같았다.

"김양, 커피의 양이 너무 적은 데 물 더 넣을 거지?"

"아니야 언니! 원래 그만큼 타야 해."

"아, 그래? 커피가 너무 적어서 마시다 만 것 같은데….”

그녀는 고향에서 일꾼을 얻어 모를 심거나 일하는 날이면 커피를 대접할 때 양동이에 '휘휘' 저어서 많은 양을 타곤 했었다. 그러면 저마다 밥그릇으로 퍼서 마시기도 했다. 그런데 여기서는 아주 작은 사기잔에 반쯤 타서 값도 비싸게 받고 영업하는 게 왠지 기분이 나빠졌다. 고향 사람들은 이런 곳을 천국으로 생각하고 있다. 당장 이렇게 쉽게 돈을 벌고 있는 걸 보니 사기꾼과 다름없다는 생각이 들었다. 그녀는 고향에서 농사만 지으며 힘들게 사는 건 다 못 배운 탓이라고 믿었다. 악착같이 돈 벌어서 대학 공부도 하고 개인 사업을 하고 싶었다.

조금 전 쌍화차를 마신 효과인지 몸이 후끈 달아올랐다. 역시 있는 사람들이 비싸고 좋은 걸 먹으며 호강한다는 생각이 들었다. 주머니 속 손을 넣어 빳빳한 수표를 다시 만져보았다. 손님한테 팁으로 받은 수표를 만지작거리자 기분 좋았다. 자신도 역시 돈에 별수 없다는 속물 인간이라는 그런 생각을 잠시 했다. 순간 뒤통수를 한 대 맞은 것처럼 머리가 띵했다. 절대 안 그럴 거라는 생각을 했지만, 실제 돈의 달콤함을 실감하고 있다니!… 하는 생각이 들었다.

어느덧 직장인들의 퇴근 시간이 되었다. 다방엔 남녀 손님 세 팀이 들어오고, 어두운 밤하늘에 별이 떴을 땐 손님들의 발길이 끊겼다. 김양은 홀 안 청소를 해야 한다며 뒷정리를 서두르기 시작했다. 오늘 하루를 마무리하는 시간이라고 했다.

"김양, 사장님은 언제 오셔? 사장님이 오셔야 끝나는 거 아닌가해서."

"언니, 이 시간 아홉 시쯤 되면 일을 끝내야 해. 뭐 어쩌다 VIP 손님 오시면 좀 더 늦게 끝날 때도 있고. 사장님은 퇴근 시간에 아무 때나 오셔. 매일 하루 번 돈을 돈 통에서 가져가시거든. 우린 우리 할 일만 하면 되는 거고."

"응 그렇구나, 알았어. 의자 정리는 무거우니까 같이 들어줄게."

"언니랑 같이 일하니까 난 훨씬 좋네. 언니, 이제 일할 사람 한 명만 더 들어오면 딱 좋은데 사람 구하면 자꾸 나가버려서 나만 힘들었어, 언니."

"그런데 왜 자꾸 나가는 거지? 일도 힘들지 않은 것 같고 오래 있어야 돈을 벌 텐데…."

"언니는, 차암. 쪼매 있으면 다 알게 될끼라예, 킥킥킥."

"이럴 때는 사투리가 저절로 나오네, 그치? 사투리 말투가 더 재미있다, 호호."

"언니야, 이건 대구 말은 아니고 그냥 경상도 사투리 일 끼라. 호호호."

"그런가, 난 몰랐네."

그렇게 오가는 수다에 둘은 가까워지고 있었다. 홀 안 정리가 대충 끝나고 안쪽 끝에 붙어있는 방에 들어가 각자 볼일 보느라 정신없을 때였다. 사장님이 쿵쾅거리며 금고 통을 여닫는 소리가 들렸다. 발소리가 점점 멀어지고 조용해졌다. 김양이 좀 전에 말해준 생각이 떠올라 그냥 모른 체했던 것이다. 방안엔 이불장과

낡은 화장대가 있고 깔고 덮는 이불은 서너 명의 몫으로 꽤 갖춰져 있었다. 옷장에 서랍을 열어보니 옷걸이며 형형색색의 옷들이 꽉 차 있었다. 정리는 되어있지 않고 뒤죽박죽이었다.

"언니, 옷장에 있는 옷들은 맞는 거 골라 입어도 되는 거야. 먼저 있던 여자들이 도망가면서 놓고 갔으니까 임자 없는 거 맞지."

"뭐? 도망을 갔다고, 왜?"

"응, 그랬어. 그리고 뭐 옷 가지러 또 오겠어? 빚지고 도망갔는데. 언니하고 사이즈가 비슷하니까 입을 거 많겠네. 나는 키도 그렇고 치수가 적어서 못 입거든."

"아 그래? 사장님이 안 그래도 옷은 걱정하지 말라고 하시더라고. 그래서 그런 얘기 하셨구나. 암튼 나야 좋지. 그러잖아도 옷을 못 가져와서 걱정했는데, 잘됐네."

"그치그치 언니, 게네들 땜에 우리 사장님 그때 난리 났었거든. 유 회장님이 돈 줘서 해결된 거야. 아휴!! 생각도 하기 싫다. 난 울 오빠 대학교 학비 땜에 돈 벌어야 해서 도망갈 생각은 꿈도 못 꾸지만…."

"그런데 도망을 왜 갔냐고, 뭘 잘 못 한 거야?"

"아니, 그런 게 있어 언니도 좀 있다 보면 알게 될 거야. 돈 쓸 게 많으니까."

김양은 그렇게 말하며 근심 어린 표정으로 옷가지들을 펼쳐놓고 만지작거렸다. 그 여자들이 돈을 벌기 위해 객지에 나왔는데 빚지고 도망갔다는 이야기는 이해가 가질 않았다. 자신과 관계없는 이야기라 생각하며 귀담아듣지 않고 흘려버렸다. 펼쳐놓은 옷가지들은 예사롭지 않게 원피스며 속옷이며 액세서리 소모품들이 세련미가 돋보였다. 그녀의 신체조건과 안성맞춤이어서 이것저것 옷가지를 챙기느라 늦은 밤이 되어 잠들었다.

"김양아, 박양아, 일어들 나라. 해가 중천에 떴는데 빨랑 일할 준비 해야지."

"네 사장님 일어났어요."

적막한 홀 안에서 사장이 소리치며 깨우는 바람에 잠이 깼다. 어젯밤 늦게 잠든 탓에 게슴츠레 눈을 비비면서 둘은 홀 안 주방으로 갔다. 창문 밖으로 보이는 길거리엔 새벽에 출근하는 사람들이 빠르게 지나다니고 승용차들도 씽씽 달리고 있었다.

"박양아, 어제 받은 돈 가지고 있지? 내놔 봐라."

"네? 사장님 어제 번 돈은 금고에 넣어놨는데요."

"아니 그거 말고 유 회장이 준 돈 말이야."

"언니, 그거 어제 내가 바로 사장님한테 전화로 말씀드렸어."

"아 그거? 아… 알았어."

어제 팁으로 받은 수표를 돌려줘야 한다는 말에 말문이 막혀버렸다. '그래서 김양이 받으라고 고개를 끄덕였구나…!' 하는 생각에 알아차렸다. 팁 받았다는 얘길 굳이 해야 하는 건지, 그대로 말해버린 김양이 괘씸했다. 사장님도 눈치를 챘는지 그녀를 힐끔 보며 말했다.

"내가 월급은 주니까 따로 받은 돈을 받는 거야. 이번엔 박양이 처음 받은 팁이니까 내가 기분이다! 반은 줄게. 둘이 나눠 가져라."

"네 사장니임. 감사합니다, 호호호."

"네 감사합니다."

감사하다는 인사는 했지만 기분은 별로였다. 팁 받은 거를 사장님이 직접 본 것도 아닌데 얘기 안 하면 알지도 못 하는 일이었다. 어제까지만 해도 주머니에서 만지작거리며 기뻐했던 마음이 억울했다. 어쩔 수 없다는 생각에 참아야 한다. 말없이 김양을 쳐다볼 뿐이었다. 결국 사장님이 오만 원 준 걸로 반을 나눠 가졌다. 그 돈도 적지 않은 돈이기에 만족하기로 했다. 그 뒤로 김양이란 애도 믿을 게 못 된다는 걸 금방 알아차렸다. 객지에 나와 산다는 건 산 넘어 산이라는 걸 깨닫게 했다. 그런 일이 있고 사흘이 되던 날이었다. 유 회장과 최 회장이 환하게 웃으며 다방 안으로 들어왔다. 뭔가 좋은 일이라도 있는 것 같아 보이는 표정이었다. 눈치 빠른 김양이 활짝 웃으며 상냥한 인사로 반갑게 맞이했다.

"유 회장니임 안녕하세요. 최 회장님도 안녕하세요오?"

"회장님 안녕하세요? 유 회장님 안녕하세요."

"예 잘들 있었어요. 어디보자! 오늘 오랜만에 맛있는 커피 시킵시다. 여기 최 회장님이랑 얘기할 게 있어서 우선 커피 두 잔 가져와요. 얘기 끝나면 커피 두 잔 더 타서 얘기 나눕시다, 하하하."

"네 사장니임."

김양은 커피를 타느라 주방으로 갔다. 그녀도 얼른 컵에 물을 담아 갖고 갔다. 두 사람은 무언가 신중한 이야기를 하는 중이었다. 물 담은 컵을 먼저 최 회장 앞에 놓고 유 회장 앞에도 컵을 놓고 있을 때였다. 유 회장이 갑자기 그녀의 손을 슬며시 잡고 눈을 마주쳤다. 최 회장은 그 모습을 아무렇지 않게 바라보고 있다. 마치 응원이라도 하듯 웃고 있었다. 어디까지나 VIP라는 손님이니만큼 뿌리칠 수는 없었다. 지금은 열심히 일을 하는 중이니 아무렇지 않다고 여기며 인내심에 충실했다. 그러는 동안 김양이 커피 두 잔을 내왔다.

"이쁜 두 언니, 맛난 커피 두 잔 더 갖고 잠깐 와 봐요."

"네 회장니임, 무슨 좋은 일 있으신가 봐요?"

유 회장과 김양이 대화하는 동안 최 회장은 그저 웃으며 아직도 말이 없다. 김양이 하자는 대로 웃고 있는 모양새가 같을 뿐이었다. 이윽고 네 사람은 마주 보며 커피잔을 앞에 놓고 소파에 나란히 앉았다.

"이쁜이들, 오늘 좋은 소식 있어요. 최 회장님이랑 의논했는데 이번 일요일이 자네들 노는 날이지? 그래서 우리 네 사람 바닷가에 놀러 가면 어때? 오가는 거랑 먹는 거랑 우리가 다 알아서 할 테니까 우리 이쁜이들은 이쁘게만 하고 오면 되고, 어떤가?"

"회장니임, 정말요? 박양 언니는 오자마자 복도 많네요, 호호호. 한 달에 한 번 쉬는데 어쩜 그렇게 이번 주에 딱 맞춤이네요,

호호호."

"그럼 저도 같이 가는 건가요?"

"그럼, 박양도 같이 가는 거지. 이 집 사장님한테는 절대 비밀 지키는 걸로 약속하고, 하하하."

"알겠어요, 회장니임. 그건 당근이지요오. 박양 언니만 얘기 안 하면 아마 귀신도 모를 거예요, 킥킥킥."

그녀는 '손님들도 참 좋은 사람들이 있구나' 생각하며 역시 집 나오길 잘했다고 자신을 칭찬했다. 오늘은 최 회장이 김양이랑 똑같이 팁을 만 원씩 주고 갔다. 무조건 잘해주는 단골손님으로 마음씨가 너무 고맙고 구세주라도 만난 기분이 들었다. 집 나오면 개고생이라는 어른들의 말도 다 거짓말이라는 생각을 다시 했다.

그 뒤 단골손님들과 노닥거리는 시간이 재밌고 은근히 기다려지기까지 했다. 단골VIP 손님에게 특별히 신경쓰라는 의미가 이해가 되었다. 일반 손님은 대부분 제각기 차를 시키고는 자기들끼리 한참을 떠들다 갔다. 커피만 팔아서는 영업이 이만큼 되지 않을 것이다. 이렇게 좋은 손님들도 있다는 걸 알았다. 공짜로 차도 시켜주고 용돈도 주고 거기다가 놀러 가는 즐거움까지 챙겨준다니 그런 사람이 어디 있겠나 싶었다. 유 회장과 최 회장은 너무 좋은 사람들이고, 해줄 수 있다면 무엇이든 보답이라도 해주고 싶은 심정이 들었다.

드디어 한 달에 한 번 쉰다는 일요일이 되었다. 김양이 얘기해주는 대로 화장도 진하게 하고 인조 눈썹도 붙이고 하니 좀 불편했지만, 거울에 비치는 여자가 예쁘게 보여서 서로 만족했다. 어제 영업이 끝나는 시간에 사장님이 물었을 땐 오늘 종일 목욕탕에 갔다 오겠다고 얘기해놨었다. 김양과 밤에 잠들기 전에 대충 외출할 준비는 해놓았다. 오늘은 화장하고 옷만 입으면 된다는 생각으로 느긋하게 일어났다. 처음으로 낯선 남자들과 놀러 간다는 것은 큰 행사 같은 날이다. 이런저런 생각에 잠을 설치느라 늦게 잠든 탓에 잠이 좀 부족하기는 했다. 김양은 그야말로 화장하고 난 후 얼굴이 완전히 딴 여자처럼 보였다. 전혀 미성년자 같지가 않고 누가 봐도 성숙한 아가씨였다. 그녀보다 머리통 하나 정도는 더 큰 키의 외모에 더 어려 보이지도 않았다. 행동 하나하나가 조숙했고 외출하는 것도 늘 해오던 일상인 듯 척척박사였다.

"김양아, 오늘 정말로 그냥 따라가면 되는 거니. 돈도 안 내고?"

"언니! 우리는 당연히 그냥 가는 거지. 그렇지 않음 누가 우리처럼 예쁜 아가씨들이 노땅 회장님들과 놀아주겠어? 호호호."

"그래도 난 괜히 떨린다. 차 기름값이며 먹는 것까지 돈도 많이 들 텐데 말야."

"언니, 그런 거라면 됐고! 언닌 걱정을 하지 마셔. 다음에 또 가자고 할걸?"

"아 알았어, 난 김양만 믿고 따라가는 거야."

"대신 우리 둘만 알고 절대 비밀이야. 꼭 지켜야 해 언니? 우리 사장님이 알면 당장 쫓겨나고 큰일 날거야."

"알았어, 내가 미쳤어. 그런 바보는 아니야."

김양과 외출할 채비를 하고 떠드는 동안 7시가 되었다. 다방 열쇠는 사장님한테 하나 더 있다고 들어서 단단히 문을 잠그고 출발했다. 휴일 새벽이라 그런지 도로에 사람들이 뜸하고 차들이 시원하게 달리고 있다. 만나기로 한 장소에 가보니 벌써 검정색 지프차가 대기하고 있었다. 최 회장이 얼른 달려와 인사를 했다.

"오, 예쁜 아가씨들 반가워요. 하마터면 못 알아볼 뻔했네. 오늘 기대됩니다, 하하하."

"최 회장님 안녕하세요? 호호호."

"안녕하세요? 늦어서 죄송해요."

"아 아닙니다, 우리가 미리 나왔지요, 빨리 보고 싶어서 일찍 나왔으니 걱정 말아요."

유 회장은 운전대에 앉아있느라 차 문밖으로 나오진 않았다. 최 회장이 그녀를 조수석에 타라고 떠미는 바람에 남녀가 짝을 이룬 것처럼 둘씩 앉게 되었다.

"이쁜 공주님들 어서들 오시게."

"유 회장님 안녕하세요? 차가 넘 멋져요. 그런데 제가 뒤쪽으로 탈 걸 그랬나 봐요."

"무슨 소리야? 그럼 안 되지. 난 이쁜 언니가 옆에 앉으니 가슴이 두근거려서 터지기 직전이구만, 허허허."

"유 회장니임, 언니가 옆에 앉으니까 그렇게 좋으신가요? 그럴 줄 알았어요, 호호호."

"아 어떻게 알았지? 그럼 오늘은 이쁜 언니랑 파트너 하지 뭐, 하하하."

"알겠슴다, 회장니임. 언닌 오늘 좋겠다아."

그녀는 얼결에 조수석에 앉아 충남 대천 쪽으로 함께 달리고 있었다. 그들과 대화를 나누며 무슨 말을 해야 할지 서먹했지만 오늘 분위기에 맞추겠다는 일념으로 기분이 좋아졌다. 차창 밖의 빠르게 펼치는 풍경에 훨훨 날아다니는 새처럼 날개 단 듯 몸도 마음도 가뿐해졌다. 다방에서 일 한지 한 달이 되었다. 그동안 바깥에 한 번도 나가질 못하고 마치 감옥살이를 하다 나온 여자 같았다. 아침 바람에 가슴까지 시원해지고 어디든 날아갈 것 같은 기분이 되었다. 출발한 후 두어 시간을 달리고 서해대교를 지날 때 바다를 가르는 갈매기들을 만났다. 그때 갈매기 한 마리가 부모 잃은 고아처럼 홀로 공중부양하는 모습을 보았다. 드디어 무창포 해수욕장에 도착했다. 육지에서만 살다가 바다가 있는 곳에 생전 처음 와보니 믿기지 않는 현실이었다. 몸은 날아갈 듯 더 가벼워져서 폴짝거리며 마냥 뛰어다녔다. 푸른 바다가 눈앞에 있고 철썩거리는 파도에 반해 저 멀리까지 마냥 달렸다.

다음은 바다를 한눈에 볼 수 있는 고급호텔로 갔다. 그 남자들은 미리 예약해 놓았다며 차는 정문 입구 한쪽으로 주차를 해놓았다. 궁궐 같은 ○○호텔은 영화에서나 보았던 것처럼 너무 으리으리하고 눈이 부시도록 높았다.

"오늘 여기서 자고 가는 건 아니죠? 내일부터 일해야 하는데요."

"언니, 그건 걱정 마. 당연히 오늘 안에 갈 거야."

"아, 이쁜 언니 그게 아니고 실컷 놀다 가는 거지. 우선 바닷가에서 놀다가 맛있는 것도 먹고 잠깐 쉴 때 들어가자고, 하하하."

"박양 언닌 참 순진하시네. 자, 바다로 갑시다."

"아 네…!"

"언니! 오늘 바다 구경 실컷 하고 가자. 난 오랜만에 고향에 온 거 같아서 너무 좋아."

"맞아, 김양이 사는 부산엔 바다가 있지? 난 바다가 처음이라."

그녀는 잠깐 놀다 가는데 왜 이런 비싼 호텔까지 예약해 놓았는지 이해가 가질 않았다. 쓸데없이 돈 쓰는 남자들이 문제라고 생각했다. 일단 지금의 기분을 즐기고 싶었다. 더 이상 묻지도 따지지도 않았다.

무창포 해수욕장의 모래사장을 지나 멀어 보이는 바다로 가보았다. 한쪽 편에는 사람들이 넘쳐나서 따라 가보니 때마침 간조가 되어 바닷길이 열린다는 시간이었다. 신비한 바닷길이 열리면서 인파에 몰려다니는 이들이 바쁘게 돌아다녔다. 사람들은 바닷물이 빠지면서 움푹 파인 곳에 갇혀있는 물고기를 잡고 있었다. 갯벌에서는 아주머니들이 조개를 캐느라 바쁘게 돌아다녔다. 가족끼리 모여서 다니기도 하는데 아이들은 소리를 지르며 즐거워했다. 그들을 하염없이 바라보았다. 지금쯤 고향 집에서는 집 나온 딸을 찾고 있을 거라는 생각을 하니 심란해졌다. 멀리 뿌옇게 보이는 수평선에서 통곡하는 어머니의 모습이 환상으로 떠올랐다. 갑자기 눈물이 '왈칵' 쏟아질 것 같아 생각을 바꾸려고 얼른 눈을 감았다.

어머니 성격에 지금쯤 집이 발칵 뒤집혔을 것이다. 이 현실을 이겨내야 한다고 생각하며 혼자 고개를 흔들었다. 잠시 그러고 있다가 김양이 서 있는 쪽으로 갔다. 네 사람은 물 빠진 바닷길로 가지는 않고 조개도 캐지 않고 물이 안 빠진 바다 가장자리로 걷기만 했다. 남자 둘은 저만치에서 바다를 보며 따로 이야기를 하고 있었다. 그 사이에 김양과 함께 출렁이는 파도가 밀려올 때마다 환호성으로 소리를 질렀다. 지금껏 가슴에 뭉쳤던 응어리들과 모든 근심걱정을 거센 파도에 다 휩쓸어버리고 싶었다.

"자! 이제 우리 회나 먹으러 갑시다."

"그럽시다! 자리를 옮겨서 배를 채워야지요."

그녀는 아직까지도 실감이 나질 않는다. 그저 그들이 하자는 대로 따라다닐 뿐이다. 횟집은 들어가는 입구부터 올라가는 내내 번쩍거리는 조명이 눈 호강을 시켰다. 2층으로 계단을 따라 올라가서 창가에 자리 잡았다. 바다 전체가 잘 보이는 전망 좋은 곳이 환상적이었다.

메뉴판에 있는 가격을 보았을 때 비싼 가격에 놀랐다. 남자들이 주문했던 술안주가 나오기 시작하고 해물 코스요리가 쉴 틈 없이 나왔다. 상 한가운데에 놓인 모둠회는 먹는 음식이 아니라 다양한 여러 꽃을 따다가 장식해 놓은 것처럼 아름다워서 먹기 아까울 정도였다. 음식이 하나씩 비워지면서 매운탕까지 뱃속이 놀랄 만큼 먹어 치웠다. 막걸리를 마셔본 적은 있지만 맥주를 마시는 건 처음이었다. 아침도 안 먹고 와서인지 맥주 두 잔에 얼굴이 벌겋게 올라오고 있다. 김양은 맥주 한 병을 마시더니 배부르다며 아예 소주를 마셨다.

남자들은 맥주는 손도 안 대고 소주 한 병씩을 마셨다. 30년 된 와인을 주문해서 마시기 시작하고, 그때부터는 그들과 술을 어떻게 마셨는지 제정신이 아니었다. 와인을 마실 때는 목이 타 버리는 것 같아 얼음을 안주로 깨물어 먹었다. 술에 취하는 시간은 그리 오래 걸리지는 않았다. 결국 남자들은 술을 깨려면 호텔로 가야 한다며 예약된 호텔로 인도했다. 술기운으로 금방 친해진 사이가 되어 갔다. 김양은 최 회장과 함께 한 칸 위층 룸으로 가고 그녀는 자연스럽게 유 회장을 따라가고 있었다.

호텔에서의 고급스런 호실 문이 열렸다. 희미한 조명들이 술기운에 더 아름답게 반짝거린다. 룸 안에 들어서자마자 현기증에 비틀거리며 침대에 가서 앉았다. 갑자기 유 회장이 거친 숨소리를 내며 다가왔다. 떨리는 손으로 그녀의 몸을 더듬기 시작했다. 그녀는 술에 취한 정신에 먼지 털듯 단번에 뿌리쳤다. 그저 남자라는 거부감에 저절로 밀치는 행동이었다. 또다시 다가오는 남자의 본능에 절대 몸을 허락하지 않으려 발버둥을 쳤다. 이미 거센 남자의 손을 뿌리치기엔 틀렸다는 위기감이 왔을 때 외마디 소리를 쳤다.

"제발! 회장님. 안 돼요, 안 돼…!"

"박양…! 난 이상한 사람 아니야. 처음부터 박양이 마음에 들었어, 나만 믿으면 안 될까?"

"싫어요, 전 절대 안 돼요. 이러지 마세요! 저 좀 살려주세요."

"…."

유 회장은 완강하게 뿌리치는 그녀에게 '흠칫' 놀라는 눈치였다. 남자는 거세게 다가오던 손을 멈추었다. 그리고 슬픈 눈빛으로 애원하듯 바라보았다. 촉촉해진 눈동자의 울 것 같은 모습에 그녀는 안쓰러워 가슴이 내려앉는 걸 느꼈다. 술기운에 몽롱하던 정신이 갑자기 말짱한 것 같았다.

"박양, 미안하네. 내가 그렇게 무서운가? 생각도 못 했던 말을 들었네."

"회장님, 죄송해요…."

"아니, 내가 미안해요."

순간 왠지 진심이 느껴졌다. 그 남자는 일을 범하려는 순간에도 여자의 자존심을 생각해주고 존중해주었다. 배려하는 그 마음에 감동하고 고맙다는 생각이 들었다. 웬만한 남자라면 그러지 못했을 것이다.

"박양은 역시 이런 데서 일할 사람이 아니야. 내가 사람을 잘 보는 편이거든. 뜨거운 물로 좀 씻어. 그러면 좀 진정될 거야. 진정하고 나서 우리 얘기 좀 할까? 사실은 내가 꼭 할 말이 있어."

"회장님, 괜찮아요. 지금 말씀하세요."

"아니야, 오늘은 이만 쉬고 다음에 따로 얘기하는 게 낫겠어. 내가 미안해, 용서해줘. 내가 너무 성급해서 박양한테 씻지 못할 죄를 질 뻔했네. 자세한 얘기는 다음에 차분하게 하기로 하고 한번 단둘이 만나서 얘기하지 뭐. 따로 만나줄 거지?"

"네, 회장님, 그럴게요."

"이 방에서 나가면 옆방에 들어간 김양한테는 아무 말 말고, 응?"

"회장님, 그건 걱정하지 마세요. 당연히 말하지 않을 거예요."

"박양은 언제든 돈이 필요하면 나한테 말해도 돼. 난 그저 박양이 맘에 들고 아까워서 그러는 거니까. 다방이란 곳은 올 데가 못 돼. 그러니까 나가고 싶으면 말해, 내가 도와줄게."

"네, 감사합니다, 회장님."

유 회장은 전기 포트에 물을 끓이더니 커피를 두 잔 타왔다. 와인색 커튼을 반쯤 제쳐놓고 둥그런 간이탁자에 마주 보고 앉았다. 따끈한 커피를 마시면서 조금은 안정되고 있었다. 잠깐의 간단한 대화를 하는 동안에도 믿음이 생기면서 흑심이 있는 사람이 아니라는 확신이 들었다.

"회장님 그럼 우리는 몇 시에 올라가나요? 얼른 가야 돼요."

"아마 김양은 한참 있어야 나올 건데, 그동안 한숨 자두지 그래. 난 잠깐 밖에 나가서 바람 좀 쐬고 올 테니까 그동안 눈 좀 붙여둬, 알았지? 그리고 이건 내가 주는 용돈이야."

유 회장은 밖으로 나가면서 이십만 원을 침대에 놓았다. 그 남자는 마구잡이로 행동하지도 않았다. 아무것도 해준 것이 없는데 왜 돈을 자꾸 주는지 물어보고 싶은 마음이 굴뚝 같았다. 하지만 존중해주는 마음을 모른 체하자니 편하지는 않았다. 김양과 최 회장은 옆방에서 뭘 하고 있는지 궁금해졌다. 그새 오후 시간이 금방 가버렸다. 네 명은 어두워지기 전 저녁 식사를 할 때가 되어서야 한 자리에 다시 앉았다. 김양과 최 회장은 그새 연인 같은 사이로 바뀌어버린 행동을 했다. 둘이 다정하게 '찰싹' 붙어 앉아서 소곤거린다. 하지만 유 회장은 조금 떨어져 앉아서 그들을 바라보고 있다.

"언니야, 쫌 붙어 앉아라. 언니는 너무 순진해서 탈이야. 못 볼 거 다 본 사이면서 아직도 부끄러운가 봐? 호호호."

"김양 왜 그래? 무슨 못 볼 걸 봤다는 건지, 난 회장님이랑 방에서 차만 마시고 나왔어."

"언니! 이제 순진한 척은 그만하시지? 우리끼리는 내숭 떠는 거 없기야? 호호호."

"정말 아니라니까!"

김양이 하는 말에 은근히 화가 치밀어 올랐다. 유 회장이 보는 앞에서 짜증을 낼 수도 없고 고개를 푹 숙인 채 김양의 말을 끊어버렸다. 남자들 앞에서 창피하다는 생각으로 더 이상 뭐라고 말하고 싶지 않았기 때문이다. 상 한가운데에 놓인 푸짐한 해물탕이 펄펄 끓어오르고 있었다. 최 회장은 해물탕이 넘치려고 하자 싱글벙글 웃으며 잽싸게 일어났다. 김양 옆에 앉아 있다가 여자들의 대화에 약간은 쑥스러운가 보다. 가스버너의 불을 줄이고 들여다보는 척하고 있었다.

유 회장은 아무 말 없이 물끄러미 그들을 바라보았다. 그러다가 그녀의 앞 접시에 슬그머니 해물탕을 담아주며 다정한 웃음으로 고개를 끄덕였다. 그렇게 자상하게 챙겨주는 모습도 왠지 부담스럽고 눈치가 보였다. 빨리 이 자리에서 벗어나고 싶었다.

그쪽 남녀의 팀과 이쪽 남녀의 팀은 분위기가 완전 반대인 게 뚜렷했다. '김양은 호텔 방에서 어떤 일들을 감당한 것일까…' 그녀는 궁금했지만 상상이 가질 않았다. 상차림의 음식이 거의 비워지고 있는 사이 하루가 금방 저물어갔다. 그녀는 차를 타고 오는 동안 김양이 식사 자리에서 한 말들을 생각했다. 이런저런 일들을 생각하느라 다방까지 지루하지 않게 도착할 수 있었다. 시간은 갈 때보다 더 짧게 느껴져서 후딱 지나간 것 같다. 남자들은 다방 앞에 내려주는 매너를 보여주고 넷은 그렇게 헤어졌다.

"언니 나 오늘 최 회장님이 팁 많이 줬다, 언니는?"

"무슨 팁?"

"그 회장님들은 역시 돈도 많고 매너도 좋으셔. 최 회장님이 다음에 또 보자고 하던데, 언니도 찬성이지? 최 회장님 말로는 유 회장님이 언니를 엄청 맘에 들어 하신다네? 호호호."

"김양아 우리 솔직히 말하자. 너 오늘 최 회장이랑 호텔에서 잔 거야?"

"언니, 당연한 걸 왜 물어. 언니도 잤잖아. 그런데 언닌 오늘 몇 번 잤어? 최 회장님이란 남자 진짜 웃기더라. 언니, 글쎄 그 짓을 네 번이나 하자는 거야. 아파서 죽는 줄 알았네, 휴우."

"뭐라고? 그 최 회장이란 남자한테 당했다고? 돈 받고 몸을 팔았다는 거네, 어쩌려고 그래?"

"언니 왜 그래에! 이 바닥에선 그렇지 않으면 돈 못 벌어. 언닌 진짜 모르는 거야, 모르는 척하는 거야? 난 언니가 너무 바보 같아서 걱정되네. 그래도 언닌 유 회장님이 잘해주시니까 좋은 거지, 처음부터 놀러 가자는 건 그런 거 아닌가? 우린 돈 벌자고 가는 건데, 누가 공짜로 데려가서 회 사주고 술 사주고 돈도 주고 하겠어. 아니면 돈 못 벌고 빚만 져서 집에도 못 가잖아! 여기 오는 아가씨들이 왜 도망을 가겠어, 빚만 늘어나고 돈도 못 버니까 도망을 가는 거지."

그녀는 기가 막히고 말문이 막혀서 김양만 뚫어지라 쳐다보았다. 나이도 어린 여자애가 세상을 막산다는 생각을 하니 겁이 덜컥 났다. 여자애가 행동하고 말하는 건 한참 선배 언니인 것처럼 말을 한다. 세상 물정을 너무 빨리 알아버린 것 같아 안쓰럽다는 생각이 들었다.

"그럼 그 남자들이 우릴 돈 주고 사는 거네? 기가 막혀서 말이 안 나온다. 난 오늘 아무 일 없었다고! 유 회장님이 이상한 짓을 하는 것 같아서 막 뿌리쳤더니 나가버리더라. 나가면서 돈도 주고, 그래서 난 놀랐고."

"정말 아무 짓도 안 했다고! 유 회장님이 웬일이래? 그럼 언닌 완전 대박이네. 아무것도 안했는데 돈을 줬다는 건 있을 수 없는 얘기지. 언니를 진심으로 맘에 두고 있나 봐. 그동안 단골손님으로 한참 됐는데 내가 그렇게 놀러 가자고 해도 한 번도 간 적이 없었거든."

"난 그럼 어떡하지? 돈 다시 돌려줄까?"

"언니! 미쳤어?

김양은 언성이 점점 높아졌다.

"왜 돈을 도로 줘, 당연히 받아야지. 오늘 이렇게 놀러 가서 따로 받은 돈은 영업시간이 아니니까 사장님이 모르는 거야. 우리가 가져도 되는 돈이고, 언니도 돈 벌러 왔잖아. 언니는 앞으로 유 회장님만 믿어봐. 난 한 번도 그런 적 없었는데, 언닌 좋겠다. 호호호."

"그래도 그렇지, 그럼 나보고 몸을 팔아서 돈을 벌라는 거니? 그렇게 심한 말을?"

진짜 솔직히 털어놔 봐 언니, 진짜 남자관계 한 번도 안 해본 거야?"

"너 정말 왜 그래에? 무슨 남자랑 뭘 해, 내 나이가 몇 살인데, 그럼 넌 나보다 나이도 어린데 남자관계를 막 한다는 거니?"

"그게 어때서 그래 언니! 돈도 없이 집 나와서 몸뚱아리 하나밖에 없는데, 남자들이 미쳤다고 밥 사주고 돈을 주겠어? 이런 데서 월급만 받아서는 돈을 벌 수가 없어. 옷 사 입고 화장품 사고 월급 갖고는 안 되지. 여기는 일단 들어오면 맘대로 나가지도 못

해! 나가려면 처음에 사장님이 데리고 온 소개비도 물어내야 되는데 언니는 그게 얼마인지는 알아? 아마 3개월은 갚아야 하고, 언니도 저절로 알게 되겠지만 3개월 동안 월급 안 주는 건 언니도 못 들었을 거야, 나도 처음엔 그랬으니까!…."

김양은 잠시 눈을 내리뜨더니 다시 동그랗게 뜨고 언성을 높이며 말을 이어갔다.

난 언니가 우리 친언니 같아서 미리 말해주고 싶은 거야."

"뭐라고?? 그런 얘길 난 전혀 모르는데 그럼 진작 알려줘야지?"

"언니는 참 진짜 순진하다. 아냐, 바보 언니야. 지금 잠자고 먹고 하는 거 다 빌리는 거니까 월급에서 까는 게 당연하지."

"그래, 나 참 바보다. 나 이제 어떡하지? 당장 월급 타서 집에 보내야 하는데."

"그건 언니가 재주껏 벌어야지, 오늘 같은 날이 기회가 좋은 건데 언니는 뭐 했어? 돈 안 벌고!"

"그럼 나보고 그 짓을 하라는 거야? 난 한 번도 남자랑 자본 일이 없는데, 우리 집에서 알면 난 정말 끝장이라고!"

"언닌 그깟 몸이 대수야? 절개 지켜서 상이라도 받을 건가? 집 나온 순간부터 이왕 베린 몸이야. 언니는 나보다 나이만 많지 세상 물정 정말 하나도 모르네. 언닌 빨리 고향 집으로 가야 할 것 같은데 집에는 갈 수 있겠어?"

김양 입에서 나오는 말을 들으며 모든 게 꿈이기를 간절히 바라야만 했다. 이제 와서 당장 어떻게 할 수 있는 일도 아니었다. 앞이 캄캄해지고 숨 쉬는 것도 버겁게 느껴졌다. 어떻게 해야 할지 지금은 눈물만 나고 자신의 머리통을 마구 때리고 싶었다. 그 뒤 모든 실체를 알고 나서부터는 다방 일만 열심히 했다. 손님이 오면 접대하고 나긋나긋하게 대하며 버텼다. 맥없이 그렇게 날짜를 보내는데 며칠 지나고 유 회장이 찾아왔다. 일을 마치는 대로 따로 보자고 했다. 그 바람에 호프집에 가서 마주 앉게 되었다.

"내가 박양한테 긴히 할 말이 있어서 여기까지 불렀는데 시간 괜찮지?"

"네, 회장님 말씀하세요, 저한테 무슨 말씀을요?"

"내 이름은 유해준이라고 해요. 난 처음부터 박양이 마음에 들었고 너무 착해서 솔직히 말할게. 사실은 난 그룹의 회장도 아니고 식당을 운영하고 있지. 우리 식당에서 카운터 볼 사람이 필요해. 원래는 내 아내가 했었는데… 지금은 집에 없거든. 그래서 박양을 내가 데려가고 싶은데 어떻게 생각해? 억지로 강요는 안 할게. 다방 주인한테 박양이 갚아야 할 돈은 얼마나 있는지 모르지만 그건 걱정 마, 내가 다 해결해 줄 테니까."

"제가요? 그럼 사모님은 어디 계시는 데 저보고…."

"난 지금 아내가 없어. 일 년 전 어린 애들을 놔두고 집을 나가 버렸지. 그래서 모든 게 엉망이라 엄마 역할 해줄 사람도 필요하구. 당분간 식당에서 카운터만이라도 봐주면 어떨까? 월급은 달라는 만큼 줄게. 지금 카운터 보는 아이가 딴 짓만 하느라 엉망이

거든 나 좀 도와줘 응? 난 불쌍한 사람이야. 그러던 중 박양이 나타난 거야, 박양은 이런 다방에서 있으면 안 돼. 내가 가만히 볼 수가 없어서 뭐라도 도와주고 싶은 마음이 있어. 박양을 알고부터 내가 생각을 많이 하고 있는데, 정말 이런 마음 처음이거든… 잠도 잘 못 자고 내가 많이 좋아해서 큰일 났어."

유 회장이란 남자는 정말 진심으로 대하는 게 역력했다. 아니 진심이었다. 그렇게 깊이 있는 말을 들으며 어떻게 해야 할지 빨리 결정은 할 수가 없었다. 대뜸 생각해 보겠다는 말을 해버렸다. 헤어져서 오는 동안 잘한 짓인지 이래도 되는지 확실한 결정이 서질 않는다. 그녀는 김양이 물어봐도 유 회장과의 이야기는 절대로 털어놓을 수가 없었다. 둘만의 약속을 지키고 싶었고 이 바닥을 안 이상 이젠 자신을 지키고 싶어졌다. 유 회장을 만나고 와서 다방 레지로 일만 열심히 하는 동안 하루하루 근심만 늘어갔다. 김양은 나이가 어려도 너무 똑똑해서 탈일 정도로 모든 걸 빨리 적응했다. 자신의 몸보다 돈을 벌어야 한다는 강한 의지가 있었다. 일찌감치 세상물정을 알아버려서 안쓰럽지만 어디에 내놔도 강하게 잘살 것이라는 확신이 드는 여자였다. 호랑이한테 잡혀가도 정신만 차리면 된다는 말을 생각나게 했다.

"언니, 벌써 한 달이 다가오는데 이번엔 젊은 오빠들하고 놀러 가자. 그쪽 오빠들한테 연락 왔거든. 여자들 파트너 두 명 델꼬 온다는데, 어때? 전에 있던 언니들하고도 한 번 놀러 간 적 있었어. 난 그때 대박 났었어. 돈을 뿌리는 애들이야, 언니도 놀랄걸?

히히히."

"그래 알았어, 갈게."

"오, 언니가 어쩐 일이야? 호호호."

"김양이 그랬잖아. 적응하라며? 그래서 나도 돈 벌어야지."

"남자들은 몇 살인데?"

"어림잡아서 아마 이십 대 중반은 됐을걸."

"나이 어린 애들이 돈이 그렇게 많다고? 어디서 훔쳐오는 건 아닌가 모르겠다. 혹시 사기꾼들 아닌가?"

"아니야 언니, 집안이 그룹 회장 집 아들들인가 봐. 그런 건 걱정하지 말라니까! 그 오빠들 매너 좋고 우리만 잘하면 돈 같은 건 신경 안 써, 그러니까 걱정하지 마."

그녀는 상황 판단을 빨리해버리고 한 번에 결심을 했다. 집 나온 뒤 하루도 부모님 생각을 잊은 적이 없었다. 다방의 실체를 알게 되면서부터 기회 되는 대로 다방 일을 그만두려는 결심이 섰다. 우선 늑대의 굴속 같은 이곳에서 빠져나가야 한다는 생각만 하기로 했다. 주인은 이양이라는 아가씨를 또 한 명 데리고 왔다. 새로 들어오는 날 보니까 다른 데서 일을 하다가 온 아가씨였다. 커피를 타는 것도 쌍화차를 타는 것도 능숙해 보이고 딱히 가르칠 건 없는 것 같았다. 그녀와 좀 서먹하긴 했지만, 나이도 두 살 위였다. 이쪽 계통엔 인이 박힌 행실을 하고 왠지 정이 안 가는 여자다.

드디어 젊은 남자들과 약속 한 날이 돌아왔다. 새로 들어온 이양에게는 말 안 하는 걸로 하고 휴일 날 새벽 5시에 일어났다. 마침 이양은 골방에서 따로 자고 있었기 때문에 몰래 가능한 일이었던 것이다. 김양은 다양한 향수를 가지고 있었다. 남자들이 좋아할 것 같은 아카시아 향수를 빌려줘서 몸에 바르고 머리칼에도 듬뿍 날렸다. 한 시간 반이나 준비하고 만나는 장소로 갔다. 안개가 자욱한 시내거리는 사람들의 왕래가 적어서 마음 놓고 다녀도 누가 쳐다볼 사람도 없을 것 같은 한적한 새벽이었다. 죄를 짓고 끌려가는 죄수 같은 심정으로 걸어갔다. 발소리를 죽이며 살금살금 재빠르게 걸어갔다. 남자들이 흰색 중형차를 가지고 왔다. 코팅이 잘 된 고급스러운 차에 탈 때는 어설프기만 했다. 한 남자가 김양과 이미 잘 알고 있는 사이라며 선뜻 악수하자고 손을 내밀었다. 가디건과 슈트를 차려입은 자태가 세련되게 보였다.

"오빠, 그동안 보고싶었어요오. 왜 얼굴도 안 보여주고 오빠 미워요오."

"오, 숙이 왔냐? 반갑구먼. 이쪽 새로 온 친구는 이름이 뭐야?"

"안녕하세요? 처음 뵙겠습니다. 제 이름은 진이라고 부르시면 돼요."

"오, 진이? 이름도 예쁘고 좋은데? 반갑다, 난 철이라고 해."

"네 오빠 잘 부탁합니다."

"뭘 존대를 쓰냐? 지금부터 말까는 걸로 하자, 촌스럽게 뭘."

"그래, 언니, 이 오빠들 매너 짱이야. 오빠라고 부르면 돼. 이쪽은 훈이 오빠고, 또 철이 오빠야."

"아, 알았어."

그녀는 자신도 모르게 말을 해버리고는 혼자 흠칫 놀랐다. 자기 이름이 아닌 진이라고 말해버렸다. 그렇게 말해놓고 가슴은 두 방망이질 하듯 쿵쾅거린다. 김양도 그녀를 힐끔 쳐다보며 놀라는 표정이다. 언제 떠나도 그만이라는 이곳에서는 이런 거짓말을 해도 된다고 생각을 했기 때문에 말이 '툭' 튀어나왔다. 차 안으로 들어가니 조수석엔 또 다른 남자 한 명이 타고 있었다. 유 회장이랑 최 회장이란 남자들을 만났을 때와는 확실히 전혀 다른 분위기로 나쁘지 않았다. 이번에 만난 남자들은 당돌하기도 하고 싱그러운 또래의 젊음이 느껴졌다. 은근히 호기심을 가지게 했다.

"오빠아, 다른 팀도 온다면서 어디서 오는 거예요?"

"아, 그쪽 팀은 만나는 장소로 곧장 가고 있지. 벌써 와 있을 걸."

"우린 숙이랑 진이를 모시고 가려고 왔지. 빨리 가자, 오늘 끝내주는데 가는 거다? 하하하."

"오빠는 참, 그걸 말이라고 해요. 당연하지요, 순진한 진이 언니나 잘 가르쳐주면 돼요. 언니가 처음이라 잘 부탁해요, 오빠."

"와우, 진이가 처음이라 고라? 그런 건 당연히 이 오빠가 전문이니까 걱정을 마라 잉, 하하하."

그녀를 조수석으로 차를 타도록 했다. 먼저 조수석에 앉아 있던 남자는 뒷좌석으로 자리를 옮겼다. 김양이 따라가서 함께 찰싹 붙어 앉았다. 네 명은 자연스럽게 자리를 잡게 되면서 파트너가 정해진 셈이다. 차는 곧 출발하고 동네를 지나 십 분 정도쯤을 간 것 같다. 그때 저쪽에서 빨간 스포츠카가 눈에 띄었다. 그 차에도 두 남녀 팀이 얼핏 보이고 쏜살같이 뒤를 따라오고 있었다. 그녀는 명품 승용차에 타고 있다는 현실이 꿈을 꾸는 것 같았다. 다른 세상에서 남들에게만 일어날 일들이 눈앞에 있다는 게 믿어지지 않았다.

"야, 진이야 말 좀 해봐. 너무 쑥스러워하네. 오빠들 하나도 이상한 사람 아니니까 긴장하지 마. 우리끼리 왜 그래? 알 거 다 아는 성인인데 말야, 그치 숙아? 하하하."

"숙이가 동생이지? 언니가 돼갖고 그럼 쓰나."

"언니, 참 좋은 오빠들이라 했잖아. 호호호."

"네, 저는 괜찮아요. 편하게 생각하는 건대요?"

"아, 그럼 그렇지. 하하하."

"말 놓으라니까, 노인네 취급하는 거 같다 야!"

"응 알았어, 오, 오빠아."

"하하하, 하하하."

남자들이 하는 말에 대답을 하긴 했다. 너무 긴장해서 그런지 웅크린 가슴이 뻐근해 왔다. 명치 쪽으로 통증이 오는 것 같기도 하고 답답해서 창문 쪽으로 고개를 돌렸다. 곧바로 들이대는 남자들이 조금은 불편했지만 같은 나이 또래들이라 곧 괜찮아질 거라고 생각했다. 차를 타고 가는 동안 창문 밖을 보았다. 사방의 시골 풍경이 눈에 들어오면서 고향의 정감이 느껴지고 긴장했던 마음이 안정되어 갔다. 한 시간 거리를 달리고 도착한 곳은 해장국집이다. 양평 쪽에 유명인들이 단골로 드나든다는 한옥 식당이었다. 주차장은 충분하게 넓은 비포장 길 마당이었다. 번쩍거리는 명품 차 두 대가 자태를 뽐내며 들어섰다. 나이가 지긋해 보이는 식당 주인이 수신호로 반듯한 주차를 도왔다. 주인은 차 안에서 새파랗게 젊은 남녀들이 나오는 걸 보고 눈이 휘둥그레졌지만, 얼른 배꼽 인사를 하며 안내했다.

식당까지는 그리 멀지 않은 거리였고, 아직 이른 새벽 시간이었다. 다른 차를 타고 온 팀도 이미 파트너가 정해진 듯 자연스럽게 팔짱을 끼고 들어왔다. 거리낌 없이 그들과 분위기를 맞춰야 한다는 생각으로 그럴 수 있다고 이해가 되었다. 식사 메뉴는 모두 얼큰한 양평해장국으로 통일했다. 이어서 자기소개를 시작했다. 다른 팀 여자들은 술을 파는 직업이라며 거리낌 없이 자기들의 소개를 했다. 철이란 남자는 대뜸 술 파는 아가씨와 물 파는 아가씨라며 호탕하게 웃어넘기는 바람에 분위기가 한결 나아졌다. 그녀는 그저 아무렇지 않게 말하는 그들이 신기하기도 하고, 김양이 하자는 대로 따라갈 뿐이었다.

한 시간 정도 식사 시간을 보내고 다시 출발하기로 했다. 처음 앉은 순서 그대로 차에 앉아 동해안 바닷가로 향했다. 이런 멋진 차에 멋진 남자들과 영화의 한 장면처럼 여행하는 시간이었다. 차 안에 울려 퍼지는 최신 음악을 들으며 행복한 시간으로 빠져들었다. 드디어 동해바다 속초에 도착했다. 생동감 있는 파도 물

결과 청아한 하늘의 진한 파스텔의 하모니를 보며 영화 속 주인공이 된 것 같았다. 바닷가 모래사장으로 달려 나가서 마음껏 환호성을 질렀다. 바위틈으로 기어 다니는 소라도 있고, 싱싱한 미역의 바다 향기를 흠뻑 마셨다. 모래사장에서 재빠르게 달려드는 돌 게를 보았다. 불쑥 어머니의 모습을 떠올렸다. 집 나갔던 딸을 보면 당장 저 돌 게처럼 달려와 싸대기를 날릴 것만 같았다. 이 모든 일들이 없던 거로 돌아갈 수 있다면 당장 그렇게 하고 싶었다. 하지만 돌이키기엔 늦었기에, '갈 데까지 가보는 거다!'하고 반항하는 딸이 바다를 향해 외쳤다.

점심을 먹기 위해 대형 횟집에 자리를 잡았다. 산해진미에 술도 마시고 배부르게 먹어 치우며 취기가 오르는 데까지 서너 시간이 걸렸다. 알코올 도수가 높은 위스키를 마실 때쯤 해가 저물고 있었다. 철이란 남자가 마시다 남은 위스키를 챙겨 들고 모두 자리를 옮기자며 일어섰다.

"오, 예에, 숙아! 진이야! 우리 오늘 하루 미치도록 신나게 놀아보자, 오케이? 하하하."

"오빠! 나도 오케에이이, 호호호."

"술 마셨는데 차는 누가 끌지?"

"야! 술 깨고 새벽에 가면 되는 거야, 뭔 걱정? 하하하."

"좋아, 좋아! 고고오."

그 다음에 들어간 곳은 어두컴컴한 소굴 같은 곳이었다. 술 취한 젊은이들이 조명 아래 춤추는 곳으로 휘황찬란한 불빛 속에서

맘껏 흔들어댔다. 그들과 함께 시끄러운 음악에 맞춰 미친 듯 발광했다. 마치 영화 속 여주인공이 된 것처럼 착각을 하며, 그렇게 믿고 싶었다. 고향 집에서는 보리쌀로 빚은 막걸리를 가끔 한 잔씩 맛보기도 했다. 그렇지만 맥주나 위스키를 한꺼번에 연달아 마셔보기는 난생처음이었다. 집을 나온 뒤의 새로운 경험은 신기하기만 했다. 자신의 가치를 실험하고 있는 것 같아 머릿속에 광란이 일어나고 있었다.

일행은 어느 정도 기진맥진해질 무렵 거대한 둥근 테이블에 둘러앉았다. 위스키와 과일 안주를 주문하고 예술을 상징하는 작품의 술안주 앞에서도 여전히 춤을 추며 흔들어댔다. 찬란한 불빛들이 눈을 제대로 뜰 수 없도록 빙빙 돌고 죽어라 마시고 춤을 추었다. 술에 취하고 분위기에 취해서 온통 별천지가 되었다. 이제 내 세상을 만나 제정신이 아니어도 좋았다. 몇 시간 동안 술기운에 폭발해 버렸다. 드디어 갈 때까지 가보자는 고층 룸으로 안내되어 올라갔다. 룸이라기보다 럭셔리한 칸막이에 커튼이 달려있는 광장의 큰 홀이었다. 투명한 타이루 바닥에 매트리스가 다섯 개나 깔려있다.

그녀는 한쪽에 자리를 잡자마자 술에 취한 채 쓰러져버렸다. 그리고 꿈속에서 부모님을 만났다. 걱정 한가득 안고 찾아와준 부모님께 무릎 꿇고 용서를 구했다. 사정없이 빌고 또 빌며 통곡하는 동안 점점 몸이 무겁고 답답한 느낌이 들었다. 일어서려 해도 일어날 수가 없어서 괴로워하고 있었다. 갑자기 아버지가 정신 차리라며 귀싸대기를 갈겼다. 너무 놀라 꿈에서 깨어나고 눈을 떴을 때는 철이란 남자가 눈앞에 있었다. 이게 웬일인가! 남자는 알몸이 되어있었다. 그녀는 이미 속옷까지 다 벗겨진 상태였다. 아무리 몸을 움직이려 해도 마음대로 되질 않아 비몽사몽의 정신으로 당해낼 재간이 없는 상태였다.

그녀의 착각은 자신을 영화 속 주인공으로 만들었다. 쓰레기처럼 처참하게 버려진 여자의 역할을 하게 되었다고 중얼거렸다. 난생처음 멋모르고 마신 독한 술에 제정신이 아니었다. 당장 벌어지는 속수무책 황당한 일에서 한 가닥 희망을 잡으려고 흐리게 보이는 눈을 크게 떠보았다. 주위를 둘러보니 일행이 보이지 않았다. 방금 전까지 함께 놀았던 젊은이들이 각자 흩어져버렸다. 그들은 모두 희미한 조명 아래 어디로 가버린 건지 사정을 알 수가 없었다. 지금 눈앞에는 아침부터 옆에 앉았던 철이란 남자뿐이었다. 세련되고 멋져 보이던 남자의 모습이 사라졌다. 실오라기 하나 걸치지 않은 나체가 되어 짐승처럼 달려들려고 했다. 그녀 앞에서 흥분된 얼굴로 이글거리고 있었다. 그 남자의 성나있는 하체가 몸으로 느껴졌고 당장 순결한 처녀성을 범하려고 하는 순간으로 돌변해 버렸다.

그녀는 올 것이 와버린 이 순간 차라리 일을 저질러버리고 싶어졌다. 상황이 여기까지 온 이상 갈 데까지 가보자는 용기였다. 이미 발가벗겨진 몸뚱이는 속수무책이고 처녀성을 상실하는 순간은 꿈이 아닌 현실로 다가왔다. 무작정 운명에 맡겨보자는 것이었다. 고통스러운 순간이 다 지나가리라 믿었다. 어차피 돌이킬 수 없는 일이라면 차라리 만신창이가 되고 싶었다. 마음속으로 계속 울부짖었다. 이 순간을 부딪치며 이 악물고 눈을 꼭 감은 채 숨을 참았다. 남자의 폭발적인 욕정은 자신의 운명을 순식간에 정리해 주었다.

그 남자는 처녀의 순결을 빼앗는 순간 짐승처럼 소리를 지르면서 나가떨어졌다. 술 취한 정신에도 큰일을 치른 후에 즉시 깨어나는 주사를 맞은 것처럼 벌떡 일어났다. 방금 늑대의 굴속에서 빠져나온 것 같았다. 몸을 제대로 가누지 못하면서도 옷을 주워들고 욕실로 곧장 들어갔다. 그녀는 샤워기를 거세게 틀어놓았다. 쏟아지는 물줄기 앞에 서서 구석구석 찝찝하고 더러운 이물질을 떼어내려고 씻고 또 씻으며 울부짖었다. 아무리 씻어내도 몸 안에서 벌레가 계속 기어 다니는 것 같았다. 순식간에 치욕스러운 세균에 감염되어 버린 것 같아 몸부림치며 치를 떨었다. 이 더러운 실체의 모든 일은 부모님을 저버리고 가출해버린 여자의 형벌이었다. 그렇게 생각하며 죗값으로 회피하고 싶지 않았다. 집 나온 순진한 어린 여자애가 빨리 성인이 되는 의식을 치른 것이라고 자신을 위로하고 싶었다. 강인한 여자가 되기 위해 무언가 큰 결정을 한 것이라고…. 그녀가 술에 취해 있는 시간은 길었다. 많은 일을 치르고 술이 깬 것은 새벽에 첫 버스가 지나다니는 시간이었다. 밤새 떠오르던 밝은 달빛이 자취를 감출 것 같아 가슴을 졸였다. 그때 김양이 한 팀이었던 남자와 어디선가 나타났고, 함께 출발해서 다방까지 도착했다.

"어제는 김양이랑 박양이랑 둘이서 어디 놀러 갔다 왔나 봐? 아침에 일어나니 안 보이더라. 그래서 난 빨래하고 나 혼자 실컷 잠만 잤네."

"아, 언니가 자고 있는 것 같아서 우리 둘이 온종일 밤까지 목욕탕에 갔다 온 거지요. 언니도 같이 갈 걸 그랬나 봐요? 다음엔 같이 가요, 언니. 호호호."

"아니, 난 목욕탕 싫어."

"아, 그렇구나아, 호호."

며칠 전에 들어온 이양은 아무것도 모르는 눈치였다. 엄청난 일을 치르고 들어온 두 여자의 일을 상상이나 할까! 이양은 이 바닥에서 더 오래됐다고 하니 아무렇지 않은 일로 여길 것 같았다. 그녀는 근심이 많아졌다. 한 달 치 월급 정도의 팁을 받고 주머니가 두둑해도 마음은 무거웠다.

"박양 언니, 요즘 무슨 생각을 그렇게 해? 불러도 대답을 안 할 때가 많아. 집 생각나서 그러는 거야?"

"내가 무슨 생각을 한다고 그래. 난 열심히 일하고 있는데! 이상한 사람 취급하네?"

"언니! 무슨 고민 있는 거야?"

"아니, 별거 아니야."

속초에 다녀온 뒤 손님이 없을 땐 실성한 사람처럼 구석에 앉아있었다. 긴 한숨을 쉬는 횟수도 늘었다. 선택의 여지도 없이 돈 때문에 빼앗긴 순결이었다. 아무리 혼자 울어봤자 소용없다는 생각을 하며 이곳에서 빠져나가려면 유 회장에게 도움을 청해보자는 결심을 했다. 처음에 다방에 취직이 되었을 때는 차를 끓이고 홀 서빙만 하는 줄 알았다. 이렇게 창녀처럼 사느니 한 남자를 선택하는 게 나을 것 같았다. 유 회장의 진정한 마음과 눈을 보았다. 그래서 간절하게 믿고 싶어졌다.

며칠 동안 고민하느라 입맛도 떨어지고 수척해졌다. 드디어 완전한 결심이 서게 되자 유 회장에게 전화를 하려고 공중전화 부스를 찾아다녔다. 다방 안에 있는 전화는 번호가 찍히는 증거가 된다는 것도 알았다. 다방에서 나갈 기회가 생겨도 그만큼 손해배상 청구는 해야 하기 때문이다. 바로 유 회장이 전화를 받았다. 다정한 목소리로 반겨주며 흔쾌히 대답해주는 마음이 고마워서 소리 없는 눈물이 하염없이 흘러내렸다. 이제 고민하던 모든 문제가 한 번에 풀렸다. 유 회장이 운영하는 식당에 가는 거로 하고 내일이라도 갈 수 있다고 말했다. 다방에서 한 달 반 정도 있는 동안 김양과 정이 들었다. 그렇지만 나갈 때는 서로 인사를 나눌 기회도 없이 몰래 나가야 한다. 다시 그곳에 들어갈 것도 아니고 존재도 없이 사라져야 한다고 했다. 갖고 갈 짐이라고는 다방에 처음 왔을 때 들고 온 핸드백과 종이가방 하나뿐이었다.

이틀째 되는 날이다. 늑대 굴속 같은 다방에서 빠져나오게 되었다. 그곳을 떠나는 날 유 회장이 하자는 대로 미리 밖에 나와서 대기했다. 주인 얼굴도 보지 못하고 김양과 마지막 인사도 못 한 채 끝이 났다. 나중에 알고 보니 다방에는 유 회장이 몇 배의 금액을 치렀다고 들었다. 그렇게 유 회장이 운영하는 식당으로 갔다. 안에 들어서니 음식 메뉴 차림표가 먼저 눈에 들어왔다. 메뉴는 더 볼 것도 없이 갈비탕과 육개장 두 가지로 눈을 사로잡았다. 넓은 홀에 탁자들이 정갈하게 놓여있고 실내에는 여러 개의 아담한 방이 쭉 이어져 있었다.

"다들 이쪽으로 오세요. 이분은 내일부터 실장으로 계실 분이니 인사들 하세요."

"안녕하세요? 처음 뵙겠습니다. 실장님이 너무 젊으시고 예쁘시네요."

"네, 안녕하세요? 잘 부탁드립니다."

"안녕하세요? 반갑습니다. 저는 민석이라고 합니다."

"안녕하세요오, 저는 유리라고 해요. 저두 반갑습니다아."

팀장이라는 젊은 남자가 다가와 시원스럽게 인사를 했다. 훤칠한 키에 이목구비가 또렷한 꽃미남에 상대를 기분 좋게 하는 입담이 좋아 보였다. 옆에 통통해서 귀여워 보이는 여자애가 재빠르게 다가와 인사를 했다. 점심 장사가 끝나고 한가한 시간이라며 직원들이 한쪽에 모여 차를 마시고 있는 모양이었다.

"안녕하세요? 저보다는 언니뻘로 보이세요. 마침 실장님 자리가 비었었는데 참 잘됐네요?"

"그랬어요? 잘 부탁합니다."

"네, 저두 잘 부탁드립니다. 앞으로 언니라 불러도 되죠?"

"아, 네에. 그 그런 가요….."
"그럼요오, 히히."

같은 또래의 그 여자와 금방 친해질 것 같았다. 유 회장은 따라오라며 마당을 지나 안채 안방으로 들어갔다. 자신의 딸 둘을 인사시켰다. 큰딸은 초등학교 2학년이고 둘째 딸은 어린이집에 다닌다고 했다. 그녀를 바라보는 딸들의 표정은 별로 웃지도 않고 말하고 싶지 않다는 굳은 표정이었다.

"안녕, 만나서 반가워. 난 연희 이모라고 해. 성은 은씨고 이름은 연희, 앞으로 잘 부탁한다."

"은연희 이모요? 그럼 우리 이모예요? 와아! 난 좋아요."

"언니, 우리 이모 생긴 거야?"

"그래, 앞으로 우리 친하게 지내 자아. 호호."

아이들이 해맑은 눈으로 그녀를 바라보았다. 순수한 아이들 앞에서 이름을 거짓으로 말할 수 없었다. 엄마도 없이 불쌍한 아이들이라고 생각하니 잘해주고 싶어서 솔직해야 했다. 친절한 인사를 나누었다. 유 회장은 처음 듣는 그녀 이름을 듣고 환한 미소를 보여주었다. 가족 인사를 마치고 식당에 다시 갔을 때다. 마침 저녁 식사 단체예약으로 손님이 들이닥쳤다. 잠시 대화가 끊기고 일하는 도중 직원들의 저녁 식사는 각자 주방에서 돌아가며 해결하는 분위기였다. 늦은 시간까지 정신없는 사이 카운터 일을 배우고 가격 차림표대로 돈 받는 일을 거들며 나름 바쁜 시간을 보냈다. 식당 일은 10시가 넘어서야 종료되었다. 직원들이 퇴근하고 유 회장과 단둘만의 시간이 되자 앞문 셔터를 내렸다. 식당 정문을 잠그더니 손짓하는 대로 따라오라며 빙긋 웃었다. 구석 쪽으로 어두컴컴하지만 올라가는 계단이 보였다. 그녀는 아무 생각 없이 따라 올라갔다.

"이름이 연희라고? 역시 이쁜 이름을 가지고 있네. 오늘은 내가 아끼는 비밀장소가 있는 곳을 알려줄게. 바로 다락방이거든. 이곳은 나만 알고 있는 아지트고 아무도 모를걸. 오늘 여기서 잘까? 뭐 안내키면 방에 가서 자도 되고…."

"아니에요, 저도 여기 좋을 것 같아요…."

"난 연희가 정말 이렇게 올 줄 몰랐어, 고마워. 여기서 앞으로 카운터 일만 보는 거야. 그리고 가끔 내 딸들 좀 챙겨주면 난 정말 행복할 거 같아…."

그 남자의 말에 자꾸만 포로가 되었다. 마음속으로 당황하고 있지만 이미 이 남자를 믿고 있다. 그녀를 위해 진심으로 배려해주고 아낌없이 사랑을 주는 사람이지 않은가…! 그런 남자한테 받은 만큼 주고 싶었다. 그렇게 생각하니 남자를 믿고 있었다. 다락방으로 올라가는 계단은 전등도 제대로 설치되어 있지 않았다. 어쩔 수 없이 남자의 손을 꼭 잡고 한 계단씩 올라갔다. 두 남녀는 더듬거리며 올라가다가 비좁게 구부러진 계단에서 그대로 얼굴을 포개며 몸이 겹쳐졌다. 순간 온몸으로 흐르는 뜨거운 전율에 감전되었다.

그녀는 잠시 온몸이 마비된 듯싶었다. 그 자리에 우뚝 선 채 어두움의 동공만 커지고 있었다. 그 틈을 타서 젊은 남자의 건강한 심장이 벌떡거렸다. 그녀의 심장으로 빠르게 전이되었다. 순간 사랑의 열정으로 온몸이 활활 불타올랐다. 처음 느껴보는 이 순간이 꿈결 같았다. 겹쳤던 두 몸이 잠시 놀라면서 동시에 떨어졌다. 어둠에 가려진 모습이라서 다행이라는 안도의 숨을 몰아쉬며 다시 한 사람씩 앞뒤로 바꿔 올라갔다. 층계로 올라가는 동안 사랑에 감전된 열 온도를 들킬세라 몸을 바짝 움츠렸다. 재빠르게 정신없이 앞만 보고 올라갔다.

도착한 다락방은 아담하게 꾸며진 곳이었다. 삼단 매트리스가 깔끔하니 가지런히 접혀있고, 주위엔 기타며 드럼 등 악기가 예술적으로 보였다. 미니 옷장 옆으로는 비좁은 욕실도 갖춰있다. 제법 쓸모 있는 공간의 분위기는 편안한 잠을 잘 수 있을 것 같았다. 남자의 또렷한 눈빛은 그녀 앞으로 바짝 다가와 포근한 입술을 느끼게 해주었다.

"연희는 따뜻한 물로 씻고 있어. 난 다시 아래층에 내려갔다 올게, 사랑해."

"네, 다녀오세요."

욕실에는 샤워기에서 따뜻한 물이 쏟아졌다. 그녀는 남자와 처음부터 지금까지의 일들을 떠올리며 좋은 감정을 끌어올리고 있었다. 세게 틀어놓았던 샤워기의 물줄기를 중간으로 줄이고 몸을 활짝 열었다. 처음 느끼는 이 기분 그대로 빠져들고 싶었다. 그녀는 남자를 받아들이는 자체가 정말 지옥이고 싫었다. 낯선 남자에게 순결을 빼앗기던 날의 악몽이 남아있다. 아무리 술 취한 취중이라도 가시밭에 뒹구는 것 같은 고통이었다. 남자란 존재는 목적을 위해 무슨 짓이라도 한다는 편견을 가졌었다. 그래서 불안하고 무섭기만 했었다.

그녀가 만취 중에 순결을 잃어버린 순간은 처참했다. 그런 일을 치른 자신을 사랑해주는 이 남자에게 왠지 미안하고 고맙다는 마음이 든다. 진실한 사랑을 알고 좋은 느낌으로 점점 마음을 받아들이고 있다. 그렇게 마음먹으니 미래의 희망으로 목표가 생겼다. 처음엔 이 남자에게도 오로지 돈 때문에 휘말리고 있는 거라고 생각했었다. 하지만 지금은 아니다. 잘못되어 가는 구렁텅이에서 구출해준 은인이고 사랑이다. 이 남자의 표정, 말소리, 모두가 감미롭게 좋은 느낌이고, 그녀의 앞날을 열어주었다.

샤워를 끝낸 자신의 촉촉한 몸에서 좋은 향기를 풍겼다. 욕실에 있는 세제 제품들이 향기로운 몸으로 만들어버린 것이다. 유 회장과의 사랑이 그녀를 설레게 하고 있다. 이 남자한테 마음이 편안해지는 느낌 그대로 맡기고 싶어졌다. 말갛게 씻은 몸을 대타월로 휘감았다. 전신거울 앞에 서 있을 때 남자가 들어와 살포시 안아주었다. 아래층 안채에서 샤워하고 왔다며 잠옷을 입고 왔다. 그 남자의 몸에서도 조금 전 샤워했을 때와 같은 좋은 향기가 났다. 그가 진한 입맞춤으로 그녀를 유혹하고 있었다.

"연희야, 난 처음부터 연희가 마음에 들어와서 매일 생각했어. 그리고 꿈을 꾸고… 내가 지금도 꿈을 꾸는 건 아니겠지?"

"네, 회장님, 저도 지금 여기에 왔다는 게 믿어지지 않아요. 제가 잘할게요."

"아니야, 너무 그러지 않아도 돼. 한식구로 생각하고 마음 편하게 도와주면 되지."

"감사해요, 회장님…."

"회장님 아니라 했잖아. 여기선 '해준' 씨라고 불러주면 좋겠는데?"

"어떻게 그래요, 그럼 사장님이라고 부를게요. 직원들도 보잖아요."

"가만 보니 연희는 고집이 센가 보네? 허허허, 뭐 그럼 알아서 하고 둘만 있을 때라도 안 그랬으면 좋겠어."

"네, 노력해볼게요."

"연희야, 정말 많이 사랑해… 이렇게 와줘서 너무 고마워…!"

"저도 감사해요, 해준 씨…."

"그렇게 불러주니 나 참 행복하다, 하하하."

"네에."

자신에게 다가온 이 순간의 사랑은 움츠러들었던 마음을 활짝 열어주었다. 지금 느끼고 싶은 이대로 살고 싶다. 천천히 다가오는 남자의 스킨십은 부드럽고 따뜻했다. 그의 말소리와 포용해주는 사랑으로 공포감을 몰아내주었다…. 지금까지의 사랑과는 다른 진실한 사랑이었다.

"연희야, 사랑해! 사랑해!…."

"해준 씨, 저도 사랑해요! 사랑해요…."

사랑하는 남자의 진실한 사랑으로 큐피드의 화살을 힘차게 당겼다. 일심동체의 사랑은 달콤하고 부드러웠다. 진실한 사랑은 희망의 날개를 달고 아름다운 한 쌍의 새가 되리라…. 저 높고 푸른 하늘로 힘차게 날아올랐다.

운명

민희는 4월에 종갓집 외며느리 자리로 시집을 갔다. 강원도 쪽으로 통골 고개를 넘으면 첩첩산중 두메산골이 보이고, 그 마을 중간쯤에 위치한 집의 삼대독자 외며느리가 되었다. 선보는 날 약혼 사진을 찍고 석 달 만에 결혼식을 했다. 그야말로 중매쟁이 말만 믿고 양가 어른들과의 일사천리 타협으로 이루어졌다. 부모님은 노처녀가 되기 전에 결혼을 시켜야 한다고 했다. 그래서 중매로 맞선을 보자마자 급하게 진행된 혼인이었다. 그 바람에 친구들은 결혼식에 잠깐 참석하고 서로 연락이 끊겼다. 신혼여행은 꿈도 꾸지 못했다.

결혼식을 끝낸 그날 시댁으로 들어갔다. 그 덕분에 연지 곤지 찍고 안방 아랫목에 앉아 새색시 노릇을 해야 했다. 신부가 들어가자마자 펄펄 끓는 아랫목에 두꺼운 색동 솜이불을 깔았다. 뒷

목이 뻣뻣해지고 다리가 저리도록 웅크린 채 동네 사람들의 구경 거리가 되었다. 부엌에서는 아낙네들이 동네잔치 하느라 바빴다. 종일 아랫목에 장작불을 지펴대고 손님맞이에 국수를 삶아내느라 분주했다. 고령의 노인들과 남녀노소 아이들까지 안방에 꽃분홍색 한복을 입고 앉아있는 새색시 구경하느라 온 동네가 시끌벅적했다.

신부 노릇에 해질 때까지 곤혹스런 시간을 보내고 첫날밤이 되었다. 신혼 첫날은 예를 치르느라 안방을 내어주었다. 새 이부자리를 깔아놓고 병풍을 펼쳐놓았다. 목화솜 이불은 푹신하고 홑청은 빳빳하게 풀칠해서 방망이질한 새 이불이 움직일 때마다 버석거린다. 시집오기 전날 친정어머니가 말씀하신 당부가 있었다. 첫날밤은 반드시 왼쪽으로 고개를 돌리고 잠을 자야 하며 그래야 아들을 낳는다고 했다. 똑바로 누워서 천정을 쳐다보고 자면 아들을 못 낳는다고 했다. 당연한 법으로 알고 그렇게 따랐다. 이튿날부터 종갓집 외며느리 역할이 시작되었다. 시댁은 시부모와 시누이들이 여섯이고 며느리까지 치면 열 식구다. 결혼식에서 잠깐 얼굴 본 맏딸은 몇 해 전에 도시로 시집을 갔다고 했다. 시부모와 시누이들을 챙겨야 했고 날마다 빨래는 커다란 고무 대야에 산더미처럼 쌓였다.

남편은 삼대의 외아들이었다. 어머니의 유전자를 닮아서 키는 웬만큼 중간이었고 남자로서는 왜소한 체형이었다. 딸들은 반대로 시아버지의 유전자를 닮아 큰 키에 풍채가 우람했지만 성격은 어머니를 닮았다. 그런 가문에 키 작고 전혀 다른 며느리를 들인 것이다. 종갓집의 제사는 일 년에 열두 번도 모자라 열네 번을 치러야 했다. 항상 제사상에 올릴 제기 용품의 궤짝이 마루 한 쪽에 자리 잡고 있었다. 언제든 제사상을 차릴 수 있는 준비를 해 놓고 물건들이 항상 그 자리에 있다.

시어머니의 나쁜 버릇은 바로 술이었다. 만취가 되는 날이면 닥치는 대로 마구 소리를 지르기 일쑤였다. 동네에서는 '호랑이 아줌니'라는 호칭이 붙었고 나름 유명세를 얻고 있다고 했다. 머리는 항상 쪽을 져서 은비녀를 꽂고 다녔기 때문에 외모는 얌전한 여자로 보였다. 그러나 선머슴 같은 성격에 웬만한 남자 뺨칠 정도의 기세가 당당한 여인이었다. 목소리는 크고 쩌렁쩌렁해 소리를 질렀다 하면 건너편 윗동네까지 들렸다. 술에 만취한 날이면 온 동네가 다 알도록 조용히 지나가는 일이 없었다. 조용한 며느리는 그런 집안에서 '깜짝깜짝' 자주 놀라게 되다 보니 어떨 때는 가슴에 천불이 날 것만 같았다.

결혼을 하고 그다음 해에 첫아들을 출산했다. 마침내 돌잔치 하던 날이 돌아왔다. 장마가 한창인 여름이었는데 삼대독자의 귀한 아들을 낳았다며 한껏 동네잔치를 치렀다. 소를 잡고 돼지를 잡고 사흘 밤낮없이 사람들을 불러들여서 시끌벅적 요란한 경사였다. 새 며느리가 보기에는 가난한 집안 형편에 그렇게까지 해야 하는지 이해가 안 갔다. 아들 생일을 축하해주는 자리이기에 손님 접대하는 일에 열중했을 뿐이었다. 시집살이 시달리는 인생은 하녀가 된 것처럼 고된 현실이었지만 날이 갈수록 두렵기만 했다. 시어머니는 결혼하고 얼마 동안은 손자가 생겼다는 기쁨으로 원만하게 지냈다. 동네 사람들한테 자랑거리로 내세우면서 며느리에게 평범한 가정처럼 순탄하게 대해주었다. 낮에는 산으로 들로 다니며 산나물과 약초꾼으로 제법 높은 수입으로 생계유지가 되었다.

아들을 낳고 일 년도 되지 않았을 무렵이다. 그때부터 시집살이가 시작되었다. 집안 형편은 시집올 때의 중매쟁이가 말한 것과 전혀 달랐다. 시어머니가 며느리를 대하는 말투도 갈수록 눈초리가 달라지면서 괜한 트집을 잡는 일이 잦아지기 시작했다. 그 동네에 먼저 시집온 새댁들이 말해주었다. 시댁은 삼 년 전까지만 해도 집안 형편이 너무 가난했다고 했다. 동네 시래기를 주워다가 죽을 쑤어 먹었는데 그 신세를 모면한 지는 삼 년쯤 되었다고 들었다. 부모님은 처음 본 중매쟁이의 말만 믿고 딸을 시집보낸 것이었다.

동네는 사방으로 깊은 산맥들이 쭉 이어져 있다. 시어머니는 온통 들로 산으로 다니며 밑천 없이 돈을 벌 수 있는 장사꾼이었다. 계절마다 산나물이며 버섯까지 약초가 되는 것들을 채취해서 서울 경동시장에 손수 판로를 다녔다. 시골에서는 농사를 지어서 곡식을 팔아야만 돈을 만질 수 있다. 논이라고는 길 건너 두어 마지기에 산 넘어 다랑논 세 마지기뿐이었다. 시어머니의 가장 역할은 돈줄이기 때문에 큰소리칠 수 있었다. 시아버지가 꼼짝 못 하고 사는 이유가 있었다. 땅도 제대로 장만하지 못한 가난뱅이에다 무직업이라는 이유였다. 그나마 대문 옆에 벽돌로 쌓은 담장이 유일한 집이었다. 뒤로 이어진 울타리는 기다란 참나무에 새끼줄로 엮여있고 얼마나 오래됐는지 동네 고양이가 마구 들락거릴 정도로 허술했다. 지붕은 초가지붕을 모면한 석면 슬레이트라 겉면은 꽤 근사해 보였다. 집 뒤쪽 변소에는 불 때고 나온 재를 모아놓고 그 재로 인분을 덮어서 한쪽으로 모아 두었다가 농사에 거름으로 쓰였다. 바로 옆 뒷동산에 올라가면 화전 밭도 있다. 온통 바위가 박혀있는 울퉁불퉁한 계단식이라 폭우가 오면 두렁이 무너질까 봐 수시로 나가봐야 했다.

　어느 날 시어머니가 아랫동네로 마실을 갔을 때였다. 꽤 시간이 지나고 아직 해가 넘어가지 않은 이른 저녁의 일이었다. 벌써 아랫마을쯤부터 찌렁찌렁하고 걸걸한 소리가 점점 가까워졌다. 며느리는 가슴이 조마조마했다. 암흑의 저주스러운 지옥으로 입문하는 것 같았다. 밖에서 왠지 웅성거리는 소리가 심상치 않았다. 대문 앞 담장에 바짝 붙어 서서 아랫마을 길을 내려다보았다. 저만치 시어머니가 보이고 대낮부터 양쪽에 동네 남정네들을 대동한 채, 흐느적거리는 발걸음의 모양새가 영락없이 술 취한 모습이었다. 아들을 재우고 있는 사이에 시어머니는 어느새 대문을 들어섰다. 까무잡잡한 얼굴은 이미 술에 취한 모습이었다. 흐트러진 백발의 긴 머리부터 꿈에서도 상상하고 싶지 않은 몰골이

다. 시어머니의 쩌렁쩌렁하게 호령하는 말투에 새가슴이 되었다. 대뜸 며느리를 다그치며 괜한 트집을 잡기 시작했다. 마당 한복판에 쭉 널려있는 빨래를 힘주어 '휙' 밀어버리며 손가락으로 하늘을 찌를 듯 삿대질하며 엄포를 놓았다. 시어머니가 갑자기 앞으로 바짝 다가서는 순간 놀라서 뒷걸음질 쳤다.

"야! 여지껏 뭐 하고 자빠졌길래 빨래도 안 걷었냐? 에잇! 집안 꼴 자알 돌아간다."

"네에, 어머니, 빨래는 이따 걷을 거예요. 아직 덜 말랐어요."

간신히 기어들어 가는 겁먹은 목소리로 대답했다. 여차하다가는 덤터기로 더 심한 말을 들을 게 뻔했다. 아무렇게나 헝클어진 시어머니의 쪽머리가 바람에 흩날렸다. 그 모습조차 무섭고 오싹해져서 표정을 살피고 있었다. 시어머니는 모든 일마다 며느리가 못마땅했다. 일상 말투지만 며느리는 무얼 잘못한 게 있나 싶어 바짝 움츠러들었다. 매번 영문도 모른 채 두 방망이질하는 하는 것 같은 가슴을 웅크린 채 공중에서 떨어진 가엾은 참새처럼 온몸이 '덜덜' 떨렸다.

"뭐라구? 빨래는 해 넘어가기 전에 미리미리 걷어야지, 걷으라면 냉큼 걷지 않고 넌 뭔 말이 그렇게 많으냐! 아이구 내 팔자야! 메느리 잘못 들어오면 집안이 망한다더니 쯧쯧쯔… 내가 제명에 못 산다, 못살아!"

같이 있던 남정네들은 바람결에 술 냄새를 피우며 슬금슬금 뒷걸음질로 사라졌다. 구경 나온 동네 아주머니 아저씨들도 멀찌감치 보고만 서 있다가 가버렸다. 그 순간 마침 건넛방에 누워있는 아들이 잠들어 있어서 다행이라고 생각했다. 얼른 큰 숨을 몰아쉬며 마루에 걸터앉았다. 이 상황을 피하고 싶어 뭐라도 꿈지럭거려야 할 것 같았다. 얼른 부엌으로 들어가 가마솥에 물을 퍼다 붓고 아궁이에 불을 지피기 시작했다. 시어머니가 어느새 역겨운 술 냄새와 함께 부엌 문지방을 들어섰다.

"시 에미 말이 말 같지 않냐? 이젠 시 에미 말을 무시하고 지 멋대로 하네. 너 말이야! 애비가 들어오기만 해봐라. 어떻게 되나, 꼼짝 말고 기다려!"

"어머니! 저 아무 소리 안 했는데 왜 그러시는 거예요, 술 많이 드셨으니까 안방에 가서 주무세요. 저는 저녁 지어야 하니까 방에 들어가 계세요."

"너 이젠 시 에미가 꼴 보기 싫다 이거니? 그래! 술 처먹었으니까 주둥이 닥치고 들어가서 자빠져 자란 말이냐! 동네 사람들이 널 다 알어. 니가 어떤 앤지 모르는 사람 하나 읎다!"

시어머니의 술주정에서 피하고 싶기만 했다. 그렇게 버티고 있는 부엌 안이 저승의 동굴 속 같아 숨이 막혀왔다. 아궁이에 불을 지펴놓은 다음 마루라도 닦으려는 생각에 걸레를 가지고 부엌을 나갔다. 차가운 시멘트 바닥에서 무릎을 꿇고 닦기 시작했다. 그러자 시어머니는 또 그리로 쫓아왔다. 더 큰 소리로 달려들 듯 고함을 지르며 며느리에게 얼굴을 바짝 들이대고 소리쳤다. 술 냄새에 속이 뒤집어지는 것처럼 토할 것 같았다. 이유도 모르는 억울한 말들이 서럽고 눈물만 쏟아졌다.

"너! 시 에미를 계속 무시하는 게냐?"

"어, 어머니 왜, 왜 이러세요!"

순간 시어머니의 앙칼진 말투에 놀라 뒤로 넘어질 뻔했다. 시어머니의 날렵한 콧등과 바짝 올라간 눈이 너무 날카롭게 느껴져서 소름이 돋았다. 서슬 퍼렇게 갈아놓은 칼을 가슴에 휘두르는 것 같아 섬뜩한 한기에 놀랐다. 비명 소리도 내지 못하고 그 자리를 피했다. 모든 감정을 억누르며 서러움을 참아야 하는 시집살이가 너무 힘들기만 했다. 지금은 마땅히 할 일도 없고 애먼 핑계로 아침에 닦은 마룻바닥을 또 닦고 있었다. 그렇게 건성으로 문지르는 척하고 다시 부엌으로 가서 아궁이 앞에 털썩 주저앉아버렸다.

"그래, 오늘 어디 한번 해보자는 거냐? 애비 델꾸 와서 누가 옳은지 삼자대면을 해봐야 정신 차리겠냐구!!"

"어머니 제발 고정하세요. 제가 뭘 잘못한 게 있으면 얘기해주세요. 그럼 고칠게요."

"넌 말해줘도 모르잖아! 말대꾸는 어디서 그따위로 해대는지. 아이구우 내 팔자야, 아이구우!"

무엇 때문에 남편하고 삼자대면을 하자는 건지 도통 알 수가 없었다. 말대꾸를 어떻게 잘못했다는 건지도 도대체 머리가 돌아가질 않았다. 생트집만 잡는 시어머니께 어떻게 대해야 하는지도 생각이 나질 않아 하염없는 눈물만 시야를 가로막을 뿐이었다.

그렇게 소란스럽더니 잠시 조용했다. 슬며시 그 틈을 타서 내다보니 시어머니가 눈에 띄지 않았다. 순간 안 좋은 일이 벌어질 것 같은 불안한 예감이 뇌리를 스쳤다. 눈을 지그시 감고 가슴을 쓸어내렸다. 머릿속은 온통 불안한 기운만 맴돌았다.

유월의 초여름이라 춥지도 않은데 불안한 마음은 몸살 기운처럼 '으슬으슬' 떨린다. 그래도 조용한 시간을 틈타서 저녁밥까지 하는 동안 온통 신경이 쓰였다. 부엌에서 가마솥에 쌀을 씻어 안치고 불을 지폈다. 양은 솥에 국을 끓이고 무쇠 화로에 불씨도 야무지게 담았다. 화로의 따뜻한 기운이 손에서 가슴으로 녹아드는 것 같았다. 시어머니의 마음이 저 불씨처럼 따뜻하면 얼마나 좋을까를 생각했다. 부엌 한쪽에서 열 식구의 밥상을 차리려고 왔다 갔다 서성거리고 있었다. 그렇게 혼자 분주했다. 이윽고 대문 밖에서 떠들썩한 소리가 들리기 시작했다. 얼른 행주로 손을 닦고 부엌문을 열었다. 앞마당에 들어오는 남편이 보였다. 그새 시어머니가 아들을 앞장세우고 당당한 모습으로 며느리를 쏘아보며 들이닥치는 것이었다.

"너 이리 와봐! 어머니한테 무슨 소릴 했어? 똑바로 말해보라니까! 니가 도대체 무슨 짓을 했기에 그러는지 내가 정말 돌아버리겠다!"

상일은 쩨려보는 눈이 어머니를 흡사하게 닮았다. 이렇게 화낼 때는 모전 자전 올라간 눈 꼬리가 똑같은 모양으로 매서웠다. 아내의 팔을 우악스러운 손으로 무조건 잡아채고는 마당 한쪽으로 끌고 갔다. 잡힌 팔의 통증에 쩔쩔매며 할 말도 잃었다.

"철썩!"

"악! 흑!"

갑자기 귀싸대기가 왼쪽 볼에 무섭게 날아왔다. 마루 한쪽 기둥으로 몸이 곤두박질치며 쓰러졌다. 순간 눈앞에 번쩍거리는 별들이 쏟아졌다. 그 별들이 하얀 눈꽃처럼 퍼져 내려서 바닥에 뿌려졌다.

"당신은 날 왜 때려요! 내가 뭘 잘 못 했는데? 으헝, 으헝, 엉엉엉!…."

"뭐야? 어머니한테 다 들었다 왜!"

"어머니한테 무슨 소리를 했다고 그래요? 나도 이유를 모르는데 어쩌라구요!"

민희는 상일에게 야무지게 말대꾸를 했다. 순간에 닥친 일이 믿겨지지 않아 볼을 만져보았다. 잠시 어지럼증에 정신이 아득해서 제정신을 차리느라 그 자리에 못 박은 듯 서 있었다. 너무나 기막혀서 장승처럼 서 있다가 마침내 울음이 터진 것이었다.

결혼하고 첫아들을 낳아주었다. 그 당시에는 대를 잇게 되었다며 며느리를 끔찍하게 위해주는 것 같았다. 아들을 낳던 날 '동네 사람들을 불러다가 막걸리 잔치도 하며 너무 좋아서 떠들썩했던 때도 있었는데…' 그런 생각을 하며 더 서러워서 펑펑 울었다. 때마침 시아버지가 집 앞에서 논일을 끝내고 들어오던 중이었다. 이미 먼발치에서부터 이런 광경을 지켜보며 바쁘게 쫓아

온 모양이었다. 시아버지는 대문을 들어서자마자 엄중한 말투로 호령하며 아들을 앞으로 불러 세웠다.

"철썩!"

"억! 헉!….."

아버지의 손바닥이 아들의 귀싸대기로 거세게 날아왔다. 상일은 어안이 벙벙해서 놀란 기색으로 뺨을 움켜잡았다. 얼굴이 시뻘게지고 눈물이 '주루룩' 흘러내렸다.

"아버지 왜 이러세요!"

"이 집안엔 에미 애비도 없냐? 어디다 대고 지 각시한테 손찌검이야! 지 에미도 똑같으니 다들 나가! 꼴 보기 싫으니까."

상일은 눈이 튀어나올 것처럼 아버지를 똑바로 쳐다보았다. 평소엔 말 한마디 안 하는 호인 같은 분인데 아들은 믿어지지 않는 눈치였다. 그 순간 며느리는 엄하게 다스리는 가장의 역할을 보았다. 그 모습을 보며 한 가닥 희망이 생겼다. 며느리는 그런 현실을 부딪치며 어안이 벙벙하고 겁이 났다. 그대로 건넌방으로 뛰어 들어가서 이불을 뒤집어쓰고 한참을 울었다. 지금 집안에서 일어나는 일들을 지켜보면서도 믿어지지 않는다. 이런 일이 있고 나면 시어머니가 어떻게 변해버릴지 큰 걱정부터 앞섰다.

상일은 건넛방으로 아들을 안고 들어오더니 고개를 숙인 채 훌쩍거리고 있었다. 아버지가 돌발적으로 때릴 정도면 자신이 잘못했다는 생각을 한 모양이다. 얼마 동안 집안의 분위기가 적막강산 같은 시간이 흘렀다. 아버지가 웬만한 일에 그렇게 화내셨던 적이 없었다.

"여보, 아까는 내가 미안했어. 난 어머니 말만 듣고 당신을 오해한 것 같아, 많이 아팠지?"

"아니, 괜찮아요…."

그 한마디에 모든 서러운 눈물이 멈췄다. 이불을 들치면서 잘 떠지지도 않는 눈으로 남편을 바라보았다. 손톱만큼이라도 입장을 바꿔 생각하니 안쓰러운 생각이 들었다. 슬그머니 일어나 앉았다. 말 한마디로 인해 가슴에 북받치던 서러움도 순식간에 사라졌다.

"당신 저녁 안 먹었죠? 아들 데리고 좀 이따 나와요. 밥 차릴게요…."

화장대 앞에 앉아 얼룩진 얼굴을 매만졌다. 방문을 열고 나가 시어머니와 시아버지가 어떻게 하고 있는지 안방 문 쪽을 바라보았다. 문창호지가 덕지덕지 얼룩져서 붙어있는 안방 문을 뚫어지게 바라보아도 아무런 인기척은 없어 부엌으로 들어갔다. 가마솥에 해놓았던 밥과 아욱국이 따끈하지는 않았지만, 아직 식지 않은 것 같아 밥상을 차리기 시작했다. 밥상을 들고 발소리의 인기척을 하며 안방 문을 열었다. 시아버지는 윗목에서 엉거주춤 무릎을 세우고 쪼그려 앉은 채 담뱃재를 털고 있었다. 담배꽁초는 양은 재떨이에 이미 수북하게 쌓여있었다. 시아버지의 근심은 쌓인 담배꽁초만큼이나 버거워 보였다. 집안의 가장 역할을 하지 못하는 속마음을 어느 정도 알 수 있을 것 같았다. 하얗게 타버린 잿가루의 입장과 다를 게 없다는 생각을 했다.

시어머니는 아랫목에서 큰 대자로 잠들어 있었다. 근심걱정 없는 편한 자세로 깊은 잠에 코 고는 소리까지 요란했다. 시누이들은 언제 집에 들어왔는지 아니면 옆방에 계속 있었는지 알 수 없지만 어느새 밥 냄새를 맡으며 다들 안방으로 건너왔다. 시댁은 다른 집과 달리 여성 상위의 가정환경이었다. 남자 목소리보다 여자 목소리가 더 크게 밖으로 새어 나갔다. 모든 문제의 최종적인 순간은 아버지가 아닌 어머니의 결정을 따라야 하는 철칙의 가정법이었다.

"엄마! 일어나요, 밥상 차렸어요."

막내 시누이가 시어머니를 흔들어 깨우는데도 꿈쩍도 하지 않고 아무런 기척이 없다.

"느그 엄마는 깨워도 소용없으니까 우리끼리 밥 묵자!"

"네, 아부지."

시아버지가 체념한 듯 단호한 한마디를 하자 딸들이 움찔했다. 남편 상일이도 건넛방에서 아들 준이를 안고 안방으로 건너왔다. 준이는 아직 젖먹이라 엄마의 차지가 되고 모두 앉아서 말이 없는 침묵으로 밥 수저를 들기 시작했다. 준이가 울먹거리는 것 같아 얼른 젖을 물렸다. 어미의 마음을 알아주기라도 하는 듯 먹고 자고 반복으로 말썽 없이 편하게 해주니 다행이었다. 어린 아이가 젖을 빨아대는 힘에 이끌려 하마터면 옆으로 휘청할 뻔했다. 어느새 금방 잠이 들고 건넛방에 다시 눕혔다. 그제야 마음

놓고 안방으로 건너와 밥상 앞에 앉았다. 그동안 있었던 일을 생각하면 밥알이 목구멍의 모래알 같았다. 아욱국만 떠먹으며 식사가 끝나기를 기다리지만, 무릎 꿇고 앉은 다리는 점점 저려와서 눈치만 보았다.

식사 시간이 끝나면 설거지는 며느리의 몫이었다. 시누이들은 올케가 당연히 해야 한다는 생각에 각자 제방으로 들어가버렸다. 설거지를 할 때는 부엌에 싱크대가 없어서 밖으로 옮겨야 하는 이중 일인데도 전혀 도울 생각조차 없는 인간들이었다. 그날따라 혼자 설거지를 하며 분노가 치밀었다. 어디든 화풀이라도 하고 싶은 마음의 오기가 생겼다. 홧김에 양은 주발을 바닥에 내동댕이쳤다. 그대로 밥주발이 '데굴데굴' 굴러가는 모습에 그만 웃음이 터져버렸다. 혼자 그렇게 정신 나간 사람처럼 웃었다. 고부간에 갈등은 결국 시어머니의 술주정 때문이다. 점잖아 보이는 시아버지도 은근 음주 중독자가 되었고 모두 말리지 못한 채 천천히 익숙해져 갔다. 시집살이는 점점 공포의 날들이었다. 잠을 자면 새벽녘 악몽에 시달리다가 간신히 잠을 깨는 날도 있었다.

다음날 새벽 5시에 마당에서 개 짖는 소리에 놀라 눈을 떴다. 하루를 시작하는 일은 헛간에서 삼태기를 가져다가 아궁이에 재를 쳐내는 일이었다. 엊그제 시아버지가 해놓으신 생나무를 어깨에 메고 부엌으로 질질 끌고 들어갔다. 참나무는 키에 비해서 몇 배나 되는 길이로 어마어마하게 길기만 했다. 그녀의 손힘으로는 마르지 않은 생참나무가 잘 꺾이지도 않았다. 손으로 잡고 발로 밟으며 둘둘 말다시피 간신히 아궁이에 쑤셔 넣었다. 누렇게 마른 솔잎을 조금씩 가져다가 성냥불로 붙이기 시작했다.

시누이는 둘 다 일찍 집을 나서서 학교를 가야 했다. 십 리나 되는 읍내에 초중학교가 있기 때문이다. 아궁이에 억지로 구겨 넣은 생나무는 계속 불이 붙지 않았다. 잠깐 검불만 타면서 꺼지기를 반복했다. 아궁이에 얼굴을 들이대고 들여다봐도 연기만 날 뿐이었다. 친정에서는 어머니가 항상 마른 나무를 보기 좋게 손수 잘라 놓았던 기억이 있다. 이렇게 생참나무로 불을 지펴야 하는 신세가 될 줄은 상상도 못 했던 일이다. 한참을 그러고 있다가 연기 때문에 눈물만 계속 쏟아져 나왔다.

삼십 분 동안 아궁이에 불을 피우지도 못한 채 시간이 지나가 버렸다. 얼굴은 온통 얼룩진 눈물 콧물로 뒤범벅되고 그만 부엌 바닥에 털썩 주저앉아 버렸다. 시누이들의 학교 갈 시간은 점점 다가오고 있었다. 생나무라 계속 불이 붙지 않았다. 이런 일을 감당해야 하는 서러운 마음이 앞섰다. 계속 눈물만 흘러내려도 닦을 겨를이 없다. 한참을 그러고 있을 때 남편의 인기척이 들렸다. 변소를 가려고 나오다가 '캑캑'거리는 아내의 꼬락서니를 보고 부엌으로 들어왔다.

"뭐 하고 있는 거야? 얼굴엔 웬 숯검뎅이로 잔뜩 칠하고서 왜 그래?"

"큰일 났어요, 불이 계속 타질 않고 연기만 나서 어떻게 해요!… 흑."

목멘 소리를 하며 또 눈물이 볼을 타고 내렸다. 차라리 손으로 얼굴을 가렸다. 남편을 보자마자 서러움이 북받쳐서 펑펑 울고 싶은 마음이었다. 그때 시아버지가 마당에서 기웃거리며 부엌으로 들어 왔다.

"불은 내가 지펴줄 테니까 어여 아침밥 차릴 준비나 하거라, 애들 핵교 늦을라."

"네, 아버님…."

시아버지의 크고 거무스름한 손은 두꺼비를 떠올리게 했다. 능숙한 솜씨로 생나무가 곧 물기를 머금은 채 연기를 뿜어내며 타기 시작했다. 마른 통나무며 썩은 나무껍질까지 총동원해서 겨우 화력이 생기고 불길이 시작되자 연기도 서서히 없어졌다. 마당에는 초등학교 삼학년에 다니는 막내 시누이가 수돗가로 나왔다. 학교에 갈 시간이 촉박해지고 있는 모양이었다. 곧 부엌에서 밥이며 국이며 씻을 물까지 거의 끓여지는 제일 분주한 시간을 보냈다. 시누이는 꼬질꼬질하게 손때 묻은 바가지와 세숫대야를 엉거주춤 들고 부엌으로 들어왔다. 그리고 물이 끓고 있는 큰 가마솥 옆 부뚜막에 '털썩' 놓았다. 아무 잘못도 없는 올케를 옆에 서서 째려보았다.

"언니. 나 물 좀 떠줘요, 솥뚜껑이 엄청 뜨거워."

"알았어요, 아가씨. 뜨거운 물 떠 줄 테니까 얼른 씻고 준비해요. 곧 밥상도 차릴게요."

부탁이 아닌 명령하는 말투였다. 막내 시누이는 뜨거운 물도 떠주어야 세수를 하는 습관이 되었다. 중학교 일학년에 다니는 시누이도 따라 나왔다.

"이 사람이 여적 골아 떨어졌네? 밥 먹어요! 안 일어나려면 저쪽으로 가든가! 여자가 또 얼마나 술을 마셨길래 이렇게 정신을 못 차려?"

시아버지가 단호한 말투로 시어머니의 옆구리를 발로 '툭툭' 차며 밀쳐냈다. 간신히 밥상을 차려서 안방으로 들고 들어가니 시어머니는 아직도 취침 중이었다. 부부의 역할이 바뀌었지만 이럴 땐 가부장의 목소리가 있다. 시어머니는 아직도 술기운에 코 고는 소리가 여전히 들렸다.

결국 술 냄새가 지독한 방에서 아침밥을 먹어야 했다. 숨을 코로 제대로 못 쉬고 입으로 숨을 쉬며 어쩔 수 없는 고충을 겪어야 했다. 그날도 아침밥을 먹고 시누이들의 도시락까지 챙겨서 학교에 보냈다. 하루하루를 보내는 일상이 너무 버겁기만 한 나날이었다.

어느새 세월은 무더운 여름 칠월이 되었다. 한가한 오후 시간 세 시쯤 트럭 한 대가 요란한 먼지를 피우며 집 앞 길거리에 멈춰섰다. 놀라서 뭔 일인가 싶어 달려 나가봤다. 서른을 갓 넘은 덩치 좋은 젊은 청년이 시어머니를 등에 업고 마루 끝으로 성급히 들이닥쳤다.

"어머니 왜 이러세요! 무슨 일이세요?"
"네 큰일 났어요! 어머님이 산에서 뱀에 물리셨어요."

시어머니는 시체처럼 몸이 축 늘어진 채 눈을 뜨지도 못했다. 알아들을 수 없는 앓는 소리로 중얼거리기만 했다. 젊은이의 말로는 같이 산에 갔다가 갑자기 까치독사한테 물리는 바람에 차에 태워서 급하게 왔다는 것이었다. 남편이 일하는 농장으로 전화를 걸었다. 일하다 말고 즉시 농장 차를 끌고 급하게 왔다. 시어머니는 안방에서 급한 대로 이웃집 아저씨의 응급처치를 받고 있었다. 저녁때쯤 되어서야 정신이 돌아오는 듯했다. 시아버지와 시누이들은 우왕좌왕 안달하며 정신을 빼고 있었다.

  아들 준이는 마침 시누이가 업고 나가서 없었다. 여럿이 달라붙어서 뱀 물린 부위에 소독이며 치료를 하느라 저녁때가 되는 줄도 몰랐다. 시아버지는 건넛방 가마솥에 소죽을 쑤기 위해 아궁이에 쌓인 재를 삼태기에 퍼내고 물을 부은 다음 불을 지피기 시작했다. 그날부터 둘째 시누이가 시어머니 곁에서 간호를 했다. 동네 사람들이 뱀 물린 종아리 상처에 민간요법 치료를 한다며 된장을 붙이기도 하고 별의별 치료를 다 해보았다. 하지만 크게 진전되질 않았다. 시누이보다 며느리의 일은 더 많아서 얼마쯤 지쳐가고 있었다.

  어떤 날은 동네 사람들이 생닭을 잡아 왔다. 배를 갈라 온기가 식지 않은 상태에서 바로 뱀에 물린 상처 부위에 '탁' 붙인 다음 잔뜩 싸매놓은 적도 있었다. 근거도 없는 민간요법에 곪은 상처는 화상까지 입고 날로 더 심해지고 있었다. 그 뒤 아예 상처 부위가 시꺼멓게 되어서 썩는 냄새가 났다. 동네 사람들이 알려주는 믿을 수 없는 다양한 방법 때문에 상처가 날로 심해졌다. 미련한 방법으로 치료는 연장되고 간신히 석 달 정도가 되어서야 겨우 상처가 아물어 갔다.

집안이 조용해진 어느 날이었다. 안방에서 시어머니와 백발 머리의 남자 어르신 목소리가 들렸다. 준이를 재우고 가보니 시어머니는 그분의 술상을 차려오라고 했다. 무조건 인사를 시키는 바람에 어르신이니까 별생각 없이 손님을 맞아들였다. 시어머니가 시키는 대로 공손하게 인사를 했다. 술상을 차리기 위해 두릅을 살짝 데쳐서 초고추장을 만들어 접시에 담고 이틀 동안 물에 담가두었던 싸리버섯을 씻어서 기름에 볶았다. 찬장에 있던 막걸리도 챙긴 다음 술상을 들고 들어갔다. 그분은 알고 보니 '만신'이라고 한다. 마을 뒷동산 쪽 산골짜기에 몇 채 안 되는 집이 있는데 그곳에 살고 있는 분이라는 것이다. 시어머니는 지금부터 우리 집에 악귀를 쫓아내는 역할을 해줄 분이라며 깍듯하게 모셔야 한다고 신신당부했다.

이 집안의 알 수 없는 일들에서 시키는 대로 할 수밖에 없었다. 무슨 일이든 어떤 의견을 말할 수 없는 무의미한 존재의 며느리였다. 술상을 치우자마자 바로 깨끗한 물을 한 사발 떠오라고 하는 명령에 다시 상을 차려서 지하수를 올렸다. 만신은 커다란 염주를 계속 돌리며 염불을 계속했다. 무어라 간절해 보이는 기도가 시작되고 왠지 귀신이라도 불러올 것 같았다. 교회 다니던 집안에서 자랐기 때문에 처음 보는 광경이었다. 마치 죄지은 여식이 된 것 같은 예감에 잠깐 그 자리를 뛰쳐나왔다. 한참을 그렇게 돌아가는 염주의 기운에 맡겨져 정적으로 흘렀다. 만신이 돌아간 뒤 준이가 잠에서 깨어났다. 언제 그랬냐는 듯 보름달 같은 얼굴로 방긋 웃어주는 덕분에 공포감이 맴돌았던 으스스한 기운도 함께 사라졌다.

시어머니는 뱀에 물린 다리 부위가 서서히 회복이 되고 다시 산으로 다니기 시작했다. 그날도 오후에 산에 갔다. 그런데 떠난 지 얼마 안 되는 시간이었다. 갑자기 통나무를 잔뜩 싣고 있는 큰 트럭이 먼지까지 휘날리며 요란스럽게 집 앞에 멈춰 섰다. 얼른 나가보니 시어머니가 죽은 사체처럼 실려 왔다. 까치독사 뱀한테 또 물렸다는 것이다. 세상에 이런 일이 있다는 게 거짓말 같았다. 지금까지도 갖은 고생을 하며 겨우 상처가 아물었는가 싶었는데 딱 백일 만에 같은 일이 반복된 것이었다.

'하느님이 벌을 내린 것일까? 그게 아니고서야 계획대로 짜 맞추어진 일처럼 이런 일이 있을 수가 있을까….' 이해 불가한 일이 생겼지만, 그 당시에는 생각할 겨를이 없었다. 그대로 트럭에 실린 채 읍내에 있는 병원으로 갔다. 먼저처럼 민간요법에 의지하다가는 치료가 힘들다는 걸 깨달았기 때문이다. 이번에는 병원에서 응급조치를 신속하게 하는 바람에 회복 속도가 빨랐다.

그 뒤 시어머니는 이 모든 것들을 며느리가 잘 못 들어온 탓으로 돌렸다. 집안의 안 좋은 일이 생기는 건 모두 며느리 때문이라는 것이다. 그래서 나쁜 악귀를 쫓아내기 위해 굿을 해야 한다며 먼저 다녀갔던 만신을 대놓고 불러들이기 시작했다. 며느리는 정신적으로 육체적으로 시달리면서 우울증까지 왔다. 시어머니의 뱀에 물렸던 다리 상처가 아직 곪아있었는데 언제부터인지 상처 난 곳을 보기만 해도 구토증이 올라왔다. 밥도 제대로 못 먹고 점점 말라갔지만 고단한 시집살이는 갈수록 더 심해지고 있었다.

그러던 어느 날 아침이었다. 식구들이 모두 나가고 아들 준이와 둘만 있는 날이 되었다. 이러다가 죽을 것 같다는 생각으로 며칠을 고민하던 터였다. 갑자기 집을 나가야겠다는 결심을 했다. 남편에게 편지를 써서 화장대 서랍에 넣어놓고 이젠 자식만을 생각하기로 했다. 결국, 가출을 결심을 한 것이었다. 마음먹고 나니 행동은 빨라졌다. 옷 보따리와 가방을 챙겨서 아들 준이를 업고 집을 나섰다. 무거운 검정색 단화를 신고 일부러 화풀이하듯 발소리를 '탁탁' 내며 걸어 나갔다. 마침 10시 버스가 금방 오고 선뜻 올라탔다. 버스에 올라가자마자 얼른 아들을 중간 자리에 앉히며 자리를 잡았다. 그리고 옆에 같이 앉으려다가 소스라치게 놀랐다. 시어머니가 바로 뒷자리에 앉아 있는 모습에 하마터면 비명을 지를 뻔했다. 아마 새벽 일찍 만신당에 들러 위에서부터 차를 타고 온 모양이다.

"어머니 어디 가세요?"

"너는 알 거 없고! 방앗간에 고사 떡 하러 간다. 넌 고새 못 참고 친정에 '쪼르르' 달려 가는 거냐? 이래서 우리 집이 망할 징조라니까! 집구석이 이러니 굿을 안 할 수가 없지."

시어머니와 한 칸의 간격을 두고 앞으로 앉았다. 그렇게 버스를 타고 가는 동안 아무 소리도 하지 못했다. 아들을 챙기는 척하며 말없이 창밖만 바라보았다. 친정에 다니러 가는 거로 알고 있는 시어머니한테 더 이상 어떤 말도 할 수가 없었다. 시어머니는 얼마쯤 가다가 새벽에 만신당에 다녀온 자초지종을 중얼거리듯 말을 꺼냈다. 며느리는 아무 말도 못 하고 아들만 꼭 붙들고 있었다. 며느리가 어디로 떠나는지도 모르고 끝까지 속을 뒤집어 놓는 시어머니가 원망스럽기만 할 뿐이었다.

"애 잘 데리고 다녀! 애 병나지 않게, 알았어? 병나서 데리고 오기만 해봐라!"

"네, 어머니, 알겠어요. 조심할게요…."

대답하는 심정은 눈물이 쏟아질 뻔했다. 시어머니는 협박하는 말투로 쏘아붙이며 읍내에 떡집 앞에서 내렸다. 거두절미 한 마디로 막연히 헤어질 수밖에 없었다. 차라리 죽고 싶다는 생각이 들었다. 그저 어린 아들만 생각하며 고개를 끄덕였다. 이대로 친정에 갈 수는 없었다. 자신의 처절한 모습을 친정집에 보여줄 용기가 없다. 그래서 생각해 낸 것이 서울에 살고 있는 고향 친구가 사는 집으로 가려는 것이었다. 그 집에서 하루 신세를 지고 다음은 시댁 큰집으로 가야겠다는 결심을 했다.

무작정 친구 선영이네 집에 찾아갔다. 어렸을 적 친했던 친구라 역시 반갑게 맞아주었다. 밑도 끝도 없이 찾아온 친구에게 마냥 웃어주는 모습에 그제야 함께 웃을 수 있었다. 결혼한 친구가 지금까지 잘살고 있는 줄 알고 속사정도 알 리가 없었다. 커다란 가방을 보고도 묻지 않고 얼른 정성 가득한 밥상을 차려주었다.

"민희야! 정말 반갑다. 갑자기 네가 와서 놀랐어. 얘, 많이 먹어. 우리 얼마 만이니? 벌써 아들 낳고 이렇게 많이 컸구나."

"응, 나도 반가워. 갑자기 일이 그렇게 됐어. 이럴 때 아니면 언제 얼굴 볼 수 있겠니? 서울에 올 일이 없잖아. 그런데 너도 그새 아들을 낳았네? 정말 몰랐다, 몇 개월 됐니?"

"이제 7개월 됐어, 호호호."

"그렇구나, 아들 키우느라 그동안 힘들었겠네. 오늘은 너한테 들렀다가 내일 시댁 큰집 가려는 거야."

"그래그래, 호호호."

"호호호, 하하하."

저녁 밥상에 소고기 뭇국을 끓이고 불고기며 생선조림까지 푸짐한 대접을 받았다. 친구 남편도 퇴근해서 함께 식사를 하며 화목한 가정의 모습이었다. 편안한 잠자리도 내주었다. 어릴 적엔 시골에서 그렇게 고생을 하더니 서울에서 결혼하고 이렇게 잘살고 있는 게 덩달아 좋았다. 선영의 친정은 유별나게 남아선호를 중요시하는 집안이다. 딸로 태어나 원망으로 더 악착같이 살아왔다. 결혼해서 남편의 사업도 잘되고 자기 사업을 꿈꾸고 있다. 자수성가로 능력을 만들어낸 본보기의 친구였다. 둘은 아이들을 재워놓고 밤새 수다를 떨다가 새벽쯤 잠이 들었다. 그렇게 밤을 보내고 잠에서 깨어났다. 친구 남편은 마침 출장으로 새벽 일찍 나가는 바람에 전화로만 인사를 했다. 아이들과 함께 여유로운 아침밥상 앞에서 잠시 행복감을 느꼈다. 구수한 된장찌개 냄새를 오랜만에 맡으며 안정된 가정이 부러웠다. 얼른 큰집으로 가기 위해 서둘러야 했다. 선영은 너무 아쉽다며 먼 길까지 배웅을 해주었다.

시외버스가 비포장으로 들어서며 덜컹거리기 시작했다. 큰 집은 천마산을 마주 볼 수 있는 산꼭대기에 자리하고 아담한 절을 운영하고 있었다. 두 살짜리 아들을 데리고 버스를 갈아타며 너무 멀지만, 평소에 자상하게 대해주었던 분들이기에 기대하고 가는 것이었다. 그곳에 가는 길이 처음에는 엄두가 나질 않았지만 큰 용기를 냈다. 버스에서 내리자마자 큰집에 전화를 걸려고 공중전화 부스를 찾아다녔다. 큰 가방을 들고 다른 짐 보따리와 아들 손을 잡은 손이 땀이 나서 자꾸 미끄러졌다. 마침 동네 입구에 공중전화가 보였다. 작은 구멍가게 앞에 서서 전화를 걸자마자 곧바로 큰시아버지의 다정한 목소리가 들렸다. 반겨주는 목소리에 기운이 났다. 큰집을 가려면 한참을 올라가야 하는 힘겨운 산비탈 길이지만 모든 만물이 아름다워서 부는 바람까지 마냥 시원하게 느껴졌다. 아들 준이는 엄마의 기분을 아는지 칭얼대지 않았다. 자연의 싱그러운 녹색은 지금까지 시댁에서 있었던 일들을 잠시 잊게 했다. 앞으로는 안개 속에서 헤어나 밝은 세상의 미래가 있을 것 같았다. 산등성이 몇 개를 지나서 어두운 저녁쯤 겨우 도착했다.

"큰 아버님, 큰 어머님, 안녕하세요?"

"아이구, 우리 조카 며느님이 어쩐 일인가요? 산꼭대기까지 올라오느라 힘들었겠네요. 얼른 들어와 앉아요."

"며늘애야, 오느라 시장하겠다. 얼른 밥부터 먹자."

"형수님 안녕하세요?"

큰시아버지와 큰시어머니 그리고 초등학교에 다닌다는 시동생 아기 동자도 기분 좋게 인사를 하며 반갑게 맞아주었다. 시동생은 처음 보는 준이를 보더니 신기해하며 금방 친해졌다. 천국에서 처음 들어온 아기천사들 같았다.

"도련님도 잘 지내셨어요? 도련님 그새 키가 많이 컸네요. 큰 아버님, 제가 갑자기 와서 놀라셨을 거예요, 죄송합니다. 며칠 놀다 가려고 왔는데 괜찮지요?"

"허허, 그럼요, 우리 귀한 조카 며느님이 왔는데 얼마나 좋은지 모르겠네요. 이렇게 잘난 손자도 같이 오니 기쁜 경사가 났네요, 허허허."

큰시아버지의 존댓말로 반겨주는 인사가 부끄럽다는 생각이 들었다. 여기서 지내면 지난 일들을 모두 잊을 수 있을 것 같다는 안도감이 들었다. 잠깐 바깥에 나가 외관을 둘러보니 넓은 대지의 법당과 건물 자체도 클 뿐 아니라 유기농 텃밭의 농사도 많았다. 큰시아버지는 큰 스님의 자격과 인품으로 갖추어진 분이었다. 아늑한 장소에서 자리 잡은 법당이 천국을 상징하는 것 같았다. 큰어머니와 아기 동자인 시동생까지 따뜻한 이곳은 마음에 평화로운 안식처로 보였다. 시아버지의 친형님이지만 환경이 전혀 다른 큰 집에 잘 찾아왔다는 기쁨이었다.

"우리 며느리 밥 많이 먹어. 준이도 엄마 따라오느라 얼마나 힘들었겠나. 느 시 엄니 등살에 안 봐도 사는 게 뻔하지 뭐, 우리 집안은 느 시 엄니가 형제들 사이 다 갈라놨단다. 조카 며느리가 여기까지 왔다는 건 얼마나 살기 힘들면 왔겠는지 말 안 해도 알지, 그니까 온 김에 푹 쉬고 있다가 가거라."

"허허, 그래그래, 우린 며느님이 와서 반갑고 좋지요."

"네, 전 아무 소리 안 했는데요. 어떻게 짐작하시네요?"

두 분은 신기하게도 누가 귀띔이라도 해준 것처럼 조카 며느리의 마음을 짐작하는 듯했다. 그렇게 알아주는 마음에 갑자기 울컥해서 눈물이 날 뻔한 걸 꾹 참았다. 역시 불교의 큰 스님은 얼굴만 봐도 예견하는 짐작이 다른 것 같다. 그동안의 일을 사실대로 당장 술술 풀어놓고 싶어졌다.

"아무 소리 안 해도 돼, 천천히 얘기하기로 하고 이렇게 여기까지 왔으니까 무조건 많이 먹고 푹 쉬어, 알았지?"

"큰 아버님, 큰 어머님, 감사합니다."

"이렇게 아들도 낳아주고 얼마나 기특한데 그래, 에이구우."

큰집은 사방이 꿀벌도 많고 꽃과 나비, 새들의 지상낙원이었다. 이튿날 밥상 앞에서 준이 동생을 임신했다는 것도 알게 되었다. 그동안 시어머니의 뱀에 물린 상처를 보면서 조금씩 구토중이 있었는데 시집살이하느라 입덧도 모르고 구박만 받았던 날이 서러웠다.

두 분은 진심이 담긴 마음으로 정성껏 챙겨주었다. 매일 감탄하는 세월을 보냈지만 어쩔 수 없이 입덧은 점점 더해갔다. 먹거리를 챙겨주려고 반나절이나 걸리는 산 아랫마을로 내려갔다 오기도 했다. 시장에서 뭐든 사다가 손수 만들어 주었다. 하루는 온 식구가 나서서 먹고 싶은 거 말하라고 계속 조르는 바람에 수제비를 먹고 싶다고 했다. 그 한마디에 큰시어머니 손에 밀가루 반죽이 쫀득하게 뭉쳐졌고, 큰시아버지 손에서는 자로 잰 듯 예술적인 칼국수가 푸짐하게 썰어졌다. 시동생까지 모두 하얀 밀가루를 뒤집어쓰며 밥상에 앉아서 먹을 때까지 온통 웃음꽃이 피었다.

큰시아버지는 시어머니 때문에 형제가 의절되고 집안이 풍비박산되었다는 이야기를 털어놓으며 집안에 대해서 다 말해주었다. 가문의 인덕이 많은 스님으로 갈수록 존경심이 더해갔다. 마음을 편안하게 감싸 안는 이분들을 만날 수 있음에 감사했다. 큰집에 있는 동안 가슴에 담아두었던 그동안의 일들을 털어놓을 수 있었다. 지나온 사연을 알게 되고 마음고생 했다는 부처님 같은 위로의 말씀에 마음이 활짝 열렸다. 조카 며느리의 심정까지 소중하게 챙겨주는 마음에 시집살이의 응어리가 떨어져 나가는 것 같았다. 두 달을 기거하는 동안 큰 위안이 되었다. 큰 집과 종교는 서로 달라도 큰시아버지의 존경스럽고 인자한 말씀은 암흑 같았던 가슴에 희망을 주었다. 부처님을 닮아가는 인간 자체의 삶이고 존경심을 가지게 되어 평안해졌다.

"며늘 아가야, 오늘은 뜨뜻한 물로 목욕이나 할까?"

"큰어머님이랑 같이요?"

큰어머니는 활짝 웃어 주었다. 벌써 가마솥에 물을 퍼다 붓고 불도 지피고 있었다.

"왜? 나하고 같이 목욕하는데 어때서 그래. 큰 다라이에 뜨뜻한 물 부으면 충분히 같이 들어가도 된단다."

"네, 큰어머니 저도 좋아요."

"그래, 서로 등에 때 밀어주고 난 참 좋다. 울 집엔 남자들만 있으니 등 밀기도 거북했는데 잘됐다. 이렇게 편하고 얼마나 좋아, 아예 우리 며느리 할래? 호호호."

"저도 큰어머님이 좋아요. 친정엄마처럼 잘해주시고 편하게 생각해요, 감사합니다."

"그래그래, 이렇게 이쁜 며느리를 업어줘도 시원찮은데… 쯧쯧."

큰시어머니의 느긋한 행동과 말씀에 마음이 편해졌다. 가마솥에는 어느새 물이 펄펄 끓어서 큰 다라이를 끌어다 놓고 큰어머니와 함께 알몸으로 함께 들어앉았다. 온천에 온 것 같아 지상낙원이 따로 없었다. 큰집 시댁분들과 이렇게 목욕까지 같이 할 수 있다는 건 상상도 못 했던 일이었다. 가끔 혼자 절 끝자락 산봉우리 꼭대기에 올라가기도 했다. 하늘 아래 산을 내려다보고 있으면 사람들의 좁은 소견이 지나가는 뜬구름 같다는 생각이 들었다. 그동안의 홀로 적막강산이었던 마음을 모두 그곳에 털어버리고 싶어서 마음껏 울음을 토해내기도 했다. 이젠 희망을 확신한다. 높은 천마산 정상에 오르면 기쁨에 환호하고 자연 이치의 순리를 존중할 수 있었다. 파란 하늘 아래 뭉게구름은 온 몸을 포근히 감싸 안아주고 **빽빽**이 둘러싼 올곧은 나무들은 굳건하게 믿어주는 용기를 주었다.

민희는 지난 세월 살아낸 인생을 소중하게 생각하기로 했다. 인내와 고뇌는 운명으로 받아들이고, 절망적인 삶에서도 언젠가 꼭 행복은 오고야 말 것이다. 하느님을 믿던 부처님을 믿던 간에 인간의 믿음은 무한한 사랑이 될 것이라 확신한다.

텍사스의 사랑

　시월의 가을바람이 쌀쌀해진 새벽 6시다. 불그스름한 조명 아래 하루의 영업은 종료되었다. 수애는 홀 안쪽에서 마지막 손님을 보내고 사지를 길게 늘어뜨린 채 누워있다. 늘씬한 육체는 풍만한 젖가슴과 볼록한 엉덩이까지 사내들의 마음을 사로잡는 완벽한 몸매였다. 그녀의 볼륨 있는 몸매가 새하얀 긴 드레스에 가려지고 마치 인형이 아무렇게나 바닥에 떨어져 있는 것처럼 느껴진다. 붉은 조명들이 하나둘씩 꺼지고 환한 형광등 불빛으로 바뀌면서 홀 안은 어느새 대낮처럼 환해졌다.
　선영 언니가 활짝 웃으며 홀 안으로 들어섰다. 피부 관리실을 운영하는 원장이면서도 일 년 넘도록 이곳을 방문하고 있다. 일주일에 두 번씩은 이 시간이면 피부 마사지를 하러 왔다. 여기서는 수애하고 제일 각별한 사이로 지내고 있다.

"선영 언니 오셨어요? 나는 오늘 좀 피곤해서 맨 나중 순서로 마사지 받을게요."

"그래, 수애야, 천천히 준비하고 나와도 돼."

열 명 정도 되는 아이들이 피부 관리를 받기 위해 여기저기 '슬금슬금' 얼굴을 내밀었다. 선영에게 돈은 모두 선불로 건네주고 시작한다. 홀 한쪽에 카펫 매트를 깔아놓고 차례대로 한 명씩 길게 한 줄로 눕기 시작했다.

"언니, 오늘은 무슨 관리해줄 거예요?"

"우리 예쁜 아가씨들 잘들 있었지요? 오늘은 한방 팩하고 계란 팩을 준비했습니다, 호호호."

"난 언니가 오는 이 시간이 제일 반가워용. 그럼 오늘도 잘 부탁드릴 게용, 헤헤."

"알았어, 피부 관리는 염려 말고 피곤할 텐데 얼른 누워서 기다려!"

장미가 샤워하고 나오면서 반갑게 맞이해 주었다. 수애는 돈을 가지고 온다며 2층 방으로 천천히 올라갔다. 핸드폰을 찾으려고 옷장 문을 열어보니 코트 주머니에 있는 핸드폰에서 계속 진동이 울리고 있었다. 성준의 반가운 목소리를 들려주는 전화였다. 밤새워 일하느라 지친 몸이 되었다. 전화를 받자 갑자기 게슴츠레하던 눈이 동그랗게 떠지면서 반짝거렸다. 귀에 바짝 갖다 대고 목소리를 최대한 낮추어서 받았다. 다른 아이들한테 들리지 않게 말해야 하기 때문이다.

"오빠, 일어났어요? 오늘은 제가 먼저 전화하려고 했는데 벌써 시간이 이렇게 됐네요."

"내 사랑! 일 끝났어? 당신이 보고 싶어서 한숨도 못 잤다."

오빠 목소리를 들으니 하루의 피로가 한꺼번에 눈 녹듯이 풀렸다. 갑자기 오빠가 너무 보고 싶어졌다.

"오빠! 언제 올 거예요? 너무 보고 싶어요."

"그럼 오늘 시간 괜찮은데 저녁에 갈까?"

"정말요? 그럼 오늘은 오빠를 제방으로 초대할게요."

오빠와 반가운 통화를 하고 너무 기분이 좋아졌다. 얼굴 마사지를 받기 위해 얼른 종종걸음으로 거실에 가서 누웠다. 기분도 좋아졌고 해서 선영 언니한테 2만 원을 팁으로 더 얹어주었다.

"언니, 오늘은 내가 정말 기분 좋은 날이에요. 그러니까 특별히 화장 더 잘 받게 해 줘야 해요? 히히."

"왜, 왜? 오늘 좋은 일 있나 봐? 무슨 일인지 정말 궁금해지네."

"언니이, 그냥 그렇게만 알고 계세요. 내가 나중에 얘기해줄게요."

오빠를 만난다는 생각에 말투가 나긋나긋하고 애교 있는 콧소리로 바뀌었다. 발그레한 볼에 수줍은 미소가 평소와는 달라 보이고 처음 연인을 만나는 소녀처럼 마음이 들떠있다. 졸린 눈을 감고 종알거리며 떠들다가 이내 잠이 들었다.

선영은 선불을 모두 챙겨놓고 피부 관리를 시작했다. 얼굴 마사지는 그대로 모두 잠들어 있는 사이에 차례대로 해주고 뒤처리를 끝낸 다음 조용히 나가면 된다. 이 아이들의 사정을 어느 정도 알고 있고 그동안 정이 많이 들었다. 이젠 비밀 이야기를 할 정도로 가까워졌다. 이곳에 다니면서 언니처럼 편하게 왕래를 하고 있다. 항상 같은 여자의 처지로 이해하고 안타까운 마음도 있지만, 외부 사람들은 그걸 이해하지 못했다. 오늘은 수애가 기분 좋게 팁까지 주는 바람에 덩달아 더 즐거워졌다. 현재 운영하는 피부 관리실은 이곳에 오지 않아도 자리가 잡혀 있지만, 사람의 인연을 끊기가 쉽지 않았다. 그동안 자주 보면서 어느새 정이 들었고 잘 지내는지 항상 궁금해지기도 했다. 이렇게 오지 않으면 일부러는 올 수 없으니 얼굴 보기도 힘든 곳이었다.

선영은 한번 정이 들면 그냥 지나치지 못하고 의리를 지키는 성품을 가졌다. 이곳은 처음에 지인의 소개로 메이크업 화장을 해주러 다녔었다. 다른 사람들이 생각하는 것처럼 이상한 세계의 창녀촌으로 인식하는 곳이라 겁도 나고 가슴이 '콩닥'거렸었다. 텍사스에 일을 가려면 집에서 새벽 시간에 나와야 했다. 그러면 그 시간에 교통도 '뻥' 뚫리고 새벽공기의 상쾌함이 좋았다. 수입도 되고 일거양득이다. 그렇게 마사지가 끝나는 시간이 되면 어느새 창문 틈으로 눈부신 햇살이 살포시 들어온다.

수애는 오후 3시에 침대에서 벌떡 일어났다. 오늘은 오빠를 만날 생각에 콧노래가 저절로 나오고 활짝 기지개를 켰다. 얼른 샤워를 마친 뒤 화장대 앞에 바짝 붙어 앉았다. 그러다가 잠시 집 생각이 나면서 지나간 일들이 주마등처럼 머리를 스쳤다. 예전에 집에 있을 때 아버지의 병환 때문에 수술비로 빚진 돈이 많았었다. 빚은 태산 같기만 하고 살길이 막막했었다. 동생도 곧 대학에 들어가야 하고 결국 다니던 대학을 휴학해버린 채 텍사스에 들어왔다. 아무리 돈을 벌어봤자 한순간에 통장에 잔고가 '0'원이 되어버리기 일쑤였고 매일 통장을 들여다보며 수심이 가득 찼었다. 그 뒤로 이 시간이면 화장대 앞에 붙어 앉아 거울을 보는 습관이 생겼다. 거울 속 여인을 들여다보면 또 다른 자신의 모습을 상상하게 되고 홀로 위안을 받기도 한다. 그렇게라도 자신을 다독거리며 견디는 방법이었다.

'수애야, 정신 차려! 너 그래도 되는 거니? 그래, 난 정말 오빠를 사랑하고 싶어… 나도 사랑 할 수 있어, 왜냐? 오빠를 사랑하니까!… 난 할 수 있으니까… 화이팅!'

수애는 오늘도 거울 속을 들여다보며 중얼거렸다.

"야, 이 미친년아! 거울 앞에서 뭘 그렇게 혼자 구시렁거리는 거야?"

"그래! 나 미쳤어, 미친년이야. 오늘 나의 사랑하는 임이 오시는 날이잖니, 헤헤."

"얼어 죽을 사랑!… 우리 같은 창녀 촌년한테 어떤 정신 나간 미친놈이 아니고서야 누가 사랑을 하겠니. 너도 빨리 정신차려 이년아! 알았어?"

장미가 눈을 감은 채 인상을 쓰며 소리를 질러댔다. 수애는 욕을 먹어도 당당하게 말했다.

"장미야! 셈나면 셈난다고 그래? 우리 오빠는 달라. 그리고 난 지금이 행복해."

그렇게 옥신각신 떠드는 동안 밖에서 덜커덕거리며 요란한 소리가 들렸다. 장미가 갑자기 눈을 번쩍 뜨며 홀에 뛰어나갔다. 예상대로 포주 엄마가 들어오는 소리였다. 대문은 밖에서 잠가놓기 때문에 셔터를 열고 자물통이 달린 철문을 열면서 시끄러운 게 당연했다.

"야! 이년들아 여태 안 일어났어? 얼른 일할 준비 해야지!"

"엄마도 차암, 우린 벌써 일어났잖아용."

장미가 콧소리를 내며 어느새 포주에게 다가가서 들러붙었다.

"오늘 단골손님이 온다고 전화 왔으니까 이쁜이는 준비 잘해라."

수애를 바라보는 포주 엄마의 표정이 웃고 있지만 일처리는 완강했다. 포주 엄마가 지어놓은 수애의 애칭을 이쁜이로 불렀다.

"엄마, 나 오늘 안 돼요!"

"뭐야! 너 오늘 또 그 족제비 같은 오래비 놈 만나기로 했니?"

"네, 엄마는 참말로 왜그러세용."

"돈도 안 되는 실속 없는 놈하구 그렇게 정신 안 차릴래?"

"엄마아, 대신 오늘 일당은 두 배로 드릴게요. 오빠가 줄 거예요."

"아이구, 알긋다!"

포주는 이런 식으로 손님을 마다하는 수애를 보고 펄펄 뛰어야 하지만 여기서는 그녀의 존재가 특별했다. 그나마 남녀의 간절한 사랑을 조금은 이해를 해주고 있어서 다행이었다. 포주는 한숨 한번 크게 쉬고 어쩔 수 없다는 듯 허락을 했다.

"그래, 그럼 오늘은 할 수 없이 장미를 내보내야겠구나? 너! 오늘 하루 만이다! 다음엔 약속하지 마라, 알았어?"

"잉, 엄마 죄송해요, 대신 더 잘할게요."

"엄마아! 걱정마세용. 섹시하게 생긴 예쁜 장미가 있잖아용, 호호호."

포주가 못마땅한 표정이 되려 하자 눈치 빠른 장미가 끼어들었다. 얼른 어깨를 주무르는 척하며 아양을 떨어댔다. 장미는 수애가 없으면 큰손님을 대신 차지할 좋은 기회를 노리고 있는 셈이었다. 그래서 오히려 은근히 신이 난 모양이다.

"알았어요, 엄마, 오늘은 내가 이쁜이 대신 손님 접대 잘할 테니까 밥 먹으러 가용."

"이것아! 이쁜이만 찾으니 그렇지!"

포주가 수애한테 살갑게 대하려고 하다가 장미한테는 목청을 돋우며 머리를 쥐어박는 시늉까지 했다. 그나마 손님 잡기도 힘든 불경기를 맞았다. 수애를 찾는 손님들 때문에 목구멍에 풀칠이라도 제대로 하는 형편이었다. 그래서 눈치를 볼 수밖에 없다.

곧 영업시간이 되었다. 우선 다섯 명은 팀을 나눠서 드레스 복장으로 홀에 나가 앉았다. 수애는 평소에 하던 분장과는 달리 거의 생얼이다시피 연한 화장으로 치장하느라 화장대 앞을 떠나지 않았다. 오빠를 기다리는 시간이 너무나 긴 것 같았다. 조급한 마음에 시계를 보며 벌써 한숨만 몇 번째 쉬고 있는지도 모른다. 오빠가 일찍 퇴근해서 온다고 했으니까 6시쯤 올 거라 생각했다. 설레는 마음이 진정되질 않아 밥 먹는 것도 잊고 있다가 뱃속에서 '꼬르륵'거리는 바람에 뭔가를 먹어야 했다. 입맛이 없지만 배고프면 오빠가 부담될까 봐 요기 정도로 때우기로 했다.

수애는 성준을 사랑하면서부터 만날 때마다 청순한 여인이 되었다. 오늘도 수줍은 얼굴이 되어 연한 분홍색으로 립스틱을 발랐다. 모나리자를 닮은 그녀의 입술이 살포시 떨렸다. 방문 밖으로 복도에 있는 좌중 시계가 여섯 번의 종소리를 울렸다. 그녀의 설레는 심장은 점점 더 쿵쾅거렸다. 직진으로 마냥 달리는 사랑이 너무 행복하다. 약속한 시간이 거의 된 것 같아 창문 밖으로 아래를 내려다보았다. 성준은 주차를 하고 있었다. 그는 훤칠한 귀공자가 되어 보름달처럼 환한 모습으로 나타났다. 오빠를 보니 너무 반갑고 기뻐서 기절할 것 같았다. 수애는 달아오르는 볼을 감싸며 방 안의 온도가 갑자기 올라간 것처럼 더워졌다. 마침 그때 방문을 노크하는 소리가 들려서 문을 열어주었다. 오빠의 향기는 그녀를 매혹시키고 둘은 진한 입맞춤으로 인사를 나누었다.

"우리 이쁜이, 보고 싶어서 죽는 줄 알았다! 이리와 얼른."

"오빠, 잠깐만! 커피 좀 타올게요."

"허허, 됐어, 난 당신만 있으면 되잖아."

"아잉, 오빤 엉큼하긴. 나 오늘 오빠하고만 지내기로 했으니까 시간 많아요."

수애가 매력적인 윙크를 하며 수줍은 애교를 떨었다. 오빠를 만나면 잠시 자신의 직업을 망각하게 된다. 성준은 그런 수애를 사랑하는 마음 하나로 전혀 상관하지 않았다.

"잘됐네, 이참에 지금 외출할까? 오다 보니 가까운 곳에 와인바가 있던데…."

성준은 강원도 촌에서 태어났다. 서울은 대학을 다니기 위해 올라왔고 장학생으로 서울대학원에도 합격했다. 처음에는 기숙사에 있다가 관악구에 있는 자취방에서 지내게 되었다. 그해 여름 방학 때 도시에 와서 사회생활에 적응하기는 쉽지 않았었다. 대학원에서 짝꿍 민태와 점점 친해졌다. 둘이 술친구가 되어 찾게 된 이곳 텍사스에서 수애와의 만남이 시작되었다. 사실 수애가 처해있는 직업 때문에 아주 잠깐 고민을 하기도 했었지만, 곧 자신을 추궁하는 걸로 끝났다.

친구 민태는 국회의원 외동딸과 사랑하지도 않는 정략결혼을 앞두고 있었다. 사랑하는 여자가 있기에 매일 괴로워하며 대학원도 그만둔다고 입버릇처럼 중얼거렸다. 결국 만나지 못하는 슬픔에 매일 술 마시며 타락해가는 친구를 지켜보니 안타깝기만 했다. 성준은 친구를 보며 수애와의 사랑을 꼭 지켜야겠다고 결심했다. 그녀를 처음 보았을 때 이상형의 여인이었고 청순하게 웃는 모습이 자꾸만 생각났다. 직업이야 당장이라도 그만두면 되는 것이라 생각하며 배경이 어떻든 단번에 그녀를 사랑하게 되었다. 성준에겐 사랑으로 다가온 그녀가 즐거운 사회생활의 에너지였기 때문이다. 이 세상에 사랑하는 사람이 있다는 게 하루하루 사는 행복이었다. 진심어린 사랑 앞에서 하나님의 축복이라는 감사의 기도를 바치며 하루하루를 살아가는게 희망이 되었다.

둘은 텍사스 건물에서 완전히 빠져나왔다. 그녀가 입고 있는 분홍색 원피스의 하늘거리는 레이스를 바라보았다. 마치 한 마리 나비가 나풀거리는 것 같았다. 종암동 사거리에서 미아사거리 쪽으로 얼마쯤 걸어갔다. 저만치 고즈넉한 와인 바가 보인다. 그리로 손짓하는 오빠가 마치 영화에 나오는 왕자님 같았다. 와인 바에 들어서니 여기저기 둘씩 짝지어 도란도란 이야기를 나누는 활기가 느껴졌다. 그들의 술잔 부딪치는 소리는 기쁨의 축배 같았다. 은은한 클래식 음악과 함께 잘 어우러지는 레드 와인을 주문했다. 분위기에 저절로 흥얼거리고 오빠가 너무 멋져 보여서 '꼴깍' 침을 삼켰다.

둘은 부딪치는 와인 잔이 두세 번 비워졌다. 오빠의 눈이 게슴츠레해질 무렵 밖으로 나왔다. 다시 오던 길을 따라 걷다 보니 개천가 옆에 있는 포장마차가 보였다. 그쪽 작은 시멘트 다리를 건다보니 월곡동이라는 동네의 작은 골목길들이 눈에 띄었다. 희미한 가로등 불빛이 켜져 있긴 하지만 왠지 주변에 인기척도 없고 으스스한 기분이 들었다. 여기저기 아무렇게나 널브러져있는 쓰레기는 저절로 인상이 찌푸려지는 곳이었다.

포장마차를 가려면 개천을 끼고 가는 길이 있다. 언덕 쪽으로 조금 걷다가 모퉁이를 걸쳐서 올라갔다. 그곳에 자리 잡고 있는 근사한 포장마차는 쪽문과 나무 기둥에 비니루를 몇 겹으로 둘러쳐서 못을 박고 바람막이가 잘 되어 있었다. 묵직한 무게의 문을 부담스럽게 열며 들어섰다. 주인아주머니가 그 모습을 보더니 까르르 웃어 보이며 반갑게 맞이해 주었다. 김이 '모락모락' 피어오르는 홍합탕이 바다 향기를 흘리며 입맛을 당기게 했다. 뱃속은 걸어오는 동안 벌써 소화도 됐고 다시 출출하다는 느낌이 왔다.

"어서 오세요, 이 동네에 이렇게 예쁜 아가씨가 있었네요. 총각은 횡재했네!"

"네, 아주머니 제가 횡재한 거 맞습니다. 허허허."

성준은 능청거리는 말투로 대답하며 살짝 윙크를 했다. 둘은 마주 보고 함께 웃었다.

"하하하, 저도 그렇게 생각하고 있습니다. 우리 이쁜이 얼른 우동 좀 주세요."

"네, 얼른 두 그릇 말아드릴게요."

성준은 천연덕스럽게 웃으며 대답을 하고 둥그런 나무 의자를 끌어당겨서 앉았다. 포장마차 주인아주머니는 허리가 울룩불룩 튀어나왔다. 시커먼 얼굴에 땀구멍이 숭숭 뚫려서 가뜩이나 피부결도 안 좋은데다가 질겨 보였다.

아주머니의 얼굴은 깔끔해 보이지 않지만 반갑게 맞이하며 웃어주는 환한 모습으로 기분 좋게 했다. 먼저 따끈하고 구수한 홍합탕이 나오고 펄펄 끓는 국물에 바다 향을 물씬 풍기는 우동도 나왔다. 포장마차 안에는 피어오르는 젊은 청춘의 기운이 가득했다. 뜨거운 우동 국물을 마시니 몸도 마음도 더 따뜻했다. 두 남녀가 함께 있는 곳이라면 모든 세상이 행복해질 것이다. 언제 어디서든 서로의 가슴을 뜨겁게 달아오르게 했다.

"수애야 오늘은 호텔에 가서 잘까?"

"그럼 포주 엄마가 걱정 하실 텐데요…."

"전화해서 하루 자고 간다고 그래. 일을 빠진 건 내가 보상해 준다고…."

수줍은 표정으로 활짝 웃어주는 오빠를 바라보았다. 핸드폰을 주머니에서 꺼내 전화번호를 꾹꾹 눌렀다. 포주 엄마한테 어렵지 않게 허락을 받아냈다. 둘은 개천 길을 빠져나올 때는 조금 걸어가다가 지나가는 택시를 잡아타고 ○○호텔로 갔다. 웨이터의 안내를 사양하고 직접 스위트룸의 호텔 카드 키를 받아들었다. 3층으로 올라가는 엘리베이터와 현관으로 통하는 희미한 불빛이 마중해주었다. 마치 두 연인에게 분위기를 조성하듯 해 더욱 마음을 들뜨게 했다. 문을 열자마자 둘은 약속이라도 한 듯 뜨거운 입맞춤으로 전신이 달아올랐다.

"오빠, 사랑해요."

"아마 내가 널 더 많이 사랑할걸?"

"사랑해!"

두 남녀는 온몸이 발끝부터 머리끝까지 달아올라 서로 안달이었다. 아침에 오빠를 생각하며 바디 세제를 듬뿍 풀어 두 번이나 샤워를 했다. 수애는 사랑하는 사람에게 순수하지 못한 몸이라는 죄책감이 항상 있었다. 많이 미안하고 몸을 더 많이 깨끗이 씻으려고 애썼다.

수애는 먼저 욕실로 들어가 적당한 물 온도에 맞추고 샤워기를 세게 틀어놓았다. 텍사스에서는 밤마다 거칠게 대하는 사내들과 상대했다. 이렇게 사랑하는 사람에게 흠뻑 사랑을 줄 수 있다는 건 꿈도 못 꾸는 너무나 과분한 사랑이었다. 지금 이대로 죽어도 여한이 없다는 생각이 들었다. 이런 순간이 너무 행복하다. 사랑하는 오빠를 위해 뽀드득 소리가 날 때까지 몸을 씻었다. 오빠에게 사랑하는 마음은 순수한 수줍음이지만 미안해서 선뜻 먼저 다가갈 수 없다. 떨리는 몸을 살포시 대 타월로 감싸고 침대로 갔다.

성준은 벌써 수애와 뜨거운 사랑을 나눌 생각에 가슴이 두 방망이질 치고 있었다. 이런 마음을 들킬까 봐 안 그런 척하고 있다. 그녀가 침대로 오자 아랫도리의 부풀대로 부풀어 오른 거대한 페니스를 숨기며 얼른 욕실로 재빠르게 들어가버렸다. 그리고 사랑을 나눌 기쁨에 샤워기 앞에 우뚝 섰다. 세찬 물줄기가 우람한 어깨에서 힘차게 튕겨 나갔다. 그가 욕실을 나올 때는 '탁탁' 거리는 발소리도 젊음이 넘쳤다. 그녀를 사랑하는 마음은 타오르는 불덩이처럼 달아올랐다. 그녀에게 다가와 가늘게 떨리는 손으로 몸에서 대 타월을 벗겨 내렸다. 그러자 탐스러운 몸매가 성준의 눈을 멀게 했다. 진한 핑크빛 젖꼭지가 봉곳하게 튀어 오르고 사랑을 맞이하려는 아름다운 몸매에 저절로 감탄되었다. 그는 사뿐히 다가와 정성스럽게 그녀의 몸을 탐하기 시작했다.

"아… 오빠, 왜 이렇게 급해요? 난 오빠를 많이 사랑하고 있어요. 천천히요, 천천히…."

"수애야, 난 너를 사랑해서 너무 행복하다."

오빠의 답례를 하기 위해 자리에서 벌떡 일어났다. 앵두 같은 입술과 길어 보이는 혀로 오빠의 입술을 향해 진한 키스를 하기 시작했다. 다음은 딱딱하게 솟아오른 남자의 젖꼭지를 뜨거운 입 안으로 흡입하듯 빨아들였다. 부드럽게 시작해서 점점 거세게 혀를 굴리다가 이번엔 거세게 깨물어버렸다.

"아악! 수애야, 그만, 잠깐만…."

성준은 순간 참지 못하는 쾌감으로 소리치며 몸을 부르르 떨었다.

"오빠, 아파요? 내가 너무 세게 물었나 봐요, 호호."

"아니야, 오빠가 너무 기뻐서 소리친 거야. 천천히 충분하게 사랑하자, 허허허."

기뻐하는 오빠를 보니 눈물이 날 뻔했다. 근육이 단단하게 솟아오른 성준의 허벅지에 뜨거운 입김을 몰아내며 애무를 시작했다. 그녀의 입술이 닿자마자 성준의 몸이 활처럼 휘어졌다. 가쁜 숨을 몰아쉬며 파동을 일으켰다. 그는 몸이 뜨겁게 달아올라 주체할 수 없었다. 즉시 남자의 힘으로 그녀를 벌러덩 눕혀놓았다. 그대로 자신의 크고 두툼한 부드러운 입술로 앵두 같은 입술을 더듬으며 천천히 탐닉하기 시작했다.

"아!… 오빠…!"

그녀의 입안에서 달콤한 향과 함께 따뜻한 입김이 흘러나왔다.

"아… 너무 따뜻해… 너의 입술은 날 황홀하게 해. 난 오늘 너를 흠뻑 느끼고 싶어! 그래도 되지?"

"아 잉 오빤…새삼스럽게, 난 오빠의 여자예요. 당연해요."

이 순간 대구에 살고 있는 병든 아버지도 책상 앞에서 졸고 있는 의대생 남동생도 까맣게 잊고 있었다.

"넌 언제나 날 미치게 해. 오늘은 널 죽여 준다아."

어느새 성준은 가늘고 긴 손가락으로 그녀의 젖무덤을 더듬고 있었다. 피아노를 치듯 능숙하게 놀리고 있는 손이 빨라졌다.

그는 힘 있고 따뜻한 혀로 그녀의 달콤한 입술에서 혀 안쪽까지 훑으며 탐했다. 사랑의 뜨거운 열기가 온몸에 퍼지고 있는 순간이었다.

"아!… 오빠, 날 마음껏 가져요."

"아니야, 내가 널 더 많이 사랑하니까 많이 사랑해 줄 거야."

그녀를 푹신한 침대에 눕혔다. 자신의 속옷을 떨리는 손으로 급하게 벗겨 내렸다. 그녀가 더 깊이 느끼도록 엉덩이 밑에 베개를 밀어 넣자마자 복부가 용수철처럼 튀어 올랐다. 아름다운 숲 속의 관문이 열리고 은밀한 사랑의 깊이로 전진하기 시작했다.

"와우!…내 사랑, 빨리 널 갖고 싶어 죽겠다. 미치겠어!"

진한 핑크빛의 활짝 핀 꽃잎이 되어 나풀거렸다. 그의 사랑은 황홀한 유혹에 끌려들어가 더욱더 뜨겁게 달아올랐다. 마치 반미치광이처럼 황홀한 절정으로 치닫는 지경에 이르렀다. 혀를 꽃잎 속으로 밀어 넣어 감미롭고 황홀하게 훑어 내렸다.

"오빠! 나도 미치겠어요. 오빠 땜에… 숨도 못 쉴 것 같아… 후! 아… 아악! 오, 오빠…!"

"그래, 그래, 알았어!… 허억! 나도 터질 것 같아…!!"

그녀가 몸부림치며 허리를 더 세게 안으며 이를 악물었다. 그의 몸은 급하게 다급해졌다. 곧바로 페니스를 쳐들어 뜨겁게 감싸주는 꽃잎 속을 향해 더 깊이깊이 전진했다. 두 사랑의 화음소리는 스릴 있는 절정 끝으로 점점 더 뜨겁게 불타올랐다.

"수애야! 오빠가 널 너무 많이많이 사랑해! 영원히 사랑해. 아! 후우…! 하아! 하아! 헉!!"

"아아! 오빠아, 오빠아, 정말 사랑해요오…."

오빠가 더 많이 사랑을 느낄 수 있도록 엉덩이를 힘껏 들어 올렸다. 최고의 사랑을 함께하는 오르가슴에 치닫고 있었다. 호텔 방안에 뜨겁게 타오르는 사랑의 노래가 고조되어 울려 퍼진다. 절정으로 치닫는 기쁨의 순간을 함께 맞이했다. 사랑의 옹달샘인 황홀한 그곳, 뜨거운 사랑의 표출이었다. 그는 기쁨으로 그녀의 사랑을 확인하며 진정한 환호성의 쾌재를 마음껏 외쳤다. 둘은 마라톤 경주하듯 사랑의 목표를 달리며 함께 황홀감에 빠져서 더 행복했다. 함께하는 나의 사랑, 오빠의 사랑이 영원하기를 바라면서…!

두 연인의 뜨거운 사랑이었다. 탈진된 몸뚱이의 벌거벗은 모양새 그대로 잠시 깊은 잠에 빠져버렸다. 얼마 동안의 시간은 인기척이 없었다. 수애가 먼저 깨어나고 잠이 덜 깬 눈으로 시간을 확인하고 있다. 그러다가 문득 가슴 철렁하며 몸을 일으켰다. 오후 3시를 넘어서는 시곗바늘은 마치 포주 엄마가 지적하는 손가락 같았다. 허락을 받았지만 왠지 마음이 편하지 않았다. 우리의 사랑이 언젠가 안개 속으로 사라질까 봐 두렵기만 해서 불안한 마음을 떨쳐버리고 싶었다. 옆에서 오빠가 쌔근거리며 아기처럼 잠들어 있었다.

수애는 창문 커튼을 살짝 열어보았다. 환한 햇볕이 빛을 따라 '훅' 들어와 물끄러미 바라보았다. 시골에 계신 아버지의 창백한 얼굴이 갑자기 떠올랐다. 딸의 실상을 알게 되시면 얼마나 슬퍼하실까…! 대학교 다니는 동생 뒷바라지에 고생만 하시는 분이셨다. 수애가 고등학교를 다닐 때 어머니는 오랫동안 앓아온 폐결핵으로 일찍 돌아가셨다. 얼마 안 남은 재산도 모두 정리하고 2년 전에 경상도 대구로 이사를 간 것이다. 그곳은 8촌 되는 먼 친척이 사는 동네였지만 말로만 친척이지 누구 한 사람 잘 찾아오지도 않았다.

"수애야, 무슨 생각 하니? 걱정하지 마! 오늘은 오빠랑 자고 내일 들어가."

성준은 언제 깼는지 뒷머리를 쓸어내려 주며 가벼운 키스로 미소를 보였다.

"당근, 오빠 생각하는 거지요. 오빤 그것도 몰라요? 호호호."
"그래? 오빠 여기 있으니까 걱정 마, 알았지? 하하하."

지금은 환한 미소로 오빠를 안심시켜주는 거짓말을 할 수밖에 없다. 둘은 욕실로 들어가 서로의 몸을 씻겨주며 오랫동안 함께 살아온 부부처럼 편안하고 익숙했다. 아무리 보고 또 봐도 이렇게 자상한 남자는 이 세상에 없을 것이다. 나의 사랑을 지키기 위해 목숨도 아깝지 않다는 생각을 했다.

"배 안 고파? 우리 근사한데 가서 스테이크나 자를까?"
"좋아요, 붉은 와인도 한잔 곁들이면 분위기 짱이겠네요? 헤헤."
"이 아가씨 기분 좀 낼 줄 아시네? 하하하."

분홍색 원피스를 입으려고 집어 들었다. 성준은 얼른 등 뒤로 손을 뻗어 지퍼를 올려주며 목을 얼싸안았다. 육체적인 열정의 사랑을 나눌 때와 달리 순수한 청년이었다. 이렇게 순수한 오빠가 언제 곁을 떠날지 모른다는 불안감에 잠 못 이룰 때도 있었다.
'하느님, 저를 불쌍히 여기시어 제발 오빠를 잃지 않게 해주세요. 오빠를 위해서라면 이 한목숨도 바치겠습니다….'

수애는 교회를 다니지는 않지만, 오빠를 알고부터 가끔 이렇게 혼자 중얼거리며 기도하는 습관이 생겼다. 둘은 택시를 타고 한강 쪽으로 빠르게 달려갔다. 한강 옆으로 나가니 어두워진 거리엔 남녀가 팔짱을 끼고 달콤한 대화를 나누며 거닐고 있었다. 지금, 이 순간 누구보다 더 행복하다고 생각하며 '희죽 희죽' 웃음이 나왔다. 한강 뚝 쪽으로 가다가 계단을 내려갔다. 큰 배를 띄운 채 그 위에 건물을 세운 레스토랑이 반짝이는 불빛에 아름답고 근사했다. 아직 늦지 않은 밤 9시쯤인데도 그 건물 안은 손님들이 꽤 많았다. 온통 술렁거리는 훈훈한 기온에 사람 사는 정감이 느껴졌다.

다른 테이블에서 차려진 불고기 굽는 냄새가 나자 서로 마주보고 침을 꼴깍 삼켰다. 성준은 얼른 한강이 내려다보이는 창문 옆으로 자리를 잡았다. 그리고 그녀에게 다가와 살포시 어깨를 감싸 안으며 의자에 편하게 앉혀주었다. 키가 훤칠한 웨이터는 자리에 앉자마자 주문을 받으러 왔다. 성준은 코스 음식으로 스테이크를 주문을 하고 붉은 와인도 곁들여달라며 예의 바르게 설명해주었다. 음식이 나오기를 기다리는 시간은 꽤 걸렸지만 빨리 나왔다고 착각하며 즐거운 저녁식사를 시작했다.

"오빠! 나 오늘 와인 더 마셔도 되죠?"

"그럼, 그렇지만 오늘은 너무 많이 취하면 안 돼요, 아가씨?"

"왜요? 난 취하고 싶은데요…."

"오빠는 수애가 너무 취하면 사랑하는 사람도 몰라볼까 봐 그래요, 하하하."

"아잉 그런 거예요? 오빠랑 함께 있으니까 기분 좋아서 마시고 싶은 거예요. 오늘 너무 행복해요, 꿈만 같아요."

"맞아, 나도 오늘 정말 행복하다. 우리 아예 이대로 같이 살까?"

수애는 금세 볼이 붉어지고 수줍은 미소로 바라보았다. 성준은 그런 그녀가 어찌나 사랑스러운지 하마터면 그 자리에서 덥석 안아줄 뻔했다. 그는 언제나 점잖고 성실해 보였다. 하지만 알고 보면 이렇게 농담도 잘할 때마다 어색해지기도 했다.

성준은 아버지한테 사랑받지 못하고 사는 어머니를 항상 안쓰럽게 생각하면서 자라왔다. 어머니는 지병이 있어서 몇 개월마다 중환자실에 입원을 해야 했다. 그때마다 아버지의 모습을 별로 본 적이 없었다. 항상 비서가 대신 와서 주치의한테 결과를 물어보곤 했기 때문이었다.

아버지는 어머니가 병원에서 퇴원할 때만 잠깐 얼굴을 보일 뿐이었다. 집에 도착해서 안방으로 들어가는 것까지만 확인하고 다시 회사로 갔다. 가장의 임무가 그게 전부였고 그런 아버지를 대할 때마다 결혼하면 절대 그렇게 살지 않겠다고 다짐하며 아버지를 미워했었다.

"오빠! 제 얼굴 만져 봐요. 오늘은 얼굴이 더 빨개지는 것 같은데 어쩌지?"

"그러니까 더 귀여운데 어쩌지? 하하하."

"오빤 참! 호호호."

둘은 시간이 얼마나 흘렀는지는 관심도 없었다. 그렇게 마냥 즐거운 밤을 보내고 있다. 어느새 레스토랑 홀 안에 빈자리가 없을 정도로 사람들이 꽉 찼다. 점점 다양한 음식 냄새가 퍼져오고 숨이 막힐 것만 같았다. 둘은 얼른 손을 꼭 잡고 그곳을 뛰쳐나왔다. 수애를 품으로 바싹 붙게 어깨를 감싸 안고 걸었다. 한강 물이 시커멓게 입을 벌리고 있는 것 같은 오싹함이 느껴졌다. 어느새 밤기운이 차가워졌다. 둘은 서로의 따뜻한 체온으로 얼굴을 부비는 즐거움에 바람도 무시했다. 밤바람은 두 사람의 산책을 시샘하는 듯 점점 거세지기 시작했다. 빠른 걸음으로 도로에 나와 드물게 다니는 택시를 간신히 탔다. 호텔로 다시 돌아왔다. 여기저기 널브러진 흰 수건과 가운이 우거지상인 것 같았다. 수애가 얼른 집어 들자 성준은 카운터에 전화해서 수건과 가운을 다시 주문하고 있었다.

"얼른 샤워하고 오늘 밤은 오빠랑 푹 자는 거야?"

"오늘은 오빠 덕분에 꿀잠 잘 것 같아요."

둘은 샤워도 함께하고 정말로 오랫동안 잘 살아온 부부처럼 편안하게 침대에 누웠다. 오빠 때문에 살아갈 희망이고 목표가 생겼다. 오늘 밤은 세상에서 가장 꿀맛 같은 잠을 잘 것 같았다. 와인을 마신 약간의 취기는 곧 깊은 잠에 빠져들게 했다.

그날 밤 오빠와 깊은 잠에 빠진 채 꿀잠을 잤다. 새벽에는 일찍감치 서둘러서 아쉬운 작별을 해야 했다. 수애가 6시에 홀 안으로 들어서니 다들 일을 끝내고 흩어진 시간이었다. 장미가 얼른 달려와 살짝 말해주었다.

"쉿! 수애야 있잖니, 그 깐깐한 손님 중에 규철이라는 놈 있잖아, 글쎄 그놈이 어찌나 널 찾아대는지 포주 엄마가 쩔쩔 매드라. 아마 포주 엄마 잔뜩 화났을 걸?"

"그래? 엄만 어디 계셔."

"글쎄… 좀 아까 위층으로 올라가셨나? 넌 어젯밤 행복했겠다 그치? 오빠랑 잘 지냈구? 너 대신 내가 그 인간들 비위 맞추느라 나 눈 감기는 거 봐봐. 쓰러지기 일보 직전이다."

"그래 장미야, 수고했어. 미안하다."

"괜찮아, 됐다고."

장미는 반쯤 감긴 눈으로 쓰러지는 시늉을 하며 위층으로 올라갔다. 일을 마치고 난 썰렁한 홀 안이 오늘은 왠지 비좁고 답답하게 느껴졌다. 그렇게 엉거주춤 서 있는데 포주 엄마가 발소리로 쿵쾅거리며 위층에서 내려왔다.

"너 왜 그러고 서 있어! 들어왔으면 어여 방에 들어가서 자야 하잖니?"

"엄마! 죄송해요, 그리고 감사합니다. 어제는 엄마 덕분에 '푹' 쉬었어요."

"너니까 봐주는 거야! 다른 애들 같으면 국물도 없지…!"

그나마 억지로라도 웃어주는 포주 엄마를 보니 긴장했던 마음이 놓였다. 다른 아이들한테는 엄하게 대하다가도 수애를 보면 아주 큰 선심을 써주는 게 참 신기한 일이다. 그럴 때는 가끔 내 엄마의 마음 같다는 생각을 하고 있었다.

"그럼 쉬고 있어라, 난 집에 갔다 올게!"

"엄마! 이따 봐요."

"그래, 좀 쉬어라."

포주 엄마는 콧등에 주름을 보이며 찡그린 웃음을 보였다. 수애를 찬찬히 살피면서 입술 밑에 깨알만 하게 도드라져있는 점을 손바닥으로 쓸어주는가 싶더니 바쁘게 나가버렸다. 특별히 수애를 아끼는 이유는 그만큼 돈벌이가 되어주는 존재였기 때문이다. 2층 방으로 올라가봤다. 소라는 벌써 깊은 잠에 빠져있다. 마침 핸드폰에서는 전화 벨 소리가 들리고 소라가 깰까봐 얼른 거실 한쪽으로 가서 받았다. 오빠의 달콤한 목소리가 들려왔다. 얼굴엔 웃음꽃이 활짝 피었다.

"나의 사랑 전화 잘 받네? 덕분에 오빤 잘 도착했어. 시간 날 때 또 보러 가야 하는데 그동안 어떻게 참지? 하하하."

"오빠! 저도 많이 보고 싶을 거예요, 사랑해요…."

달콤한 대화가 끝나고 다시 방으로 들어왔다. 어젯밤 성준의 품에서 '푹' 자둔 덕분에 다시 잠이 오지 않을 것 같았다. 방문 소리에 소라가 잠이 깼는지 눈 감은 채 이마를 찡그리며 소리를 질러댔다.

"야 이년아! 어젯밤 재밌었니? 그래, 좋을 때 실컷 즐기는 건 좋은데, 나 피곤하니까 방해하지 마라…."

"그래, 소라야, 알았다… 얼른 자!"

수애는 살금살금 침대에 누웠다. 눈감고 성준을 생각하다가 천천히 잠이 들었다. 그리고 꿈을 꾸었다.

'성준 오빠가 왔다. 두 손을 꼭 잡고 들꽃이 많이 피어있는 먼 들판으로 마냥 달리고 있었다. 얼마쯤 앞으로 달려가던 오빠가 갑자기 보이지 않았다. 수애는 갑자기 무서웠다. 오빠를 찾느라 아무리 불러도 보이지 않았다. 잠시 후 하늘이 까맣게 먹구름이 끼더니 천둥까지 쳤다. 순간 장대 같은 비가 수애의 머리를 내리쳤다.'

깜짝 놀라 꿈에서 깨어났다. 벽시계를 보니 잠깐이라고 생각되는 시간이 벌써 오후 1시가 되었다. 얼른 정신을 차리고 1층으로 내려갔다. 주방에는 미영 이모가 밥상을 차리다 말고 수애를 보더니 환한 미소를 보였다.

"이모! 오늘은 반찬이 뭐예요?"

"응, 벌써 일어났니? 다 자는 시간이니까 혼자 먹으려고 대충 차렸다. 같이 먹을래?"

"우와, 닭볶음탕이다! 이모 잘 먹을게요."

수애는 식욕이 당기는 것 같아 식탁 앞에 앉았다. 그리고 동생이 보낸 문자를 보았다. 핸드폰을 확인하다가 수저를 들다 말고 벌떡 일어났다.

"수애야! 왜 그러니? 뭔 일 있어?"

주방이모가 놀라서 묻는 말에 다시 주저앉았다. 가슴을 쓸어내리고 문자를 다시 확인하며 긴 한숨을 내쉬었다. 남동생이 보낸 여러 개의 문자에 가슴 저 밑바닥까지 쓰러져왔다.

'누나~ 아버지가 편찮으셔. 병원 갔었는데 폐가 심각하게 안 좋다고 하네? 큰 병원 가보래. 누나~ 언제 올 수 있어? 왠지 나 무서워!! 누나~ 회사가 바쁜 거야?'

아버지와 동생은 수애가 큰 회사에 다니는 줄 알고 있다. 텍사스에서 이렇게 돈을 벌고 있는 줄 알면 동생도 그렇고 아버지가 크게 실망할 것이다. 집에 일이 생길 때면 곧바로 달려갈 수가 없어서 발만 동동 굴렀었다. 얼른 동생한테 전화를 걸었다. 계속 받지도 않고 점점 가슴만 타들어 갔다. 문자를 남겼다.

'수철아~누나가 우선 계좌로 돈 좀 보내 줄게, 아버지 모시고 무조건 병원에 가서 검사를 받아라. 그리고 의사선생님이 하라는 대로 치료 잘 받으시도록 도와드려. 누나가 바빠서 당장 갈 수가 없구나. 미안해, 돈이 필요하면 언제든 꼭 연락해~~'

이런저런 생각에 닭볶음탕이 입으로 들어가는지 코로 들어가는지 기억도 안 났다. 정신없이 빨래를 하고 벌써 4시가 되면서 일할 시간은 다가오고 있었다. 포주 엄마가 긴 치마를 입고 펄럭거리며 들어왔다. 밖에서 냉한 바람의 기운을 그대로 온몸에 달고 들어왔다.

"엄마! 밖에 추운 가 봐요? 입술도 시퍼래 보여요!"

어느새 장미가 호들갑을 떨며 포주 엄마 곁에 바짝 다가왔다. 포주는 그런 장미를 제치고 수애가 어디 있는지부터 눈동자를 돌리며 찾았다.

"이쁜아 나와 봐라! 일할 준비는 했니?"

수애는 포주 엄마가 부르는 소리에 화들짝 놀라며 문을 열고 얼굴을 내밀었다.

"엄마! 나 여기 있어요, 왜요?"

"그래, 오늘은 일 좀 해야지?"

"어제 손님이 어찌나 널 찾든지 오늘 오라고 예약해 놨다. 손님이 오늘 벌써 홀에 찾아왔는가 보네, 그 손님 받을 수 있지?"

"알았어요, 엄마아…."

어제 성준과의 사랑이 너무 과했나보다. 허리의 무게감이 심상치 않게 뻐근해왔다. 하지만 오늘은 꼼짝없이 일을 해야 한다. 입술을 질끈 물고는 숨을 크게 내쉬었다. 홀에 손님이 와있다는 곳으로 흐느적거리면서 발걸음을 옮겼다.

"오! 이쁜이 잘 있었어? 어젠 어디 아팠나? 선물 주러 왔다가 그냥 갔잖아. 자, 풀어봐!"

진만이라는 사내가 작은 손가방을 '휙' 던져주었다.

"오빠! 웬 선물이에요?

"아, 그거. 그래 봬도 H 백화점 거여! 내 맴인줄 알어."

"오빠 최고! 대박, 짱."

수애는 지금 직장에서 일하는 시간이다. 이 순간은 성준 오빠와의 개인 사정이란 없어야 할 것이다. 고객을 위해 최선을 다하는 거니까…. 그렇게 마음을 다잡았다.

"제 방으로 가세요, 오빠! 선물 받은 답례로 서비스 잘 해드릴게요."

사내를 2층 룸으로 안내했다. 내키지는 않지만 기분 좋은 표정을 보여주었다. 그 사내의 팔짱을 끼고 계단을 올라가면서 상냥한 표정으로 손님을 맞이했다.

"오, 그래그래, 우리 이쁜이 말도 이쁘게 하네?"

사내는 뭉툭한 코에 돈복이 많아 보이는 관상으로 보였다. 부담스럽도록 두껍게 튀어나온 입술을 실룩거리며 음흉하게 웃고 있었다. 한 치의 망설임 없이 방으로 후딱 들어갔다.

"오빠! 먼저 욕실로 가서 샤워부터 하세요."

"고럼고럼! 샤워를 해야제."

사내는 거리낌 없이 옷을 홀러덩 벗어 던지고 욕실로 들어갔다. 시끄러운 물소리를 내며 탕 안에 들어가 첨벙거렸다. 수애는 지금 그 물로 차라리 물벼락을 맞고 싶은 심정이다. 이렇게 더럽혀진 몸뚱이로 돈을 벌기 위해 짐승처럼 살아야 한다는 게 괴롭다. 이젠 그런 자신이 소름끼칠 지경이다. 하지만 당장 일을 때려치우기도 쉽지 않은 문제였다. 직장 다니는 것보다 비교가 되지 않는 수입에서 별 방법이 생각나지 않았기 때문이었다. 갑자기 오빠한테 달려가고 싶었다. 따뜻하고 자상한 그의 얼굴이 떠올라서 눈물이 핑 돌았다.

사내는 잠시 후 싱글벙글거리며 욕실에서 나왔다. 시퍼렇게 문신이 되어있는 어깨에서 흰 타월이 떨어지지 않으려고 안간힘을 쓰는 것처럼 간신히 매달려 있다. 수애는 소파에 옷을 벗어놓고 알몸으로 샤워를 하러 들어갔다.

"이쁜아! 오빠가 기다린다!"

사내가 성급하게 부르는 소리가 들렸다. 이 한 몸뚱이를 간절히 원하는 손님을 위해 욕실에서 씻고 나왔다. 젖은 머리를 타월로 감싼 채 소파에 주저앉았다.

"오빠! 성질도 급하시네요, 오늘은 어떻게 해드릴까요?"

"나야 뭐, 우리 이쁜이의 특징을 살려주면 그걸로 만족하는 거지."

"오빠 우선 맥주부터 한잔 드세요!"

한쪽 티 테이블에 이미 비쩍 마른 멸치와 땅콩 안주가 차려져 있다. 냉장고에 있는 2홉짜리 맥주 두 병을 꺼내와 병뚜껑을 열었다. 사내가 맥주 두 잔을 단숨에 연거푸 들이켰다. 수애는 사내가 따라준 맥주잔에 입술을 대려다가 미간을 찡그렸다. 눈을 꼭 감고 마시려다가 멈칫했다. 마치 지금 마시는 맥주가 죽기 위해 마시는 독약처럼 느껴졌다. '그래! 죽기 아니면 살기다.' 그렇게 속으로 외치며 맥주 한 잔을 단숨에 삼켜버렸다.

"…!"

우선 사내를 침대에 길게 눕도록 했다. 소름 끼쳐 보이는 입술에 살짝 입맞춤을 했다. 그렇게 먼저 행위를 시작하자 사내는 결정적인 행동으로 돌변하며 안달이 났다. 곧바로 거대하게 튀어나온 성난 아랫도리의 팬티 속으로 집중 공격을 하기 시작했다.

"헉!! 우와!! 오늘은 이쁜이가 날 죽이려 하네?"

뜨겁게 달구어진 꿈틀거리는 사내의 페니스를 힘차게 움켜잡고 흔들었다.

"아!! 아…그래, 너무 좋다…! 흡!… 하아, 하아! 후!…."

사내는 손가락에 잔뜩 힘을 주어 빠르고 강하게 상하로 문지를 때마다 비명을 질렀다. 거센 숨소리와 기쁨을 토해내며 사지를 틀면서 발광했다. 너무 빨리 끝나지 않게 시간을 끌었다. 사내의 젖꼭지를 저주하듯 양쪽으로 번갈아 가며 잘근잘근 이로 깨물었다.

"옳지, 아! 짜릿해…좋아, 좋아!…."

"오빠 그렇게 좋아요?"

"그럼, 그럼, 난 이쁜이가 해주는 건 다 좋아."

다시 사내의 아랫도리로 페니스를 잡고 더 빠르게 피스톤을 쳤다. 그러자 알 수 없는 괴력 같은 환호성을 지르다가 벌떡 일어나 급하게 정상 체위로 자세를 바꾸는 것이었다. 바로 미쳐서 날뛰는 말처럼 '마구마구' 빠르게 달리는 행동을 했다. 사내는 오직 목표달성을 향해 순간을 달리고 있다. 그 밑에 깔려서 눈을 꼭 감고 이를 악물었다. 욕정의 쾌감을 맞춰야 했다. 몸을 긴장시키고 있는 힘을 내어 숨을 참는 중이었다. 결국 본격적인 욕정의 도가

니로 치닫기 시작했다.

"이쁜아! 헉!! 최고! 으으으, 아 아…, 후우우…."

사내는 자기만의 쾌감에 자지러졌다. 곧 절정에 오르는 소리와 함께 마음껏 정액을 분출해냈다. 이 순간 지옥으로 데리고 갈 저승사자가 올 것만 같았다. 헐떡거리던 사내는 일이 끝나고 만족했다는 표정으로 고꾸라졌다. 그리고 빳빳한 수표를 석 장 쥐여 주었다. 젊고 건강한 몸뚱이는 열심히 땀 흘려서 일한 대가를 받는 것이다. 사내가 히죽거리며 다음에 또 꼭 올 거라고 말해놓고 훌쩍 가버렸다. 손에 쥔 수표를 집어넣을 생각도 않고 한참이나 들여다보았다. 그대로 꼼짝하지 않고 넋을 잃고 있었다.

수애는 가진 거라고는 젊은 몸뚱이밖에 없다. 이렇게 돈을 벌어야 하는 자신에게 환멸을 느끼고 있었다. 낯선 사내들은 진력나는 냄새의 흔적을 남겨놓고 떠나버렸다. 그럴 때마다 구역질로 토해버렸다. 결벽증처럼 욕실에서 몸을 박박 씻느라 오래 걸리기도 했었다. 그 사내를 보내고 나서 다시 또 몸단장을 마쳤다. 또 일을 해야 하고 천천히 아래층에 있는 홀에 나가보았다. 어둠이 으슥해질 무렵이라 한창 손님들이 들끓는 시간이었다. 며칠 전 새로 들어왔던 제일 어린 나이의 하영이가 홀 한쪽에서 드레스를 입고 앉아 있었다.

"하영아! 넌 손님 없었니? 다들 룸에 들어간 거야?"

"응! 언니, 좀 전에 보라 언니랑 있었는데 방금 2층 룸으로 올라갔어요. 난 손님들한테 인기가 없나 봐요."

"아니야, 처음엔 좀 그러는데 너도 금방 손님이 찾게 될 거야? 하영아! 내일은 너도 명함 좀 만들자! 요즘엔 홍보도 하고 그래야 손님이 알아본단다."

"언니! 난 명함 같은 거 만들어서 알리고 싶지 않아요. 제가 여기 있는 걸 집에서 알면 아마 그날로 초상 치르는 날이 될걸요?"

"여기선 실명을 누가 쓰니? 당연히 예명으로 써야지. 그리고 화장도 무대 메이크업을 써야 해! 주로 검정색이나 갈색톤 계열로 원색을 많이 써야 하지."

수애는 세 살이나 어린 하영이가 안쓰럽지만 도와줄 수 있는 건 이런 것밖에 없어 안타깝기만 했다. '저 애는 어떤 일로 이런 곳엘 왔을까….' 궁금하지만 차마 물어볼 수는 없다. 아마 나처럼 집안 형편이 어려워서 돈을 벌어야 하는 피치 못할 사정이 있을 거라고 믿고 싶었다. 하영이하고 이야기를 하느라 보라가 옆으로 오는 줄도 몰랐다.

"아휴! 오늘 모처럼 만에 2층 손님 받았는데, 십팔 새끼! 미친놈이 어찌나 젖꼭지를 물어 쌌는지, 별 미친놈이 다 있어. 이케 자국이 심하게 났으니 손님을 받을 수 있겠냐구, 에이 재수대가리 없어! 오늘은 초저녁부터 초를 쳤으니 손님 받긴 다 틀렸구. 3층에 다음 손님은 하영이가 내 대신 들어가거라, 알았지?"

"언니! 언니 손님이 나를 부르겠수?"

"야, 이년아! 너 같으면 이 꼴루 재수 없어서 어떤 놈이 받아주기나 하겠니?"

"하영아, 오늘은 어쩔 수 없으니까 네가 대신 손님 받아봐! 그러면서 배우는 거야, 단골손님도 만들어야지."

수애는 둘 사이에 끼어들어서 말을 막았다. 소라는 좁은 골목처럼 들어가는 3층 방에서 손님 접대하는 걸 싫어했다. 그곳은 너무 좁아서 침대도 없고 간신히 두 사람만 들어갈 수밖에 없는데다 간단한 물품이 놓여있는 쟁반과 이부자리만 있을 뿐이었다. 천장은 똑바로 설 수 없이 낮은데다가 희미한 불빛의 붉은 전구가 매달려 있다. 그런 골방이 열 개가 들어서 있고 욕실은 두 개뿐이어서 번갈아 가며 써야 했다. 고객이 저렴한 가격으로 이용할 수 있는 곳이었다.

수애와 장미도 처음엔 골방 손님을 거쳐야 했다. 점점 일도 익히게 되면서 단골손님도 생기고 VIP 고객만을 받게 되었다. 지금은 좀 더 수월하게 2층 룸에만 들어가고 있다. 그곳은 일 년 전에 호텔 격으로 디자인해서 리모델링 한 침대가 있는 방이다.

"언니, 엄마가 그러는데 오늘 언니 찾는 손님이 올 거라고 했어."

"야! 이년아, 내가 오늘 일을 안 하면 안 했지, 이 꼴루 그 굴속에서 허우적대면 좋겠니?"

"언니, 그게 아니고! 언니가 3층에 안 간다니까 말해준 건데."

"그래, 오늘은 내 꼴이 이러니까 네가 알아서 해봐. 어쩌면 기회라 생각하고."

"언니, 알겠어요. 그렇게 할게요."

소라의 굵직하고 허스키한 목소리가 홀 전체에 울려 퍼졌다. 포주 엄마는 내실에서 반쯤 열린 방문 틈으로 빤히 내다보고 있었다. 수애는 그쪽으로 가려는데 홀 바닥이 반질반질해서 미끄러질까 봐 발뒤꿈치를 들고 조심스럽게 걸어갔다.

"야, 이년아. 시끄러워! 조용히 못 해?"

포주 엄마가 윽박지르자 소라는 눈치를 보며 슬쩍 홀 안쪽으로 자리를 옮겨 앉았다. 포주 엄마가 다시 급하게 내실 문을 닫으려고 하자 수애가 문 꼬리를 잡으며 따라 들어갔다. 컴컴한 방 안의 불빛에는 알몸으로 뒹구는 비디오테이프가 돌아가고 있었다. 포주 엄마는 내실에서 포르노 동영상을 보고 있었다. 실전에서 매일 돌아가는 일이지만 굳이 그렇게 봐야 하는 건지 흉해 보였다. 수애는 양키들의 그 짓들을 화면으로 보는 게 왠지 싫었다. 그쪽을 보지 않으려고 얼른 고개를 돌리며 하려던 말을 했다.

"엄마! 보라 말이에요, 하영이랑 떨어져 앉게 해주세요, 보라가 처음 들어온 하영이한테 괜히 쓸데없는 말 할까 봐 걱정이에요…."

"그래, 보라는 내가 알아서 할 테니까 하영이 걔 좀 살펴봐라. 정을 붙여야 붙어 있을 게 아니냐?"

"알았어요, 엄마…."

수애는 비디오 화면에서 절정의 순간을 맞이하는 뒤엉킨 남녀의 신음소리가 구역질이 날 것 같았다. 얼른 그곳을 뛰쳐나와 물을 마시러 주방에 갔다. 주방 이모가 방금 사 온 시아시 잘 된 주스라며 유리컵에 따라주었다. 시원한 주스를 단숨에 마시고 겨우 울렁거렸던 뱃속이 가라앉았다. 성준을 알고부터는 남녀의 알몸뚱이만 보면 왠지 모를 죄책감에 움츠러들었다. 그전에는 돈을 벌어야겠다는 일념에 닥치는 대로 손님 받는 일을 했지만 갈수록 죄책감으로 다가왔다.

열두 시가 지나자 삐끼 삼촌이 손님들을 열두 명이나 데리고 들어왔다. 삼촌은 가끔 밖에서 특별한 손님들을 데리고 오는 일을 하고 있다. 이곳에서 경호원 같은 책임을 맡고 있는 것이다. 남자들은 어디서 술 마시다 왔는지 거나하게 취해서 벌건 얼굴로 웅성거렸다. 삐끼(호객꾼) 삼촌은 수애를 2층 현관으로 불렀다. 두툼하게 생긴 옴팍한 손으로 등을 '툭' 치며 따라오라고 했다. 중대한 말을 할 참인 것 같아 아무 소리도 하지 않고 뒤따라왔다. 잠시 무슨 생각을 하는 듯하다가 천천히 말을 꺼냈다.

"이쁜아…! 지금, 특급 손님 대접할 생각해라, 잉? 오랜만에 특실에서 '쇼' 할 수 있쟤? 아마 주머니가 두둑해질 끼다. 바로 오늘 땡 잡았는 기라, 크크."

삼촌은 땀구멍이 숭숭 뚫린 거무스름한 얼굴에 단추 구멍만 한 눈으로 윙크를 하며 물었다. 실실 웃는 모습에 속이 거북스러웠다. 수애는 그 정도만 말해도 눈치를 챘다. 그 일을 하고 나면 두툼한 돈 봉투는 만질 수 있었다. 그렇게 생각하며 좋다고 해야 하지만 이젠 그렇지 않다. 가슴 철렁했다가 왠지 구역질이 날 것 같았다.

"니 와 그러노? 어디 아픈 기가?"

"삼촌 그게 아니고요, 오늘 얼마 준대요? 이제 '쇼'는 안 할 참이었거든요…."

"오늘은 아마 니 잘만 보이믄 한 판에 팔자 핀데이."

"에이, 삼촌은… 돈이 문제가 아니고요. 저도 이젠 기력이 딸리는 거 같아요, 음…! 제가 생각 좀 해볼게요."

"니는, 그케 좋은 기술을 가지고 빼는 기냐? 시간 읎다."

"네, 삼촌, 그럼 일단 알았어요. 오늘 한 번만 할게요."

"그래, 알긋다. 잘 해보그라, 기대해 볼겨."

삐끼 삼촌은 수애한테 다짐을 받고 나서 거나하게 취한 손님들을 2층 안쪽 깊숙한 곳 특실로 안내했다. 갑자기 특실 손님들의 접대를 위해 분주해졌다. 수애는 203호 방에 들어가 드레스 옷장 문을 열었다. 반짝반짝 빛나는 의상 중에 보라색 민소매에 레이스가 많이 달린 금박이와 반짝이가 붙어있는 캉캉이 같은 긴 드레스를 골라 입었다. 서랍에 가지런히 놓여있는 긴 망사로 된 머플러도 꺼내서 목에 걸쳐 늘어뜨렸다. '쇼'라는 일을 할 수 있는 아이는 아직 수애뿐이었다. 그나마 조금씩 눈여겨 봐왔던 장미에게 물려줄 생각을 하고 있었다. 돈을 벌기 위해 악착같이 배워둔 것이다. 밤낮으로 익힌 몸짓 서비스로 한번 일을 할 때마다 큰돈을 벌 수 있는 기회가 되는 기술이었다.

성준이가 이런 사실을 몰라야 한다는 생각을 했다. 아마 많이 실망할 것이라는 생각이 들어 하루빨리 끊어야 한다는 결심에 혼자 고민만 늘어갔다…! 분주하게 움직이다가 문득 화장대에 앉았다. 거울에 비추는 해맑은 자신의 얼굴이 어느덧 그늘로 드리워졌다. 이번 일이 마지막이라는 결심을 했다. 질질 끌리는 드레스를 한 손으로 '꽉' 움켜잡은 채 특실로 발길을 옮기고 있었다. 널찍한 방 한가운데에 탁자 두 개와 의자 한 개가 있고 공 한 개가 놓여있다. 그 위로 천장에는 크리스털 장식의 샹들리에가 환하게 켜졌다. 장미는 그 방에 언제나 보조하려고 따라왔다. 일곱 명의 사내들은 한쪽에 차려놓은 술상에 둘러앉아 웅성거리고 있었다. 그들은 곧 다가올 쇼를 보기 위해 기대하고 있는 눈치였다. 이윽고 쇼의 주인공인 수애가 탁자 위에 앉았다.

사내들은 큰 박수와 함께 야심찬 눈초리를 보였다. 먼저 선금으로 수표를 한 장씩 기분 좋게 탁자 위에 놓았다. 장미가 얼른 수표를 챙기고 있다. 다음은 샹들리에가 밑으로 내려오자 환한 불빛 따라 치러야 하는 수애의 능숙한 기교가 시작되었다. 그녀의 첫 번째 쇼를 시작하는 신호였다. 빨간색 망사 끈으로 된 커튼식 팬티의 양쪽 리본을 '확' 풀어 젖혔다. 그 팬티를 검지 손가락으로 섹시하게 몇 바퀴 돌리다가 한쪽 손을 들어 요염하게 공중으로 날려버렸다. 사내들은 느끼한 미소를 보이며 긴장한 표정으로 흥분되는 모양이었다.

다음은 더 가까이 볼 수 있도록 다시 탁자에서 몸을 의자로 옮겨 앉았다. 길게 뻗은 손가락 사이에 흰 담배가 끼워지고 요염하게 오므린 입술로 두 모금 흠뻑 빨아들였다. 사내들은 의미심장

한 눈빛을 보이며 진지한 표정에 초점을 멈추었다. 마침내 그녀의 허여멀건 긴 다리가 크게 벌어지기 시작했다. 은밀한 그곳이 보이고 꿈틀거리기 시작했다. 숨통을 막는 듯 저마다 침 삼키는 소리가 들린다. 고요한 정적으로 시간이 지났다. 지금부터 바짝 긴장되는 순간이 시작되고 있다. 의자에 밀착된 허연 엉덩이를 들어 푹신한 흰 공에 살짝 의지한 다음 은밀한 그곳에 담배가 끼워졌다. 다음은 엉거주춤한 브이 자세를 보이면서 아랫배에 힘을 주는가 싶더니 그 담배에 붙인 달아오른 불이 점점 피어올랐다. 마치 입술과 다름없는 동작처럼 실행하는 엄청난 마력이었다. 은밀한 그곳은 두 번이나 연거푸 담배를 피워내는 마력을 보였다. 이어서 담배 연기로 하트 모양을 그리며 품어냈다. 그때 남자들은 환호성을 쳤다. 힘찬 소리를 질러대며 방 안 분위기는 곧 흥분의 도가니로 쾌재를 불렀다. 상상력을 초월하는 순간이었다.

"헉!! 오호!… 와우! 와우! 와우! 대단하네…!!"

"짝짝짝! 오늘 벌써 쥑인다, 쥑여! 끝내준다!"

사내들은 아낌없는 박수를 마구 쳐댔다. 음흉한 동물 근성의 호기심은 불타올라 눈이 번쩍거리며 벌어진 입에 침이 '줄줄' 흘러내렸다. 첫 번째 쇼가 끝났다. 탁자에는 성난 사내들의 빳빳한 수표가 '탁탁' 소리를 내며 올려졌다. 저마다 빨아들인 그 담배를 미친 듯 피고 싶어 안달이 났다. 그 순간은 숨죽이며 달려드는 남자들의 근성을 노리기 작전인 것이다. 점점 더 홀려보는 기회에 빠져들기 시작했다. 자신도 이상하리만큼 섹시한 힘에 도입하는 용기가 대단하다. 모두 함성을 지르고 싶은 심정이 하늘 끝까지 치솟았다. 장미는 그럴 때마다 빨간 바구니에 돈을 옮겨 담고 있다. 이런 일을 거들며 빼어난 미모에 애교를 부리는 작전도 만만치 않을 정도로 뛰어난 재주꾼이었다. 둘 다 사내들의 아랫도리에 불을 지피는 작전 게임에 유일한 존재가 되는 것이었다.

곧이어 함성에 힘입어 두 번째 쇼에 도전하기 시작했다. 부드러운 위생 수건으로 소독해놓은 맥주 병따개를 손잡이에 천으로 살짝 싸매는 행동을 선보였다. 장미가 작은 맥주병을 들고 옆으로 무릎을 꿇어앉아 바짝 대기시켰다. 긴장감과 함께 은밀한 부위에 힘을 불어넣기까지 달달 떨리고 있다. 한 부위에 집중하기 시작하고 크게 숨을 몰아쉬고 있다. 이어서 탄력 있는 아랫배에 힘을 불어 넣어주기 위해 숨을 위로 힘껏 끌어 올린 뒤 천천히 아랫배가 '쑤욱' 들어가게 했다. 그리고 눈을 지그시 감았다. 짧은 순간에 아랫배에 모아둔 엄청난 힘으로 은밀한 그 부분에 튼튼한 뼈를 이용한 격한 힘이 받쳐주었다. 이때 날렵하게 '퐁' 소리를 내며 맥주병 뚜껑을 따는 순간이 되었다. 그러자 좀 전보다 더 큰 함성의 박수가 계속 동원되었다. 장미의 할 일은 그렇게 뚜껑을 연 맥주병을 들고 자리를 옮긴다. 목마른 망아지들처럼 바라보는 사내들에게 나누어 주기 위해 컵에 맥주를 부어준다. 그때 탁자 앞에 놓인 수표 금액을 또 확인한다. 저마다 대가를 충분히 치르기 위해 안달이 나고 드디어 유일하게 합방할 선수가 간택되는 순간이다.

수애는 쇼를 진행하는 동안 너무 집중하느라 이마에 솟는 땀도 닦을 틈이 없었다. 숨죽이는 특별 쇼가 한 시간 정도 걸려서 끝났다. 이렇게 온몸에 엄청난 긴장을 하면서 괴력의 힘을 발산했다. 고난의 일을 치르는 시간은 남성의 노리개로 일해야 했다. 사내들의 갈증을 한 번에 풀어주는 기교를 단련해왔다. 이제 그 일을 더 이상 하지 말아야 한다는 생각을 하고 있다. 장미에게 물려주려고 대동했다. 수애는 이렇게 쇼가 끝나면 특별히 간택된 사내를 따라 205호 밀실로 들어가게 된다. 진행되는 특별 쇼의 수입에서 절반은 자신에게 돌아오는 몫이었다. 밀실로 된 룸으로 선택되면 그 사내가 주는 수입을 기본료만 제하고 모두 본인이 챙기면 된다. 단시간에 큰 돈벌이가 되는 절호의 기회가 되는 것이다.

"이쁜아! 고생 했데이. 니, 룸에 드갔다 나오면 계산해 줄끼니까 후딱 갔다 나오그라, 알긋제?"

삐끼 삼촌이 마침 나타났다. 평소의 투박한 얼굴 생김새가 어울리지 않게 명랑한 목소리로 말을 걸어왔다. 돈 봉투를 들고 싱글벙글 찌그러진 눈짓을 하는 모습에 돈벌레 같다는 생각을 하니 저절로 인상이 찌푸려졌다. 다시 열쇠 꾸러미를 들고 요란하게 철렁거리는 소리를 내며 아래층으로 내려갔다.

"장미야 다음부터는 네가 나가도록 해라! 난 이제 이 짓도 안 할란다."

"얘는, 난 아직 자격이 안 될 텐데 뭔 소리니?"

장미는 언젠가 수애가 하던 자리를 물려받을 날이 올 거라 믿어왔다. 그동안 몰래 조금씩 혼자 연습도 해왔던 터였다. 하지만 내색은 하지 않고 눈여겨보며 따라다녔다. 돈 버는 일도 서로의 기 싸움이고 그만큼 노력의 결과였다.

"아니야 넌 충분히 할 수 있어! 언제 실습 좀 해볼까? 난 이제 이 일에서 그만두어야 할 것 같단다."

수애는 205호실로 들어갔다. 사내는 이미 충분히 성욕으로 달구어져 버린 욕구를 채우기 위해 안달이 나있는 모양이었다. 먼저 몸을 씻고 나와 가운으로 갈아입었다. 사내는 욕실에서 급하게 나오더니 물기도 제대로 마르지 않은 채 침대로 밀어붙였다. 지금 이 순간은 다른 때 보다 맡은 일이 금방 끝날 것이다. 숨을 크게 한 번에 몰아쉬었다. 눈 한번 질끈 감고 이를 악물면 된다. 오늘은 이미 충분히 달구어진 사내를 다른 날보다 더 빨리 오르가슴으로 골인시켰다. 이렇게 큰일을 치르는 날의 임무가 끝나가고 있었다.

다음날 얼마나 정신없이 자 버렸는지 모른다. 핸드폰은 진동으로 설정해놓았었다. 잠을 깨고 침대에서 벨 소리가 계속 울리는 바람에 정신이 번쩍 들었다. 통화 버튼을 누르자마자 남동생이 급하게 누나를 부르는 소리가 들렸다.

"누나! 바쁜데 미안해. 자꾸 누나한테 이런 전화 하게 되네?"

동생 목소리에 가슴이 철렁하면서 전화를 받았다. 고달팠던 어젯밤 일들이 떠오르면서 머리가 띵 해왔다.

"수철아! 아버지는 어떠시니?"

"누나! 병원에서 전화가 왔는데 MRI 찍어본 결과가 나왔다고 했어. 이따가 아버지랑 같이 가보려고 해. 그런데 왠지 나 떨려, 안 좋은 결과 나오면 어떻게 하지?"

"수철아, 미안하다! 네가 고생이구나. 오늘은 누나가 회사에 자리를 비울 수가 없어. 병원 갔다 와서 꼭 전화해라!"

"알았어, 누나. 나 강의 시간 돼서 가봐야 해."

동생은 누나가 큰 회사에서 중요한 업무의 일을 맡고 있는 거로 알고 있다. 그래서 자리 비우기가 어려운 줄 알고 이해를 하고 있다. 시계를 보니 벌써 12시가 지나고 있었다. 얼른 준비하고 어젯밤 수입으로 받은 돈 봉투를 꺼내 보았다. 동생에게 보내줄 수 있다는 생각을 하니 기뻤다. 몇 달 동안 벌어야 할 돈을 하루 저녁에 벌었다는 건 쉬운 일이 아니었다. 우선 용돈만 조금 남기고 얼른 자동화 코너가 있는 은행부터 가서 입금하고 들어왔다.

내일은 선영 언니가 마사지하러 오는 날이다. 수입으로 화장품도 사야 하고 외상값도 줘야겠다는 생각을 하고 있다. 일할 시간이 되어서 얼른 드레스를 입으러 방에 갔다. 주머니에서 핸드폰 벨 소리가 계속 울렸다. 수애는 너무 급하게 전화를 받다가 앞으로 고꾸라질 뻔했다. 성준 오빠 목소리였다. 죄짓다가 들킨 사람처럼 가슴이 철렁했다. 어제의 그 일이 머릿속을 괴롭힌다. 성준에게 죄책감으로 생각되어 또 하나의 큰 걱정이 생겼다.

"내 사랑! 잘 지내고 있지? 어제는 너무 바빠서 전화할 사이도 없었구나. 이번 일요일 오빠가 갈까?"

"오빠, 이번 주 말고 다음 주쯤에 오세요. 이번 주엔 제가 고향엘 다녀와야 해요. 아빠가 편찮으셔서요."

"어, 그렇구나. 그럼 얼른 다녀와야지. 잘 다녀오고 전화 기다릴게, 사랑해에."

주말에는 한 달에 한 번씩 쉬는 날이 있다. 그래서 이번엔 아빠를 만나 뵈러 꼭 가야겠다고 별러왔었다. 오늘은 몸도 묵직한 느낌이고 컨디션이 안 좋으면서 눈두덩도 부어버리고 자꾸 눈이 감겨왔다. 요즘 과로한 탓인지 몸은 허리도 뻐근하고 엉덩이가 밑으로 내려앉는 것처럼 무겁게 느껴졌다. 일어나보려다가 그 자리에 철퍼덕 주저앉아 버렸다. 그도 그럴 것이 어젯밤에 치른 쇼는 몇 달 동안을 벌어야 하는 수입이고 그만큼 몇 배의 힘을 요구한다.

수애는 젊은 체력이라도 한 번에 많은 긴장의 힘을 쏟아 내야 하는 쇼가 무리가 되고 체력의 소모도 엄청 컸다. 그러고 나면 충분히 몸을 쉬어주어야 했다. 몸을 좀 쉬려고 캄캄한 방안에서 널브러진 채 누워있는데 장미가 어두움을 헤치고 방으로 들어왔다.

"수애야, 포주 엄마가 너 오늘은 천천히 내려와도 된다고 전해주란다."

"그래, 애들은 다 나왔니? 오늘은 내 몸이 미쳤나보다. 휴우!…."

장미가 나가고 나서도 얼마 동안 인기척이 없었다. 잠깐 꿈을 꾸었다.

'수애는 아버지를 만났다. 아버지는 딸을 보며 자꾸만 나가라고 손짓하셨다. 아버지 앞에 뿌연 안개가 깔려왔다. 조금씩 아버지의 모습이 희미해지기 시작했다. 그래서 급하게 아버지를 불렀다. 아버지는 괜찮으니 어서 가보라는 손짓을 하시지만 멀어지는 모습에 음성도 점점 조그맣게 들려왔다. 갑자기 서늘해지는 섬뜩한 생각이 들었다. 계속 아버지를 부르며 크게 통곡하는 소리로 울부짖었다. 아버지! 아버지이!….'

아버지를 계속 부르다가 꿈에서 깨어났다. 허공을 휘젓는 손을 누군가 꼼짝 못 하게 꼭 붙잡고 있었다. 깜짝 놀라 눈을 뜨니 하영이가 머리맡에 앉아 있다.

"언니! 무서운 꿈꿨어요? 왜 이렇게 땀을 흘리는 거예요? 뭐 안 좋은 꿈을 꾸셨나? 엄마가 언니 내려오라고 깨우라 해서 내가 이렇게 왔어요."

수애는 꿈을 꾸며 얼마나 눈물을 흘렸는지 모른다. 한쪽 머리가 눈물로 흥건히 젖어 있었다.

"하영아, 언니 샤워하고 내려갈 테니까 먼저 가봐라. 손님이 많이 왔니?"

"저번에 왔다 간 진안이라는 손님이 왔어요… 언니만 찾아요."

"알았다, 화장하고 드레스 입어야 하니까 시간을 좀 끌고 있어, 후딱 갈게."

"알았어요, 언니. 천천히 내려오세요! 제가 술상 봐놓고 있을게요."

하영이가 나가면서 불을 켜놓고 나갔다. 갑자기 비치는 형광등 빛은 어둠에서 새로운 세계로 끌려온 것만 같았다. 눈을 번쩍 뜨고 얼른 샤워실로 들어가서 샤워기를 세게 틀었다. 빠르게 몸을 움직여 씻은 뒤 화장대 앞에서 자신의 모습을 살폈다. 진한 밤색 톤으로 분장 메이크업을 능숙하게 끝내고 오늘따라 더 무겁게 느끼는 드레스를 천천히 입었다. 수애는 온몸이 무겁고 허리도 아프지만 밤새 다섯 타임이나 룸 손님을 받았다. 팔다리가 두들겨 맞은 것처럼 몸살로 아프고 욱신거렸다. 일을 마치고 잠자리 침대에 올라갈 힘도 빠져버린 채 그대로 바닥에 누워 깊은 잠에 빠졌다.

얼마나 시간이 흘렀을까? 시체처럼 늘어져 자고 있는 수애를 누군가 꼬집는 바람에 비명을 지르며 눈을 떴다. 한 달 전에 간신히 휴가를 써서 나갔던 미연이가 돌아왔다.

"미연아! 잘 갔다 왔니? 일찍 왔구나. 기집애야, 뭐 하러 또 왔니, 오지 말지…."

미연은 일 년에 두 번씩 휴가를 다녀왔다. 그녀는 텍사스에서 번 돈을 모두 얼굴 성형하는 비용으로 써버렸다. 오로지 자신을 가꾸는 비용으로만 탕진한다는 것이다. 집도 그리 멀지 않은 같은 서울에 있다고 들었다. 그래서 그렇게 훌쩍 나갔다 들어오면 새로운 모습의 다른 얼굴로 변신해서 돌아오는 것이었다. 이번엔 아무리 살펴봐도 온몸에 달라진 곳이 보이지 않아 의아하게 생각하고 앞으로 다가가서 물어보았다.

"미연아, 내가 너무 피로에 지쳤나 봐. 네가 얼마나 예뻐졌는지 아무것도 보이지 않네? 성형외과 또 갔다 왔니, 이번엔 어딜 고친 거야? 후후후."

"응, 언닌 어디 아픈 거야? 얼굴색이 창백하다. 난 이번엔 생각 좀 하느라 아무 짓도 안 하고 그냥 왔지…."

"왜? 무슨 일 있는 거야?"

어느 연예인을 닮아 있는 그녀는 자기 얼굴에 만족을 하지 않았다. 본래 잘난 인물로 인기를 독차지 하고 있는 것을 모른다. 어떤 사연이 있는지 아무도 알려고도 하지 않았다. 수애는 기교로 돈을 모으고 미연은 잘난 얼굴로 돈을 벌었다. 주방 이모가 진한 커피 향을 풍기며 머그잔에 가득 타서 가져왔다.

"이모, 멋쟁이! 오늘은 반찬이 뭐예요?"

미연이가 하얀 이를 드러내며 잇몸이 보이도록 웃어 주었다.

"얘는, 어디 갔다 왔누? 이쁜 미연이가 안 보이니까 이모 눈이 빠질 뻔했잖니!"

"이모, 그래서 이렇게 왔잖우! 이모가 해주는 떡볶이도 먹구 싶구요."

주방 이모는 미연이가 살갑게 대해주니까 별로 표정이 없던 얼굴에 생기를 보였다. 가족 분위기처럼 정답게 대화를 하고 있다. 둘은 그렇게 떠들다가 아래층 계단으로 내려가는데 발소리가 몹시 쿵쾅거리며 시끄러웠다. 수애도 따라 나가려다 문득 옷장에 넣어둔 가방 안에서 핸드폰을 열어보았다. '아뿔싸' 동생한테 전화한다는 걸 깜빡 잊고 있었다. 얼른 확인해 보니 문자가 와있었다. 전화도 열 번이나 찍혀있었다.

'누나! 아버지가 이번엔 폐암이라는데 어떻게 해!…누나 빨리 와.'

"아! 아버지 이! 어떻게 이런 일이… 어떻게 해! 아버지이, 어어 엉, 어엉."

수애는 문자를 보고 저도 모르게 소리지르며 울음을 터트렸다. '먼저는 위암 초기라 해서 수술을 했는데 이번엔 폐암이라니!…'

눈앞이 캄캄해지고 세상이 끝나버린 것 같았다. 잠깐 동안 아무것도 할 수 없이 팔다리에 힘이 빠져버렸다. 그러다가 가까스로 정신을 차려 동생한테 전화를 걸었다. 동생의 목소리가 들려오자마자 눈물이 왈칵 쏟아졌다.

"누나! 왜 인제 전화를 거는 거야. 아버지가 폐암 이래! 주치의랑 잠깐 상담했는데 말기라 수술도 안 된다고, 누나…! 우리 이제 어떻게 살지? 아버지는 그것도 모르고 누나 걱정만 하고 있고, 나 공부고 뭐고 다 때려 칠 거야! 으엉엉."

"수철아! 그럼 얼마나 사신 대니? 응? 응? 물어봤어? 으흑흑!

어떻게 하니, 누나가 얼른 내려갈게. 오진일 수도 있잖니!"

남동생의 흐느끼는 목소리가 가슴팍으로 뼛속 깊이 파고드는 것 같았다. 이제 조금만 더 일하고 고향에 내려갈 목표만을 가지고 있었는데… 가족과 함께 살 수 있는 날만을 손꼽아 기다려왔다. 이젠 복학해서 대학도 졸업해야겠다는 희망을 가지고 모든 걸 버텨왔다. 수애는 아래층 주방으로 내려가서 한쪽 구석에 앉아 울고 있었다. 그러자 저쪽에서 보고 있던 하영이가 놀라서 눈을 동그랗게 뜨고 달려왔다. 울면서 쓰러질 듯 보이는 모습을 보더니 얼른 부축을 했다.

"언니! 왜 그래요, 어디 아파요? 아니면 집에 무슨 일 있어요?"

포주 엄마는 한쪽에서 쩝쩝거리며 매운탕을 떠먹다가 수저를 든 채 휙 돌아보며 물었다.

"이쁜아! 너 왜 그래, 무슨 일이야! 한 번도 아픈 적이 없는 애가 왜 그러니? 안 되겠다, 오늘은 좀 쉬는 게 낫겠다. 마침 미연이도 왔으니까 푹 쉬면 금방 나을 게야."

"엄마 아… 그게 아니 구요!… 으흑흑흑, 우리 아버지가요!…."

수애는 주방 바닥에서 얼굴을 감싸고 주저앉으며 엎드린 채 흐느끼기 시작했다.

"이쁜아, 왜 그래? 무슨 소린지 자세히 말해봐, 울지만 말고."

"무슨 일이야? 방금까지도 아무 일 없었는데 왜 그래?"

미연이도 개구리처럼 튀어나온 큰 눈을 더 크게 뜨며 놀란 표정으로 다가왔다.

"아버지가 폐암 이래요!⋯ 으흑흑⋯!⋯."

모두 잠시 할 말을 잃었다. 아무 위안의 말도 못 하고 그녀가 흐느끼며 들먹거리는 어깨만 바라보고 있었다. 수애는 좀 진정되었을 때 팔에 링거를 맞으며 잠이 들었다. 긴 밤을 자는 동안 악몽에 시달리기도 했다.

다음날 피부 마사지를 하는 날이라 새벽 6시쯤 선영 언니가 왔다. 미연이가 제일 먼저 반갑게 맞이해주었다. 추운날씨라 밖에서 찬바람을 몰고 들어온 냉기가 느껴졌다. 얼른 따끈한 커피 한 잔을 대접하니 활짝 웃어 주는 얼굴에 온기가 도는 것 같았다.

"선영 언니, 저는 오늘 마사지 못 받아요. 집에 다녀 올 일이 있어요."

"왜 집에 무슨 일 있는 거야? 혹시 아버지가 편찮으신 거 아냐?"

"네, 언니⋯!"

"어 그래, 그럼 얼른 준비하고 잘 다녀와."

선영 언니가 말은 그렇게 하지만 수애를 살피며 몹시 걱정되는 얼굴이었다.

"어머나! 스타 언니는 언제 왔대? 어쩐지 오늘은 홀 안이 더 환해진 거 같아서 전등을 갈아 끼우기라도 했나 했네? 호호호."

"언니! 저 어젯밤에 왔어요, 언니, 잠깐만 할 말이 있어요."

미연이가 그렇게 말하니까 눈치 빠른 수애는 왠지 심상치 않다는 생각이 들었다. 아무래도 무슨 일이 있는 것 같았다. 다들 떠드느라 아우성치는 소리에 미연이가 말하는 귓속말이 하나도 들리지 않아 제대로 듣지를 못했다. 마음이 온통 집에 갈 생각만 하는 탓도 있었다. 미연은 마사지를 받는다며 제일 먼저 홀 한쪽에 자리를 깔고 누웠다. 그 옆으로 쭉 여섯 명이 누워 있었다. 수애는 선영 언니와 미연을 번갈아가며 돌아보았다. 화장품을 사서 쓰던 외상값이 밀려있었는데 미수금을 모두 계산해 주고 2층 방으로 올라갔다.

온통 아버지 걱정에 아무생각도 하고 싶지 않았다. 시골에 내려가면 어떻게 될지도 몰라 어느 정도 정리해야겠다는 생각이 들 뿐이었다. 지금은 누구의 말도 귀에 들어오지 않는다. 얼른 방에 올라가 가방을 챙기기 시작했다.

"수철아! 누나가 오늘 내려갈게! 어느 병원이니? 거기서 만나자!"

"알았어, 누나! 몇 시에 올 거야?"

"여기서 열 시쯤 떠날 거니까 두 시쯤 도착할 거 같아."

수애는 동생과 약속을 잡고 포주 엄마한테 전화를 걸어 집에 다녀온다고 허락을 받았다.

"엄마! 저 오늘 집에 좀 갔다 올게요. 우선 병원에 가서 교수님을 만나 뵙고 수술할 수 있는지 여쭤보려고요."

"어 그래, 다른 병원도 가보고 정확히 알아보고 와, 응? 여기 걱정하지 말고 일 다 보면 전화해라?"

"예, 그럴 게요… 엄마, 고맙습니다!"

전화를 끊고 그녀는 갑자기 미친 듯 샤워실로 들어가서 몸을 박박 문지르며 씻고 또 씻었다. 이 더러운 몸뚱이 때문에 행여 하느님이 벌주시는 건 아닐까 하는 생각에 미치자 덜컥 눈물이 났다. 샤워기를 꽂아놓고 살가죽을 계속 문지르며 소리 내어 울었다. 욕실에서 씻고 나와 순식간에 집에 갈 준비를 끝냈다.

열차를 타고 집에 가는 긴 시간이 어떻게 지나갔는지 모른다. 대구역에 도착했을 때 동생이 많이 기다리고 있을 것 같아 허겁지겁 대합실로 달려갔다. 동생은 생각했던 대로 역 안에서 의자에 웅크리고 앉아 있다가 벌떡 일어났다.

"누나! 왔어? 병원에는 전화로 상담 예약 해놨어."

"응, 많이 기다렸니? 얼른 가자!"

"누나! 아버지마저 돌아가시면 우린 이제 어떻게 살아? 난 상상만 해도 무서워, 공부도 안 되고… 누나! 나 휴학을 해야 될 것 같아."

"일단 가서 담당 교수님께 여쭤보고 생각하자!"

동생은 기운이 하나도 없어 보이고 근심 가득한 얼굴로 누나를 바라보았다. 역 앞에서 돌아다니고 있는 택시를 잡아탔다. 병원에 도착하니 벌써 아버지의 담당 교수님을 만나는 시간이 되었다. 두 남매는 잔뜩 긴장한 모습으로 진료실에 가서 나란히 앉았다.

"교수님! 저희 아버지가 이제 건강해지셨다고 들었는데 어찌 된 일인가요?"

"아, 그랬었지요. 그런데 요즘 아버님이 담배를 자주 피우셨더

군요. 이렇게 잘난 자식들이 둘이나 있는데 아버님께 무슨 걱정이 있으신가요? 담배는 끊으신 걸로 알고 있었는데… 알고 보니 줄 담배를 피셨다고 하네요?"

"교수님! 정말 몰랐습니다. 동생은 공부하느라 도서관에서 살다시피 했다고 하고요. 저는 객지에 나가 있어서 아버지를 보살펴드리지 못했어요. 제 잘못이에요, 아버지 병환이 어느 정도인가요?"

담당 교수님 앞에 바짝 다가앉으며 다그쳐 물었다. 교수님을 뚫어지라 바라보고 있었다. 제발 아버지의 병환이 가벼운 증상이기를 마음속으로 간절히 원했다. 그런 남매를 보며 천천히 말을 이어갔다.

"음… 먼저 위암 수술은 아주 잘 되어서 안심했는데요, 이번엔 폐암 말기시고요. 이미 진행이 된 거라 손을 쓸 수가 없네요. 초기에 빨리 알았으면 치료가 됐을 수도 있지만, 또 다른 곳으로 전이되기 시작을 했어요. 앞으로는 진통도 점점 심하게 나타날 겁니다. 무조건 마음 편하게 해드리고 드시고 싶은 거 많이 해드리세요."

"아버지가 폐암 말기라고요? 그동안 아프다 소리를 별로 안 하셨기 때문에 정말 몰랐어요. 죄송하지만 혹시 오진으로 나올 수도 있는 건 아닐까요? 믿어지지 않아요. 다시 한번 더 검사를 하고 싶습니다."

"저는 최선을 다했습니다. 그러니까 진짜 믿기지 않는다면 소견서를 써 드릴 게요. 원 없이 다른 병원에 가보셔도 됩니다."

수애의 눈에는 눈물이 한가득 차오르더니 마구 흘러내렸다. 교수님께 억지를 쓴다는 걸 알면서도 믿어지지 않아서 그렇게 말해버렸다. 눈물을 훔쳐내며 울음소리가 들리지 않도록 입을 막고 울었다. 동생은 애써 눈물을 참느라 고개를 돌렸다. 하지만 당해낼 재간 없이 굵은 눈물방울이 '툭' 떨어졌다.

"교수님 알겠습니다, 그럼 아버지는 입원도 못 하시는 건가요? 몇 달 사실 수 있는 건가요?"

"예, 워낙 빠른 전이라서 입원하셔도 소용없어요. 두 달을 못 가실 거 같네요. 항암치료도 할 수 없고, 고통이 심하실 때는 병원에 오셔서 진통제를 맞으셔야 합니다. 우선 약을 드릴 테니까 아버님께 잘 챙겨 드리고요."

"네, 알겠습니다, 교수님."

두 남매는 병원에서 나온 뒤 집으로 달려갔다. 아버지는 방안에서 이불을 머리까지 푹 덮은 채 잠이 드셨다. 혹시 저대로 영영 돌아가시는 건 아닐까 싶어 깨우고 싶었지만, 숨은 쉬는 것 같아 살며시 발소리를 죽이며 주방으로 들어갔다. 냉장고에 먹을 것도 마땅치 않고 동생을 앞세워서 장을 보기로 했다. 아직 이른 저녁이었다. 그래서 그런지 한가롭게 걸어 다니며 물건 값을 흥정하는 사람들이 가끔 보였다. 한산한 거리를 지나 안쪽으로 가니 필요한 물건이며 먹을거리들이 없는 게 없었다. 몇 가지 고기, 생선 등 주로 아버지가 좋아하는 걸로만 샀다. 동생이 양쪽 손에 보따리를 잔뜩 들고 낑낑거리며 따라다녔다. 남매가 오랜만에 함께 장을 보고 서로 의지하며 저녁 식사까지 장만하느라 분주했다. 온 가족은 손수 만든 푸짐한 저녁 밥상에 둘러앉았다.

"허허, 아부지는 너무 기분 좋구먼. 근디, 오늘 무슨 날이여?"

"그럼요, 오랜만에 모였으니까 누나가 맛난 거 차린 거예요. 아버지, 많이 드세요."

"아버지가 좋아하시는 닭볶음탕도 만들었으니까 많이 드세요. 겉절이도 했는데 입맛에 맞으실지 모르겠네요?"

"아유 그럼 그럼… 우리 이쁜 딸래미가 만들었는데 다 맛나구먼."

갑자기 아버지가 식사를 하다 말고 가져올 게 있다며 방으로 들어가셨다. 곧 나오실 때가 됐는데 기척도 없고 해서 수애가 문틈으로 살짝 들여다보았다. 아버지의 등을 돌리고 앉은 어깨가 들썩거렸다. 자식들 몰래 옷장 옆에서 소리죽여 가며 울고 계셨다. 수애는 아버지한테 들키지 않으려 슬그머니 문을 닫고 돌아섰다. 마루에 앉아서 덩달아 훌쩍거렸다. 수철이도 밥 먹다 말고 따라 나와 그런 누나를 지켜보며 눈물을 훔쳐내고 있다. 동생은 얼른 밥상 앞에 돌아와 앉았다. 모르는 척 누나에게 물었다.

"누나 왜 그래! 아버지는 왜 안 나오셔?"

"응, 아무것도 아니야. 조금 기다리다가 아버지 모시고 나와라!"

동생은 아무 일 없다는 듯 아버지를 모시고 나왔다. 아버지는 딸의 손을 꼭 잡고 한숨을 크게 쉬었다.

"수애야, 니 고생 많았재. 이제 고마 내려와서 학교 댕기그라. 아부지가 느그들 고생만 시켜서 미안하구, 맴이 많이 안 좋단다…."

"아버지! 무슨 소리예요. 아버지가 너무 고생 많으셨지요. 제가 맨날 나가 있어서요. 수철이 뒷바라지 해주셨잖아요. 엄마도 안 계신데 이렇게 저희를 잘 키워 주셨고… 이런 훌륭한 아버지가 어디 또 계신가요? 호호호."

"맞아요, 아버지. 저도 아버지가 최고예요."

동생은 아버지 앞에서 엄지손가락을 크게 치켜보였다. 그 바람에 세 식구는 활짝 웃으며 오랜만에 맛난 식사를 함께했다. 더 간절한 가족의 사랑을 흠뻑 나누는 행복한 식사시간이었다. 편안하게 그날 밤이 지나갔다.

다음날 수애는 가족들과 아침밥을 먹으며 집으로 아주 내려올 거라고 말해주었다. 집에다 그렇게 약속을 하고 다시 서울행 열차에 정신없이 올라탔다. 상행열차 안에서 성준 오빠와 포주 엄마한테 가고 있다는 문자를 남겼다. 미아리 텍사스에는 오후 5시쯤 도착했다. 홀 안에 벌써 포주 엄마가 와있고 손님 맞을 준비를 하고 있었다.

"우리 이쁜이 왔니? 그래, 아버지는 어떠시다냐. 병원에는 입원하셨니?"

"아니요, 그냥 집에 계셔요. 벌써 다른 장기로 전이가 돼서 수술도 안 된대요, 흐흑…."

"그럼 어떡하니? 앞으로 얼마나 사신다는 거야. 병간호는 누가 하구?"

포주 엄마는 수애가 그만둘까 봐 '덜컥' 놀라며 정색을 하고 물었다.

"예, 동생하고 의논해보고 결정을 하려고요."

"그래, 오늘은 홀에 나오지 말고 일단 올라가 쉬어라."

"엄마, 죄송해요."

수애는 피곤한 기색이 역력한 얼굴에 눈도 '쑥' 들어가 보인다. 포주 엄마한테 간신히 대답을 하고 2층 방으로 올라갔다. 누구든 안 좋은 상황이니만큼 더 이상 말을 붙이지 않았다. 장미랑 다른 아이 둘은 손님을 치르느라 각자 내실로 들어가는 모양이다.

방에 들어와 침대에 푹 엎어져서 한참 동안 깊은 생각이 많아졌다. 옆방으로는 아이들이 제각기 손님 접대를 하는 소리가 들리고 있었다. 오늘은 그들의 신음 소리조차 자장가 소리로 들린다. 지친 몸으로 혼자 착각하며 깊은 잠에 빠져들었다.

새벽에 눈이 번쩍 떠졌다. 2층 문밖을 내다보니 조용하다. 그 시간까지 혼자 얼마나 자버렸는지 눈두덩이 무겁게 느껴질 정도로 통통 부어버렸다. 아래층 홀로 내려갔을 때 아이들은 마사지를 받는 날이라 '주욱' 누워 잠들어 있다. 미연이만 눈을 멀뚱히 뜨고 있었다. 선영 언니는 한쪽 홀에서 조심스럽게 마사지를 하고 있었다. 주방으로 타월을 적시러 왔다 갔다 하느라 분주했다.

수애를 보더니 움찔하며 무슨 말을 하려다가 다시 입을 다물었다. 뭔 일인가 묻지도 않고 그대로 방으로 올라갔다. 선영 언니도 가고 오후가 되었을 때 포주 엄마가 얼굴이 벌게져서 들이닥쳤다.

"야! 미연이 그년이 도망갔다며? 그 미친년이 진짜 미쳤나. 겁도 없이 우리를 뭘로 보고! 지가 저질러 놓은 빚은 누구한테 바가지 씌운다냐? 미친년이 죽을려고 환장한 년이네?"

포주 엄마의 불벼락 같은 성질이 터져 버렸다. 모두 부스스한 얼굴로 뛰어나왔고 하영이가 겁에 질려서 떨고 있었다. 하영은 들어 온 지 얼마 안 돼서 영문을 모르나보다. 미연 언니가 안 보인다며 포주한테 전화를 한 모양이었다. 눈치 빠른 포주 엄마가 달려온 것이었다.

"누님! 누가 없어 졌다구요?"

삐끼(호객꾼) 삼촌도 험상궂은 얼굴로 눈을 부라리며 들이닥쳤다. 그전에도 그런 일이 한 번 있었다고 들었다. 도망쳐 나갔던 그 애가 다시 삼촌에게 잡혀 온 뒤 감시받으며 빚을 갚게 했었다는 것이다. 그런데 그 아이는 시름시름 앓다가 결국 쓰러졌다고 했다. 병원에 실려 가니 결국 자궁암에 걸려서 사망하기 직전에 집으로 갔다고 삼촌한테 들었다. 그때 들었던 일이 생각이 나서 식겁했다. 미연은 언제나 친근하게 스스럼없이 다가와 주고 편들어주던 상냥한 아이였다. 제발 잡혀 오지 말기를 마음속으로 빌었다.

이곳에 들어와서 거의 빚을 지게 되는 건 처음 들어올 때 소개비며 드레스 의상, 화장품값 등 미용 관리에 들어간 비용이었다. 나머지는 혹시 몸에 병이 생겼을 때 시술비 등 영양제값으로 어쩔 수 없이 짊어져야 한다. 한번 들어오면 빚 때문에 나갈 수가 없는 이유였다. 미연은 빚이 없다고 들었었다. 하지만 지금껏 벌었던 돈으로 감당하기가 버거워서 뛰쳐나간 것 같았다. 사실 미연이가 전에는 모델 출신이었다고 했다. 항상 인물이 아깝다는 생각이 들 정도로 빼어난 미모가 남달랐다.

수애는 다행히 버는 수입이 따로 있었기 때문에 빚은 벌써 다 갚았다. 제법 통장에 적금도 부어갈 수 있었다. 그래서 포주 엄마와 삼촌이 수애 한테는 행여라도 나갈까봐 항상 쩔쩔맨다. 알짜 손님들이 몰려드는 '쇼'라는 특별 서비스의 일도 따라갈 애들이 없었다. 그만큼 온갖 노력으로 모든 걸 얻었다.

"알고 보니 마사지하는 선영 언니가 아침에 차로 태워다 줬다는데요?"

삐끼 삼촌이 그 소리를 듣더니 벌게진 눈알에 핏대가 보이면서 터질 것 같았다.

"뭐야! 누가 그래?"

포주 엄마의 매서운 눈초리도 섬뜩했다.

"주방 이모가 그러는데요. 선영 언니랑 트렁크를 같이 들고 주차장으로 나가는 걸 봤대요."

"그년도 우리 집에 발걸음도 못 하게 해 알았어? 내가 그년이 처음에 기어들어 왔을 때 차단했어야 했어. 그래도 인상이 선해 보여서 들여보내 줬더니, 그년도 한통속이었구먼. 그래서 기집년들은 믿을 년이 하나도 없다니까! 내 진작 알아봤어야 했는데 돌아버리겠다."

그 뒤로 미연은 보이지 않았다. 선영 언니가 이틀 뒤 영문도 모르고 예전처럼 여전히 미소 지으며 마사지를 하러 들어왔다.

"이제 우리 집에 오지 말아요! 나 참, 열 받아서… 미연이가 도망치는 걸 태워다 줬다구요? 내가 이 정도로 봐주는 건 그동안 정을 생각해서 참는 거예요, 알겠어요?"

수애가 보기에는 포주 엄마가 그렇게 말하는 성질에도 표정이 바뀌지 않는 미소를 보여주는 선영 언니가 존경스럽기까지 했다.

"네, 저는 미연이가 잠깐 집에 갈 일이 있어서 간다고 하니까 어차피 나가는 길에 지하철역까지만 태워다 준 거예요. 미연이가 도망가는 거라는 건 정말 몰랐구요. 뭐가 잘 못 됐나요? 다 허락받은 거라고 들었는데…."

"난 곧이 안 들으니까 잔말 말고 나가셔!"

"그렇게 말하시니 억울하네요. 알았어요, 그럼 화장품 외상값 남은 거나 받아주세요. 그럼 다시 오지 않을 게요!"

포주 엄마는 애들한테 남아있는 외상값을 당장 갚아 주라고 했다. 그렇게 야멸차게 왕래하는 인연을 끊어야 했다. 선영을 쫓아내고 다들 더 이상 말도 못하고 말았다. 그래도 포주 엄마가 돈까지 받아주는 그런 인간성이 있다는 게 다행이었다. 착한 사람에게 의리는 지켜주는 마음이 있다는 걸…

　수애는 그런 광경을 지켜보면서도 선영 언니를 편들어주질 못했다. 자신에게 불똥 떨어질까봐 걱정이 앞섰다. 아버지 병환 때문에 집에 간다는 말을 이 순간에 어떻게 꺼낼지 막막했다. 일단 오늘 한숨 돌린 뒤 내일 그 말을 꺼내야겠다고 마음먹었다. 이제 선영 언니가 오지 않을 거라 생각하니 마음이 씁쓸했다. 미연이의 소식은 여러 날이 지나고 한참 후 듣게 되었다. 선영 언니한테 전화를 걸었다가 알게 되었는데 이태원에 가서 잡지 모델이 되었다고 했다. 다른 사람한테 건너들은 이야기라고 말해주었다. 다음 날 새벽 5시까지 일을 끝내고 포주 엄마한테 문자를 보냈다.

　'엄마! 이따가 10시까지 오실 수 있어요? 기다릴게요. 꼭 할 말이 있어요….'

　수애는 포주 엄마가 한참 자는 시간이지만 일어나는 대로 문자를 볼 것으로 생각했다. 그래서 갑자기 놀라지 않도록 미리 문자를 보낸 것이었다. 우선 잠을 자두기 위해 침대에 누웠다. 복잡한 머릿속을 비워보려 애쓰다가 간신히 잠이 들었다. 한참을 깊은 잠에 빠져있을 때 누군가 어깨를 흔들며 잠을 깨웠다. 눈을 게슴츠레 뜨고 보니 포주 엄마였다. 자다 일어난 모습에 머리도 헝클어진 채 급하게 달려온 모양이다. 이렇게 빨리 올 줄은 꿈에도 몰랐다.

"이쁜아, 일어나자마자 니 문자 남긴 거 보면서 밥도 안 먹고 뛰어왔다. 무슨 일이야! 왜 아버지 땜에 그러니? 엄만 니가 무슨 일 있으면 가슴이 철렁해서 아무 일도 제대로 할 수가 없단다, 제발 간다고는 하지 마라! 니 아버지 병간호는 사람을 써서 하면 되잖아."

"엄마, 아무래도 안 되겠어요. 병원에서 교수님이 아버지가 길어야 두 달 사신다는데 남에게 맡길 수는 없어요. 제가 이렇게 안 하면 전 이 세상 살아갈 의미가 없을 것 같아요. 죄송해요. 최선을 다해서 어떻게 하든 아버지를 살려드리고 싶어요. 으흑흑흑…."

"휴!…그럼 우리 집은 앞으로 장사를 어떻게 하니? 너 없으면 '쇼'는 누가 하구…."

포주 엄마의 얼굴이 어둡게 굳어졌다.

"엄마, 장미 시키세요! 그 아이는 몇 번 옆에서 봐왔기 때문에 할 수 있을 거예요."

"넌 그걸 말이라고 하니? 그년이 진득하게 붙어 앉아서 손님 비위를 맞추거나 하겠니? 휴우… 큰일이다. 나도 이젠 이 짓도 접어야 할라나 보다."

"엄마, 그런 말씀 마시고요 한번 해보세요. 장미가 잘 해낼 거예요."

"한번 생각 좀 해 보자!"

포주 엄마가 연거푸 한숨을 쉬며 1층으로 내려갔다. 수애는 밤새 고민했던 생각을 말하고 나니 가슴이 조금은 후련해졌다. 그렇게 앉아 있다가 성준에게 전화를 걸었다. 핸드폰이 꺼져있다는 방송이 들려왔다. 문자를 남겼다.

'오빠! 보고 싶어요. 아버지가 편찮으셔서 제가 시골에 내려가야 할 것 같아요. 내려가기 전에 오빠를 만나고 싶은데 연락주세요. 많이 사랑하는 수애가….'

갑자기 성준 오빠가 당장 보고 싶었다. 대학원 수업이 끝나면 연락이 오겠지 생각하다가 옷장에 있는 물건들을 하나씩 정리했다. 텍사스에서 일을 정리하려는 생각도 오빠를 만난 후부터 결심한 것이었다. 인생은 돈이 전부가 아니었다. 그런 걸 절실히 알았기 때문에 사랑을 찾고 싶었다. 2년 동안 있었던 일들이 필름처럼 머리를 스쳐갔다. 돈 때문에 이 길을 선택했었지만 결국 아버지가 돌아가신다는 건 너무 큰 충격이었다. 동생은 누나가 없어도 이젠 장학생이 되어 누나의 버팀목이 되어주려고 했다. 그렇지만 아버지가 돌아가시면 무슨 소용이 있을까?… 머릿속이 복잡했다. 성준 오빠는 여전히 핸드폰이 꺼져있었다.

수애는 텍사스를 떠나기로 마음먹었다. 하던 일들은 급한 대로 정리하고 고향에 내려가 아버지의 병간호를 해드리기로 했다. 포주 엄마한테 간신히 허락을 받아내느라 실랑이를 했지만 이해를 시키는 데는 그리 오래 걸리지 않았다. 모든 일을 정리하느라 하루의 시간이 꼬박 지나갔다. 드디어 밤 열차 표를 끊어서 고향으로 내려갔다. 병원에서는 아버지의 병환이 수술할 수도 없을 정도로 악화 되었다고 했다. 더 이상 치료 방법이 없고 링거주사와 진통제에 의존할 수밖에 도리가 없는 것이었다.

아버지는 점점 식사도 제대로 못 드시고 몸이 비쩍 말라가고 있는 모습에 바짝 마른 북어 같았다. 날이 갈수록 아버지가 돌아가실까 봐 무섭고 심장이 쪼그라드는 것 같았다. 아버지가 너무나 고통스러워하실 때마다 마음은 찢기고 또 찢겨서 동생과 끌어안고 통곡했다. 그럴 때마다 연락도 되지 않는 오빠를 찾으며 미쳐버릴 것 같았다.

'오빠! 보고 싶어요. 어디 계신 거예요, 아니면 무슨 일 있으신 건지 제발 알려 주세요! 제가 보고 싶지도 않으신가요?….' 틈만 나면 가까운 성당에 가서 하느님께 빌고 또 빌었다. 하느님, 제발 저희 아빠를 살려주세요!… 그리고 오빠의 사랑을 지켜주세요….' 기도할 때마다 울고 또 울었다.

아버지는 병원에 계시다가 집에 잠깐 오셨다. 그날 가족끼리 둘러앉아 편안하게 점심을 조금 드시는 것 같았다. 저녁때쯤 갑자기 진통이 더 심해져서 견디다 못해 정신을 잃으셨다. 119로 실려 갈 때 처참한 모습을 동생과 지켜보며 하늘이 무너지는 것 같았다. 병원 중환자실에서 뼈가 드러나 보이도록 앙상한 모습으로 누워계셨다. 두 남매의 손을 간신히 잡아주기도 하셨지만 자식을 두고 가는 부모의 간절한 마음이 눈동자에 역력하게 느껴졌다. 링거를 주렁주렁 몸에 달았다. 결국 고통에 시달리다가 두 달하고 보름째 되던 날, 힘없이 눈을 감은 채 하늘나라로 가셨다.

아버지가 돌아가시고 남매만 남았다. 고통스럽게 살다 가신 남아있는 흔적들을 보며 너무 울어서 눈두덩은 퉁퉁 부어 있었다. 한 달 뒤 4월 어느 날이었다. 어머니와 아버지 납골당에 가서 혼자 종일 널브러져 앉아 있을 때였다. 오빠한테서 문자가 왔다.

'내 사랑 잘 지내고 있지? 난 그동안 많이 아팠어, 그래서 고향에 내내 있다가 왔지. 치료하느라 너한테 연락을 할 수가 없었구나, 미안해. 아버지는 괜찮으신 거지? 수업 끝나면 6시쯤 전화할게.'

수애는 그 자리에 주저앉아 누가 보거나 말거나 엉엉 소리 내어 울었다. 그동안 노심초사 얼마나 힘들었고 어떻게 견디어 왔는지도 한꺼번에 눈 녹듯 사라져버렸다. 오직 오빠 얼굴만 생각하면서 원 없이 마음껏 소리 지르며 울었다.

'어머니 아버지 감사합니다! 오빠를 만나게 해주셔서 감사합니다! 하느님은 역시 저를 버리지 않으셨네요!…'

수애는 온통 성준오빠 생각에 가슴이 쿵쾅거렸다. 전화 올 때까지 무엇을 어떻게 하면서 기다려야 좋을지 안절부절못했다. 왜 그렇게 가슴이 떨리는지 팔다리도 후들거려서 가만히 앉은 채 꼼짝 할 수가 없었다. 억지로 몸을 일으키고 집으로 돌아왔다. 오빠가 없는 몇 달 동안의 일들이 파노라마처럼 떠올랐다. 지난 일들이 생시가 아닌 꿈속의 악몽 같았다. 여러 날을 제대로 먹지도 못하고 잠도 제대로 잘 수도 없었다. 여섯 시가 되기를 무척 기다리고 또 기다렸다. 드디어 그 시간이 되고 오빠한테서 전화가 왔다. 전화 목소리에 숨이 넘어갈 뻔 했다. 여전히 변함없는 다정한 오빠의 한 마디가 세상을 다 얻은 것 같았다. 너무 기쁘기도 하고 꿈만 같아 자꾸만 오빠를 반복해서 불러 보았다

"오빠! 오빠, 오빠…! 울 아버지 돌아가셨어요오. 흑흑, 오빠, 너무 보고 싶었어요. 세상이 무너지는 줄 알았어요."

또 눈물이 나온다. 줄줄 흐르는 눈물을 멈출 수 없어 그저 오빠만 불렀다.

"그래, 어떡하니? 정말 미안해. 난 그동안 일이 많았었어. 내일 만나면 다 들려줄게. 우선 너를 만나러 가야겠어. 주소 좀 찍어 줘, 내가 꼭 갈게."

오빠와 그렇게 전화 통화를 하고 끊었다. 그리고 핸드폰 문자로 주소를 찍어 보냈다. 저녁에 동생이 학교에서 돌아왔을 때 성준 오빠와의 사이를 다 얘기해 주었다. 그랬더니 동생도 누나를 축하해주며 기뻐했다.

다음날 동생을 학교에 보내고 오빠를 만나려면 뭐라도 먹고 기운을 차려야 할 것 같아 양푼에 밥을 비볐다. 여태껏 입맛 없던 혀끝에 미각이 살아나고 감칠맛이 생겨서 반이나 먹었다. 성준

오빠한테는 초췌한 모습을 보이기 싫다. 서둘러서 동네 작은 목욕탕에 다녀왔다. 화장대 앞에 앉았는데 아주 오랜만에 얼굴 분칠도 하며 화장을 시작했다. 거울에 비치는 여인이 활짝 핀 진한 핑크빛 연꽃처럼 피어나고 있었다. 점심때쯤 대문 밖에서 성준을 기다렸다. 시간이 너무나 길게만 느껴지고 더 이상 방에 가만히 있을 수가 없어서 미리 나가있었다. 마침내 저만치 오빠의 검은 차가 빠르게 달려오고 있다. 얼마나 기다렸던 오늘이었든가. 오빠가 보이고 마음껏 부르며 달려갔다.

"오빠아! 너무 보고 싶었어요."

"수애야! 오빠도 많이 보고 싶었단다. 아버지 병환 때문에 고생 많았겠네? 내가 진작 찾아뵙고 인사를 했어야 했는데 정말 미안해. 오빠가 없어도 아버지는 잘 보내드렸어?"

"네에, 오빠."

눈물은 하염없이 흐르고 뜨거운 포옹을 했다. 역시 오빠의 품이 따뜻했다.

"오빠! 식사도 못했겠어요. 오늘은 제가 오빠에게 처음으로 맛난 식사를 차려 드릴게요."

"그래, 고마워. 내가 정말 행복한 남자 맞네, 응? 하하하."

사랑하는 사람을 위해 어제부터 준비한 재료를 모두 꺼냈다. 세상에서 제일 맛난 점심 식사를 차린다는 생각에 기쁨으로 정성을 다해 상을 차렸다. 그리고 둘은 맛나게 식사를 했다. 마루에 나와 있을 때 무릎을 마주대고 앉았다. 둘은 그동안 있었던 일들을 모두 털어놓았다. 성준은 그동안 교통사고를 당하고 몇 달 만에 깨어났다는 이야기를 천천히 꺼내기 시작했다. 사고를 당했을 때 삼성서울병원에 실려가 사경을 헤매며 계속 중환자실 신세였었다. 눈을 떴을 땐 가족들이 있었고 생각나는 건 수애 생각뿐이었다…. 그동안의 일들을 모두 들려주었다.

수애도 아버지가 돌아가신 일들을 모두 말해 주었다. 오빠한테 있었던 일들을 들으며 그런 줄도 모르고 오빠를 원망했던 자신이 부끄러워 숨고 싶기만 했다. 모두 이해해주는 그의 품에 마음껏 안겼다. 아버지를 잃은 슬픔의 한까지 모두 토해내며 흐느꼈다.

성준은 그런 그녀의 지친 모습이 안쓰러웠다. 살포시 그녀를 안고 침대로 옮겨 주었다. 지금까지의 그 어떤 사랑보다 더 많은 사랑을 해주어야겠다고 다짐하고 있었다. 서로의 간절함에 두 청춘남녀는 마음껏 사랑할 것이다.

수애는 드디어 오월의 신부가 되었다. 서로의 마음을 굳건히 믿어준 한결같은 사랑은 태양처럼 뜨겁게 다가와 보름달처럼 환하게 밝혀주는 완전한 사랑이었다. 신랑, 신부는 세상에서 제일 아름다운 사랑의 결실을 맺게 되었다. 다가오는 미래에 행복만이 넘쳐날 것이다. 그녀는 진흙탕물에서도 물들지 않고 모진 고통을 감수하며 결국 아름다운 연꽃으로 피어났다. 그 향기는 오래 갈 것이고 너무나 향기로웠다.

향기로운 꽃이 되었다

장선희

산 좋고 물 좋은 경관 바라보며
자연이 주는 모든 양분 먹고 자랐다.
온 천지의 벗이 있고
만물이 노래하는 사랑으로
희망의 봉우리 피었다.

완전한 꽃이 되기 위해
비바람도 감사하는 보람으로 인내했다.
아침이면 촉촉한 이슬 먹고
계절에서 주는 경이로운 공간 속에
꿈을 먹고 자란 향기를 품는다.

새들이 노래하는 곳에서
비바람 함께 맞으며
태양 아래 뜨거워 숨도 못 쉴 때
여우비에 목 축이던 강인한 내성
오래 품어내는 향기로 피었다.

나 이제 그들에게 행복 날개 달아주며
두 팔 벌려 맞아주려 한다.

시련 없이 피어난 꽃이여
향기가 웬 말인가
세상사 겪어보지 않은 향기 없는 꽃은
어느 누가 입 맞춰 줄까나
오늘 밤은 꽃향기에 마음껏 취해보자.

향기로운 꽃이 되었다

초판 인쇄 2022년 2월 20일
초판 발행 2022년 2월 22일

저　자　장선희
발행인　김호운
편집주간　김성달
사무국장　이월성
편집국장　이현신
발행처　사단법인 한국소설가협회
등　록　제313-2001-271호(2001. 12. 13)

주　소　04175 서울 마포구 마포대로 12, 한신빌딩 302호
전　화　02) 703-9837, 02) 703-7055
전자우편　novel2010@naver.com
한국소설가협회홈페이지　http://www.k-naver.kr
인　쇄　유진보라
총　판　한국출판협동조합 070) 7119-1740

ISBN │ 979-11-7032-090-6 *03810
정가 15,000원

*본 도서는 '예술인 창작준비금 지원 사업'의 일부 지원으로 발간되었습니다.

잘못 만들어진 책은 교환해 드립니다.
저자와 출판사의 허락 없이 책의 전부 또는 일부 내용을 사용할 수 없습니다.

사단법인 한국소설가협회는 소설가로만 구성된 국내 유일의 단체입니다.